新装版

8の殺人

我孫子武丸

講談社

目次

8の殺人

●主要登場人物

速水恭三……警視庁捜査一課警部補
速水慎二……その弟
速水一郎《いちお》……その妹
木下……恭三の部下

《8の字屋敷の住人》
蜂須賀菊雄……蜂須賀建設社長
蜂須賀民子……その妻
蜂須賀菊一郎……その長男、蜂須賀建設副社長
蜂須賀節子……菊一郎の妻
蜂須賀雪絵……その娘
蜂須賀菊二……菊雄の次男
矢野孝夫……蜂須賀家の雇人
矢野良枝……同、孝夫の妻
矢野雄作……その息子
佐伯和男……菊一郎の秘書
河村美津子……手話の教師

8の字屋敷（蜂須賀菊雄邸）平面図

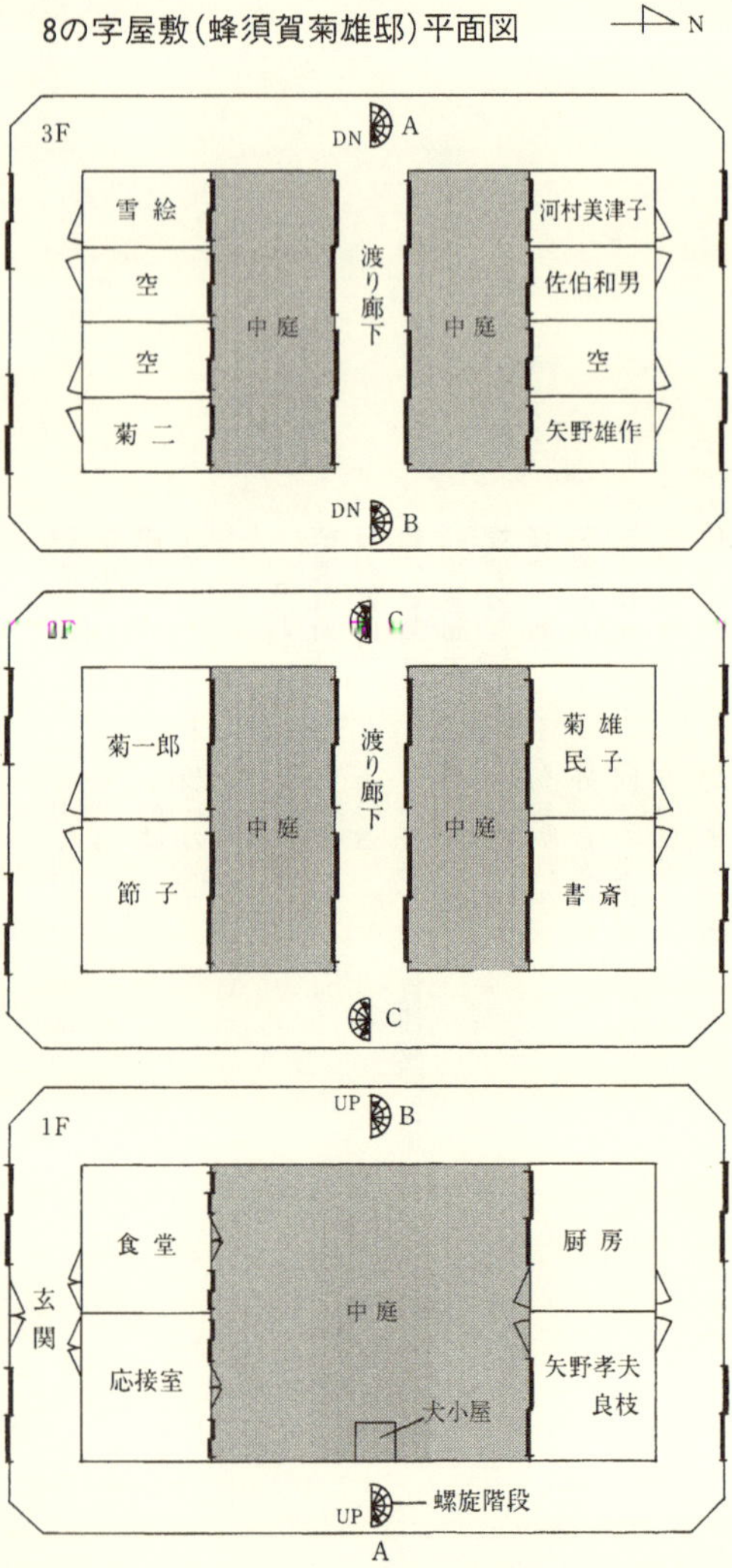

プロローグ

1

あまりといえば、あまりに奇妙な計画だった。

たかが人ひとり殺すのにこんな手間をかける必要があるのかと、何度も自問した。夜道で後をつけ、ナイフで一突きにしては駄目なのか？　ビルの屋上から突き落として、自殺に見せかけては駄目なのか？

もちろん駄目なのだ。それでは意味がない。

最初は確かに、邪魔なあの男を何とかできないものだろうかと思い、考え始めた計画ではあった。しかし——

わたしは机の上に拡げた図面に目を落とした。わたしが今いるこの屋敷——〝8の字屋敷〟の平面図だ。土地効率や快適な居住性などまったく無視した、二つの中庭を持つこの奇妙な屋敷――。

この屋敷がわたしに、あるトリックを思いつかせたのだった。いや、思いついたというより、それはわたしに発見されるのを待っていたのかもしれない。

アリスが不思議の国で見つけたジュースのように、わたしにはこの平面図に、〝Use Me!〟――『わたしを使って！』と、大きく書いてあるように見える。

運命の必然なのだと感じた。この奇妙な屋敷はわたしの殺人のために用意されていたのに違いない。――あるいは、わたし自身がこの屋敷のために……？

しかしもう、そんなことはどうだっていい。ただわたしはこの美しい計画を実行するだけだ。

無実の人間を犯人に仕立てあげることについては、多少の罪悪感を覚えないでもなかったが、これもひとつの芸術と考えれば、彼もきっと分かってくれるだろう。

芸術――！　犯罪の美学などと手垢のついた言葉を使いたくはないが、これからわたしが行なおうとしている犯罪が、ひとつの〝作品〟であるのは確かだった。芸術の域に達するかどうかは、わたしの腕と運次第だ。

……惜しむらくは、その作品を鑑賞し、批評してくれる観客――名探偵の不在だ。

現代の日本に――いや、地球上のどこであろうと――そんなものを望んでも仕方がないのは分かっているのだが。

2

十月三十日土曜日、午前一時十分前。

東京都S区の閑静な住宅街にある、蜂須賀《はちすか》建設社長、蜂須賀菊雄《きくお》の自宅――通称〝8の字屋敷〟として知られる建物の一室で、電話のベルが鳴った。

ベッドに入ったばかりの蜂須賀菊一郎《きくいちろう》は、その短いベルの音が、邸内からの電話を意味していることをぼんやりと意識しつつ、手探りで受話器を取った。

「もしもし？」

くぐもった女の声がした。母だろうか、と菊一郎は思った。

「はい。菊一郎です……もしもし、お母さん？」

「……三階の様子がおかしいんです。すぐ渡り廊下に来てください」

女は早口にそれだけ喋ると、彼の返事を待たずに電話を切った。

「もしもし……もしもし――」

電話の内容からいっても、邸内からであることは間違いない。一体誰だろうか？ しばし切れた電話を握り締めたまま考えていたが、いずれにしても三階へ行けば分かることだと結論し、おもむろにベッドを抜け出て明りをつけた。

午前一時五分前。

菊一郎の一人娘、雪絵《ゆきえ》の部屋をノックする者があった。

雪絵は読みかけの本をベッドの上に伏せると、ドアを開けに立ち上がる。

誰かは分かっていた。河村美津子《かわむらみつこ》だ。こんな時間に訪ねてくるのは、彼女しかいない。

ドアを開けると、やはり美津子だった。彼女は左手に、カップが二つ乗った小さなお盆を持ったまま、右手の人差し指を立ててみせたあと、手を開いて差し出した。

——お邪魔かしら？

彼女はそう言ったのだった。手話《しゆわ》である。もちろん手話には、男言葉も女言葉もないのだが、一つ一つの動作にはやはり女性と男性ではどこかしら違いが生まれるものであるから、このように訳しても差支えあるまい。

雪絵は軽く首を横に振ると、にっこり笑って美津子を招き入れた。

美津子は、ガラステーブルの上にお盆を置くと、忙しく両手を動かし始める。

——眠れなくて。あなたも起きているみたいだったから、ココアを入れてきたの。飲むでしょ？

——ええ。ありがとう。

雪絵は美津子のために椅子を用意すると、自分はベッドに腰掛けて、熱いココアに口をつけた。

河村美津子は一年程前、雪絵がある事故で声帯を失った時知り合い、それ以来この8の字屋敷に住込み、手話やリハビリについて指導する傍《かたわ》ら、貴重な話相手になってくれていた。

友人の少ない雪絵にとって、美津子はいまやかけがえのない友達であり、時として実の姉のように甘えられる存在となっている。

「あっちっち！」

美津子がココアに口をつけるなり、声をあげた。ぺろりと舌を出してから、

——猫舌なの、忘れてたわ。

と言い訳した。

美津子自身は聾唖《ろうあ》者ではない。もともとは看護師をめざしていたのだが、手話に興

味を覚え、いつの間にやら通訳や講師をするようになっていたのだという。

厳密な意味では、雪絵もまた聾唖者とは呼べない。聴覚に異常がない以上、人工声帯をつけるなり、食道発声法なるものを身につけさえすれば、不自由なく生活できるのだ。

しかし雪絵は、人工声帯なんぞをつけるつもりはなかったし、食道発声法の練習にもいまひとつ乗り気ではなかった。屋敷の人間は全員、ある程度手話を覚えてくれているし、一人で外に出ることの滅多にない雪絵にとって、必要とは思えなかったからだ。それよりも、彼女が正常に話せるようになってしまい、河村美津子がこの屋敷に住む意味がなくなることのほうが怖かった。

美津子の太い眉がすっと上がり、訝《いぶか》しげな表情になった。

――どうかした？

雪絵は聞いた。

――渡り廊下に誰か来たみたいよ。

美津子はそう両手を動かしながら、立ち上がった。窓に近付くと、カーテンを少しだけ開いて、外を覗《のぞ》いた。

「あら、あなたのお父様じゃないかしら」

背を向けたまま、彼女は声に出してそう言った。

雪絵の父、蜂須賀菊一郎は、仕事があろうとなかろうと、毎日朝六時には起床するのが常だった。このような時間に起きているのを見たことなど、雪絵の記憶にはなかった。

雪絵が立ち上がると、美津子は少し体をずらして、場所を開けた。

渡り廊下の蛍光灯は、夜十二時を過ぎると消され、赤い小さな常夜灯だけが灯される習慣だった。今、その仄《ほの》かな明りの中に立っているのは、確かに雪絵の父、菊一郎のようだった。

「こんな時間に、珍しいわね」

美津子が、少し声をひそめてそう呟いた。

その時、雪絵はもう一つの人影に気づいて口を開いたが、もちろん声にはならなかった。

雪絵の部屋はちょうど、〝8〟の字の左下の隅にあたっていたが、そこからみて点対称に位置する部屋――矢野雄作の部屋だ――の窓辺に誰かが立っていた。

「雄作さんも起きてるみたいね。何だか今日はみんな眠れ――」

美津子がそう言いかけたとき、その人影がゆっくりと左肩に何かを構えるのが二人の目に入った。菊一郎もまた、その影に気がついたようだった。彼は、見守る二人に背を向けて、北側の開いた窓に近寄った。

この後の数瞬を雪絵は、悪夢の中で繰り返し何度も見ることになる。それも、もどかしいほどのスローモーションで。

何かに弾《はじ》かれたように、菊一郎の体が大きく跳ねた。一瞬、宙に浮かんで静止しているように見える。

赤い常夜灯の光の中で、ほぼ水平に浮かんだ菊一郎の体——雪絵は空中浮揚のマジックを見せられているような錯覚を感じた。

しかし実際には、彼の体が浮かんでいたのは数百分の一秒に過ぎず、絨緞《じゅうたん》の上に勢いよく叩きつけられると、一度だけ弾んで、そのまま動かなくなった。

悲鳴も、倒れる音も聞こえない。

ただひゅうひゅうと風のような音だけが、じっと見つめる二人の耳に聞こえていた。——それが雪絵の喉《のど》から発せられている、声にならない声であることは二人とも気付いていなかった。

——お父様！

雪絵はそう叫ぼうとしていた。

「い……一体、どうしたっていうの？」

かぼそく震える声で、美津子が呟く。

ぴくぴくと小刻みな痙攣《けいれん》を続けている菊一郎の胸で、何かが常夜灯の赤い光を反射している。——何か金属製の細長いものが、彼の胸に突き立っているようだ。

菊一郎の動きが止まった時、雪絵は悲鳴を——決して誰にも聞こえない悲鳴を上げていた。

第一章　恭三、出動する

1

「警部補速水恭三《はやみきょうぞう》、二階級特進により警視に任命する」

と、警視総監が宣《のたま》った。顔は何だかはっきりしない。

「二階級特進、でありますか？　そのように聞こえましたが……」

恭三は戸惑いつつ聞き返した。

「その通りだ、警視」

「しかしまたそれは……いえ、大変光栄ではありますが、一体どういうわけで？」

総監は不思議そうに彼を見返した。

「君も知っておるだろう。殉職《じゅんしょく》した警察官が二階級特進になることは。……思えば君は、実に素晴らしい警察官だった。兇悪な猟銃強盗に、臆《おく》することなく果敢に立ち向かっていった。なかなか出来ることではないよ」

「待ってください！　な、何とおっしゃいましたか？　殉職ですって？　誰が殉職したとおっしゃったんですか？」

慌てて恭三は尋ねた。額にうっすらと汗が滲《にじ》んできたのが分かる。

依然として顔のはっきりしない総監ではあったが、まるでチェシャ猫のように憐れみの表情だけを漂わせた。

「残念だ。君のように優秀な警察官を失ったことは、我が警視庁にとって、重大な損失だと思っておるよ。しかし我々は、決して君の死を無駄にするようなことはしない。いまや、一課だけでなく、警視庁全体が一丸となって犯人を追っておる。逮捕も時間の問題だろう。安心して成仏してくれたまえ」

「成仏って……そ、総監！　何かの間違いです！」

しかし彼の言葉は、突然鳴りだした電話によってさえぎられた。

「この電話は、おそらく天国からのお迎えだよ。出てみたまえ」

総監が指差した途端、机の上の電話機は急に巨大化すると、恭三の体を壁に押し付けた。

その大きさに比例して大きくなった電話のベルに、彼は耳を塞《ふさ》いだ。

「総監！　助けてください！　殺される！　電話に殺される！」

「二階級特進だよ、警視」

ベルの音を圧して総監の声が聞こえている。

「嫌だ！　交通整理でも何でもやりますから、命だけは……！」

リーン、リーン。

「成仏したまえ」

リーン、リーン。


電話が鳴っている。一瞬、悪夢の続きを見ているのかと思ったが、そうではないとすぐに気付き、反射的に枕許《まくらもと》に手を伸ばし、受話器を取った。

「……はい、こちら速水」

と、彼は無線のように応答した。

雨戸を閉め切っているため、何時頃なのか見当がつかない。手探りで目覚ましを引き寄せると、朝の七時前だった。

「警部補！　コロシです！」

いきなり若い刑事の興奮した声が飛び込んでくる。

「……木下《きのした》か？」

分かってはいたが、そう聞き返した。

「そうです！　コロシですよ！」

「ああ分かった、分かった。コロシだろ……ちょっと待て。今、何と言った？」

「はあ？　ですから、コロシだと……」

「その前だ。確か、警部補と言ったな？　俺は警部補か？」

「は？　はあ、少なくとも昨日まではそうでしたが……？」

ここにいたってようやく恭三は、自分が殉職などしていないことを確認した。殉職していれば、二階級特進して警視になっているはずだ。しかるに自分はまだ警部補だ。ということは、彼は殉職などしていないということになる。見事な論理だった。

先日、指名手配中の猟銃強盗を追跡中の警官が撃たれて殉職した。そのせいであんな夢を見たのだろうが、自分で望んだとはいえ一課の主任になった以上、いつ同じことが自分の身に起こったとしてもおかしくはない……。

「警部補？　どうしました？」

寝惚《ねぼ》けていたことを気付かれたような気がして、闇の中でひとり、顔を赤らめた。

「……いや、何でもない。——で、現場は？」

「ええと……警部補は御存知でしょうか、８の字屋敷を？」

８の字屋敷——。上空から見ると、アラビア数字の〝８〟そのままに見えるという、奇妙な家のことは、一時期話題になったものだ。

「もちろん知ってるとも。結構近いからな。あれが出来た時には、見物に行ったよ。——あそこで殺しが？」

「ええ。それがどうもおかしな事件らしくて。詳しいことは現場で。七時半には着けると思います」

「分かった」

そう答えて電話を切ると、しばし生きている喜びを噛みしめた。

2

速水恭三、三十五歳。独身。身長百八十五センチ、体重九十キロ。柔道五段、空手三段。先頃警部補試験に合格。四課における暴力団相手の数多くの功績を評価され、警視庁捜査一課殺人班一係主任に抜擢《ばってき》される。

父母は十年前に交通事故で死亡。以来、男手一つで弟と妹の面倒を見てきた。本人は、今まで結婚できなかったのをそのせいにしているが、あながちそれだけとも言えないようである。

趣味はこれといってないが、柔道の稽古だけは、毎日欠かしたことがない。

最近、生え際が後退してきたのを非常に気にしている。そのため、以前は〝四課の重戦車〟と呼ばれていたのが、いまや〝ハゲタンク〟になってしまった。もっとも警部補になった今、面と向かってそう呼ぶものはほとんどいない。

十月三十日土曜日。S区の街路樹はもうその葉を、ほとんど落としていた。

七時半ジャストに恭三が8の字屋敷——蜂須賀建設社長、蜂須賀菊雄の自宅である——の前で車を降りると、その姿を認めた木下刑事が走り寄った。

「おはようございます、警部補」

しんと澄み渡った寒気に頬を染めながら、童顔の刑事は挨拶した。似合わない背広姿は、入学式に出かける大学生といっても通用しそうだった。

恭三は、

「おう」

と、答えた。彼は朝だろうと夜だろうと、それしか言わない。

「殺されたのは？」

速水恭三が聞くと、木下はポケットから分厚い手帳を取り出した。

「何だその手帳は。ルーズリーフみたいだが……」

「御存知ないんですか？　システム手帳ですよ。まあ、小型のデータベースとでもいいましょうか。これからは犯罪捜査も、よりシステマティックにしなければいけませんからね。……ほら見てください、ここに電卓も入るんですよ」

「ふん。そんなおもちゃが役に立つもんか。それよりガイシャは？」

「ちょっと待ってくださいよ。……この見出しでですね、まず『殺人』を引くんです。一番新しいのがこれですね。『蜂須賀家殺人事件——十月三十日未明』と書いてあります。……さっき僕が書いたんですけどね」

「だから、死んだのは誰だと聞いてるだろうが！　さっき書いたことくらい覚えとけ！」

「やだなあ。もちろん覚えてますよ。ただこの手帳がですね、どれくらい便利かということをですね……」

恭三は溜息をついて、両手を挙げた。

「……分かった。分かったよ。それは便利だ。俺も使うよ。約束する。だから頼むから教えてくれ――ガイシャの名前を」

木下は嬉しそうに、手帳に目を戻した。

「分かってもらえましたか。……えーとですね、ガイシャは蜂須賀家の長男で、蜂須賀建設副社長の蜂須賀菊一郎。兇器はボウガンだそうです」

「ボウガン？　ボウガンというとあれか。弓矢のおもちゃみたいな奴だな。何でまたそんな――」

「――ちょっと待ってくださいね。『兇器』を引きますから……」

と、再び手帳を繰り始めた木下を恭三は苛立《いらだ》たしげにさえぎった。

「もういい！　詳しいことは中で聞く！」

二人は、殺人だ、いや泥棒だと噂しあっている近所の主婦達や取材陣をすり抜け、屋敷の門前に張り巡らされているロープを潜《くぐ》った。一斉にシャッターを切る音がして、何人かが大声で質問を投げかけてきたが、恭三は無視した。

S署の警官達は、一課のバッジを目に留め、

「御苦労さまです」

と言いながら、敬礼する。

恭三は、門を入ると、ちらりと建物を見上げた。特にどこと言って変わったところのない鉄筋三階建の建物である。個人の屋敷というよりは、貸しビルか何かのように見える。しかしこの建物はその内部に二つの中庭を持ち、上空から見ると——彼はテレビで見たことがあったが——アラビア数字の8の形をしているのだ。

当主の蜂須賀菊雄は相当な変わり者らしく、自宅の新築にあたって、会社の宣伝を兼ねて、蜂の形をした家を建てようとしたらしい。

しかし様々な理由——家族の反対、設計上の困難、居住性——により、〝蜂〟の語呂合わせでこの形に落ち着いたらしい。テレビのコマーシャルでは、〝蜂の8の字ダンス〟をモチーフに使い、この屋敷を上空から写していた。キャッチコピーは『蜂須賀建設は、何でも建てます』というもので、昨年のCMワースト1に選ばれた。

屋敷の宣伝効果があったかどうかは定かでないが、それ以来蜂須賀建設の株価は上り詰め、近々一部上場を果たすらしい。建設業界では〝業界の風雲児〟などと呼ばれているということである。

恭三が知っていたのはそんなところだった。

二人がポーチに辿《たど》り着くと、玄関に立っていた警官がさっとドアを開けた。

玄関は〝8〟の下の横棒の中央部にあり、入った正面の応接室らしきところのドアが開け放たれ、たくさんの人影が押し込められているのが目に入った。

「やあ、警部補さん」

真っ先に彼らに気付いて声をかけてきたのはS署の部長刑事、奥田《おくだ》である。恭三は一緒に仕事をするのは初めてだったが、柔道大会で何度か対戦したことがあった。巨漢の恭三よりまだ数センチ背が高く、体重は二十キロ近く重い。今年の無差別級では準決勝で彼と当たり、惜しくも判定負けを喫した。

「あんたか」

恭三は露骨に嫌な顔をしてみせた。彼は奥田がどうも生理的に好きになれない。口臭がひどいのも理由の一つで、試合に負けたのもそのせいだと思っている。

「桜田門からわざわざ御苦労さんです」

皮肉っぽい口調でそう言うと、臭《くさ》い息を吐きかけてくる。

恭三は奥田から顔をそむけて、部屋の中へと足を踏み入れた。

広さが二十畳ほどの応接室には、深緑色の毛足の長い絨緞が敷き詰められ、現代風の丸みを帯びたデザインのソファが並べられていた。正面北側はフランス窓になっており、中庭へと出られるようになっている。綺麗な芝の敷き詰められた中庭には犬小屋があり、巨大なセントバーナードがつながれて恨めしそうにこちらを見ていた。

ソファに腰掛けているのは、七人。この家の住人だろう。屋敷の主人らしき老人の後ろには秘書然とした男が立っている。そして雇人らしき二人の男女は、部屋の隅で不安気な様子をして立っていた。

「捜査一課の速水警部補です。S署の奥田君と一緒にこの事件を担当することになりました。……それからこれは、わたしの部下の木下刑事です。御協力願います」

深々と頭を下げると、数人が挨拶を返してきた。

奥田が一人一人紹介を始める。

「奥に坐っていらっしゃるのが、御主人の菊雄さん。向かって右が、民子《たみこ》さん――奥さんです。御主人の左側が、次男の菊二《きくじ》さん。あそこの隅で立っている二人は、雇人の矢野《やの》夫婦。それからあのソファで酒を……ええと、御召しになっているのが、ガイシャ……亡くなられた菊一郎さんの奥さんの節子《せつこ》さんです」

ラッパ呑みを〝御召しになる〟と表現することに罪悪感を覚えたのか、奥田は少し言い淀んだ。

「こっちのソファに坐っているのが、向うから、矢野夫婦の息子の雄作《ゆうさく》君、菊一郎さんの娘さんの雪絵さん。そして彼女に手話を教えている河村美津子さんです。……ああ、一人忘れてました。御主人の後ろに立っているのは、菊一郎氏の秘書で、やはりここに住んでいる佐伯和男《さえきかずお》君です」

恭三が黙礼しながら一人一人の顔と名前を頭に叩き込んでいる間、木下は忙しく手帳に何やら書き込んでいた。

奥田は大きく一つ深呼吸すると、さらに続けた。

「ではここで、みなさんの証言を整理してみたいと思います。……まず、第一発見者の一人である河村美津子さん、あなたからいきましょう。警察に通報したのはあなたですね？」

河村と呼ばれた女性は、奥田に一番近いソファに腰掛けていた。地味な服装をした、ひどく小柄な可愛い女性だった。百五十センチあるかないかというところだろう。体つきも華奢《きゃしゃ》なので、子供のように見えるが二十代半ばだと思われる。

頭に巻かれた包帯は何を意味しているのだろう、と恭三は考えていた。隣に坐って顔を伏せている女性もまた、同じように包帯を巻いていた。

「はい」

「では、先程の証言をもう一度始めからお話しいただけますか」

彼女はちらりと隣の女性を見てから、ゆっくりと喋り始めた。

「わたしと雪絵さんは、雪絵さんの部屋で遅くまで起きておりました。夜中の一時を過ぎた頃だったと思いますが、渡り廊下に誰かが来たのが見えました。――8の字の真ん中の通路のことです。それがご長男の菊一郎さんなのはすぐに分かりました。誰かを捜しているようでした。この家の方は、いつもみなさん早くおやすみになるので、変だなと思って二人で見ておりました。すると――」

その時河村美津子の隣に坐っていた女性が、肩を震わせて、声もなく泣き始めた。美津子はそっと手を伸ばし、彼女の手に重ねた。

「菊一郎さんは、突然向こう側を向いて、わたし達の部屋とは反対側の棟の方を見ていらっしゃいました。――そこに、誰かがいました。部屋の中にです。電気は消してあったので、ぼんやりとしか見えませんでした。その時、窓の外に何かを突き出したのが見えました。すると突然、菊一郎さんが胸を押さえて倒れました。わたし達の所からも、胸に何かが突き立っているのがはっきり見えました」

ここで奥田は恭三の方を向き、そっと耳打ちした。

「ボウガンですよ。この家の雑用をやってる矢野という男の息子――そこに坐っている雄作です――が持ってたやつが、しばらく前から見当たらんそうで。結構強力なやつらしいです。肋骨《ろっこつ》を砕いて、心臓を貫いていたそうです」

美津子は奥田が向き直るのを待って、続けた。

「わたしは菊一郎さんの様子を見に行こうと思って、部屋を出ました。ところが、廊下の途中で誰かに殴られて、気を失ってしまいました」

「相手はぜんぜん見ておられないんですか？　男か女かも分かりませんか？」

恭三がそう口を挟むと、彼女はすまなげに首を横に振ったあと、頭が痛むのか、顔をしかめた。

「それで、通報が遅れたわけですね？」

「はい」

「……それでは、その間雪絵さんは、どうしていらしたんですか？」

奥田が次に呼びかけた女性は、美津子の隣で泣いていた女性だった。

雪絵はそっと手で涙を拭《ふ》くと、顔を上げた。

恭三は心臓が止まるかと思った。それほど彼女は美しかった。肌は病的なまでに青ざめ、目は赤く泣き腫《は》らしていたが、それでもなお彼女は美しかった。

清楚《せいそ》だ――。恭三は思った。

森に囲まれた白い洋館の中で、バイオリンを弾いている女性の姿を思い浮かべた。もちろんドレスも純白である。

それが恭三が中学生の時からいつも夢に描いていた、理想の女性だった。

彼が惚《ほう》けたように見つめていると、彼女は美津子の方を向いて、奇妙な動作を始めた。それが手話であるらしいことは彼にもすぐ分かった。

恭三が驚いて奥田を見ると、

「蜂須賀雪絵は、口が利けないんです」

と答えた。

「口が……利けない？」

「ええ。一年ほど前に交通事故にあい、声帯を切除する羽目になったんだそうです」

手話による会話が終わると、再び美津子が喋り始める。

「雪絵さんは、わたしが出て行った後、なかなか戻らないので心配になって三分ほどして部屋を出たそうです。出たところで、ドアの陰から誰かに襲われて、わたしと同じように気を失っていた、ということです」

それを聞きながら雪絵は何度も頷《うなず》いていた。耳は聞こえるらしい。

「先に気がついたのはどちらですか？」

奥田が質問すると、雪絵が手を挙げた。

「わたしは雪絵さんに起こされました。二人で菊一郎さんのところへ行ってみると、もうその時には……」

美津子は、悲し気に首を振った。

「死んでいたわけですね。警察医の話では、苦しむ暇もなかったろうということです」

奥田は、二人にそう言うと恭三に向き直った。

「これで、概略は分かったでしょう？」

「まあな。ところで兇器は見つかったのか？」

「矢は刺さったままでしたが、ボウガンの方はまだ見つかってません」

残念そうに奥田が答える。

「……二人が犯人を目撃したという部屋はどこだね？」

「今から御案内します」

3

恭三と木下刑事は奥田の後をついていった。8の字を西へ回り込んだところに螺旋《らせん》階段があり、そこを上って三階へ出た。

「死体のあったのはそこです」

上りきったところで、奥田が廊下を指差して、そう言った。

中庭を二つに分断している廊下の中程、西側寄りの赤いカーペットの上に、人の形に白いロープが置かれ、警官が一人退屈そうに番をしていた。三人が上がってきたのを見て、慌てて姿勢を正し、敬礼する。

恭三は軽く手を上げて応えると、白いロープに近付き、屈《かが》み込んだ。

「ちょっと妙なことがありましてね……死体が動かされているんです」

後ろから奥田は声をかけた。

「というと、死んだのは、ここじゃなくて……？　しかし、あの二人は犯行を見てるんだろう？」

恭三は眉をひそめて聞き返す。

「いや、移動と言ってもね、少し引きずっただけでして。……ほら、見てください。わずかですが、点々と血痕がついているでしょう」

奥田の言う通り、血痕は、白い人形《ひとがた》から点々と廊下の東側へ二メートルほど続き、そこで跡切《とぎ》れていた。

「なるほど。——じゃあ死体は、初め廊下の真ん中よりも東側にあったが、犯人は何故か少し西側へ引きずったわけだな。目撃者達は、どう言ってる？　ガイシャが倒れたという位置は？」

「二人とも、真ん中よりも東だったと。おそらく犯人は死体をどこかへ運ぼうとして、何らかの理由で途中でやめたんでしょう」

「……ガイシャは、大柄な方か？」

「いえ、六十キロですから、普通でしょうね。引きずって運ぶくらいなら、女でもできたと思います。犯人が誰であれ、重過ぎて諦めたとは思えませんね」

恭三は死体がもともとあったはずの位置に立って、周囲を見渡してみた。

「あそこが、雪絵の部屋です。そしてほぼ反対側のあの部屋が、犯人がいた部屋ということになります」

奥田は恭三の傍《そば》に並ぶと、北棟の東から二番目の部屋を差し示した。（次頁図1参照）

「もっとも、俺はそんなことは信じちゃいませんがね」

と、にやりと笑って付け加える。

「どういうこった？」

「見れば分かりますよ」

奥田は再び歩き出し、問題の部屋まで二人を連れていった。

図1死体発見時

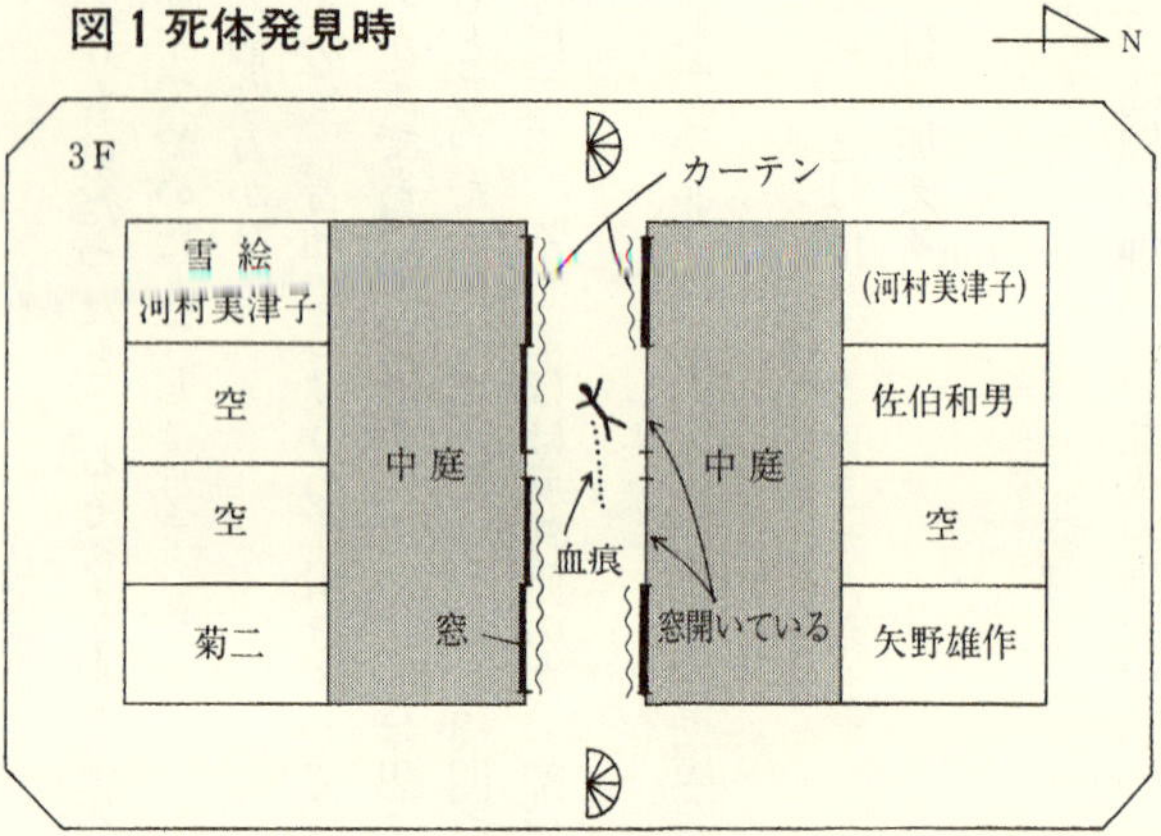

彼はポケットから、鍵の束を出すと、そのうちの一つを使ってドアを開けた。

「この部屋は客用の部屋で、今は誰も使ってません。ここ数ヵ月ずっと鍵が掛けられたままになってたそうです。鍵は二つあるが、どっちもこの束に入ってて、住込みで働いてる矢野孝夫《たかお》が厳重に保管してました」

部屋はホテルの一室のように、ベッドが一つに小さなテーブル、椅子が二つ、壁に作り付けの箪笥《たんす》があるだけの八畳ほどの部屋だった。正面に窓があり、先程彼らのいた、渡り廊下が見えた。

「この窓ですが……これも鍵が掛かってました」

「つまり、何か？　この部屋には、その矢野孝夫とかいう男以外誰も入れなかったということだな？」

「その通りです」

「――他に合鍵は？」

「彼が隠れて作っていないかぎり、誰にもそんな機会はなかったはずです」

恭三は呆れたように、

「じゃあ、その男が犯人だろう？　分かりきってるじゃないか！」

と、叫んだ。

「ところが、そう簡単にはいかないんですよ、警部補さん。矢野孝夫には、どうやらしっかりしたアリバイがあるようでして」

奥田はからかうようにそう言った。木下は、はっとしたように手帳を取り出すと、『アリバイ』のページを作り始めた。恭三はそんな木下から目をそむけながら、聞き返した。

「じゃあ、ここには誰も入れなかったのか？　ここはいわゆる……密室だったと？」

「そういうことになりますね」

「カードやヘアピンを使って鍵を開けたか……」

こういった屋敷内の錠の中には、ドアの隙間にカードを差し込むだけで錠がはずれてしまうものがある。恭三はそういった可能性を考えながら、屈《かが》んで錠を調べようとした。

「そんなことはもう調べました。錠はしっかりしたもんです。ありえませんね」

奥田が馬鹿にするなとでも言いたげに、横合いから口を出した。

「ふうむ……」

恭三はしばし考え込んだ後、口を開いた。

「で、あんたの結論は？」

「当然、あの二人が嘘をついてるってことです。あの河村って女はあれでなかなかしたたかでね、一時は信じかけたんだが、雪絵の方は態度がどうもおかしい。何かを隠してるね、間違いない」

恭三は、ちょっとむっとした。奥田が雪絵を呼捨てにしたのと、嘘をついていると断定したことの両方が癇《かん》に触ったのだ。

「あの人は……嘘をつくようには見えないが……。まさか抜け穴なんか、ないだろうね？」

「設計したのはここのじいさんでね、図面を見せてもらったが、そんなものはありませんでした。いちおう壁を叩いてみたりもしましたが。まあ、忍者屋敷じゃあるまいし……」

「二人の見間違いってこともあるだろう。その辺は確かめたのか」

「もちろん。二人ともこの部屋に間違いないと言ってます」

「ふうん。……じゃあ、どうするね」

「一課の警部補さんなら、どうするんです？」

奥田は薄笑いを浮かべながら、聞き返してきた。

恭三はようやくここで、奥田もまた、自分に反感を持っているのだと気づいた。おそらく本庁の警部補という肩書きに対する嫉妬なのだろうが、余りいい気はしない。

これはへまをするわけにはいかんな、と彼は思った。

「じゃあ、河村美津子と雪絵をもう一度、一人ずつ尋問しよう。木下、まず河村美津子を呼んできてくれないか」

木下は、『アリバイ』欄の書式作りに夢中になっている。予定表用のリフィルを利用して、各容疑者の行動を書き込むつもりらしかった。

「木下！　聞こえないのか！」

木下は慌てて立ち上がったので、リフィルをそこらじゅうにばらまいてしまった。

「ああ！　順番が……」

「そんなのはどうでもいいから、さっさと行ってこい！」

恭三が歯ぎしりしながら睨みつけたので、木下はようやく部屋を飛び出した。

4

小さなテーブルを挟んで、恭三は美津子と対面していた。

「河村さん。あなたと雪絵さんの証言によると、犯人はこの部屋から、菊一郎さんを殺したということになりますが、それに間違いはないでしょうか？」

「はい」

美津子はためらわず、そう答えた。

「しかし、犯行時刻には、この部屋はドアにも窓にも鍵が掛かっていました。誰も入れなかったはずなんです」

彼女は少し顔をしかめた。

「でも、矢野さんなら鍵を持ってらっしゃるから……いえ、別にあの人がやったと言ってるわけではなくて――」

奥田が身を乗り出して、口を挟んだ。

「矢野さんはその時刻この家にはいなかったんですよ。呑みに行ってたそうです。鍵束を持ったままでね」

それを聞いて、美津子はさっと青ざめた。

「……というわけです。奥田君はあなた方が嘘をついているという結論に達したようです。もしそうなら、今ここで正直に全《すべ》てお話しなさい。嘘の証言をすると罪になることくらい御存知でしょう？」

恭三は、ゆっくりと諭《さと》すような口調で語りかけた。

美津子はしばらくうつむいて、黙り込んでいた。恭三は長年の経験から、彼女が真実を話す気になったことを知った。

彼女は顔を上げ、申し訳なさそうに口を開いた。

「すみません。わたし達が犯人を見たのは、この部屋じゃありませんでした。雪絵さんもわたしも、あの人がこんなことをするなんてとても信じられなくて——」

「じゃあ、さっき証言したことは全部……？」

恭三は、奥田の意見が正しかったことで、若干悔しい思いをしながら聞いた。

「いえ、部屋が違うだけで、後は全部ほんとのことです」

「ほう……。あの人と言いましたね？　誰のことです？」

彼女はぐっと、唇を噛み締めていたが、ぽつりと答えた。

「矢野雄作さん——矢野さんの息子さんです」

「では、あなた達が犯人を見たのは、彼の部屋だった？　彼だと分かりましたか？」

美津子は強く首を横に振った。

「いえ、とんでもありません！　今でもあの人が菊一郎さんを殺したんだとは思っていませんわ。ですから雪絵さんと相談して、犯人がいたのは別の部屋だったということにしたんです」

「その雄作君の部屋はどこなんです？」

「――ここの隣です」

美津子はうなだれて、そう言った。


恭三は美津子を帰し、次に雪絵を呼ばせた。筆談するしかあるまいと諦めていたが、意外なことに雪絵が、小さなワープロを持ってきた。ノート大の大きさで、プリンタはついていない。

彼女は腰掛けると、膝にワープロを置き、細い指をキーボードに乗せて彼らの質問を待ち受けた。

恭三は単刀直入にきりだした。

「雪絵さん、美津子さんは、先程の証言で嘘をついたと認めました。あなたと相談して、嘘をついたんだと」

彼女は相当ショックを受けたようだった。

震える手で、キーボードを叩く。小さなディスプレイに平仮名が並んだ。漢字に変換するのが面倒なのだろう。

――あのひとがやったのではありません。あのひとがおとうさまをころしたりするはずがありません。

「あの人、というのは矢野雄作君のことですね？」

雪絵は悔しげに唇を噛みながら、頷いた。

「ではやはり、あなたがた二人が犯人を見たのは、この部屋ではなく、この隣の雄作君の部屋だったのですね？」

――はい。でもあのひとがやったのではありません。

「なぜそう言えます？」

彼女はしばらく考えていたが、やがて指を踊らせる。

――そんなことをするひとではありません。りゆうもありません。

「それは本人に聞いてみるしかありませんね。あなたがたの見た人影は、暗くて誰か分からなかった、そうでしたね？　ではそれは、雄作君であったかもしれない。違いますか？」

彼女は、もうワープロを叩こうとはせず、下を向いていた。

「どうもありがとう。もう結構です」

のろのろと立ち上がり、部屋を出ていく彼女に、恭三は何か声を掛けてやりたかったが、言うべき言葉を思いつかなかった。

「木下、矢野雄作を呼んでくれ」

『アリバイ』欄作りはすでに終えていたので、今度は混乱はなかった。

雄作は入ってくるなり、

「御苦労さまです」

と、神妙な顔付きで言った。自分が疑われているとは、露ほども思っていないようだった。スポーツマンらしい、均整のとれた体をしていた。

「矢野雄作君だね」

「はい」

「大学生かな？」

「はい。四年です」

彼は、少し緊張しているようではあったが、恭三と奥田という巨漢の刑事を前にしているのだから、当然といえば当然のことだった。真面目そうなその様子からは、何か疾《やま》しいところがあるとは思えなかった。

「兇器だと思われているボウガンだがね、君の物だそうだが」

「ええ。一週間ぐらい前に、盗まれたんです。今思えば、犯人が盗んだのでしょう。

まさかこんなことになるなんて……」

　そう言って、沈痛な面持ちで恭三を見返した。

「ちゃんと保管していなかったのかね?」

「鍵をかけてはいませんでした。部屋の中ですから、その必要もないと思いまして……」

「そもそもどうして、ボウガンなど持っていたんだね?」

「父の趣味が狩猟でして……。銃は危ないからと、スリングやボウガンで兎なんかをとりに行ったりしていました」

「スリングというと……パチンコかね?」

「はい。結構強力なやつです。うまく当てれば、兎くらいなら一発で仕留められます」

「ほお……。まあ、起きてしまったことを今さらとやかく言ってもしかたない。ところで、君は昨夜どこにいた?」

「自分の部屋で寝ていました。十二時にはベッドに入り、三時にみんなが騒ぎだすまで何も気づきませんでした」

　恭三はじっと彼の目を覗き込んだが、嘘をついているような様子は何も見つからなかった。

　この男は嘘をついているはずだ、そうでなければならない。恭三はそう考えたが、刑事としての経験は、雄作が真実を語っていると告げていた。

「ドアの鍵は掛けていたかね？」

「ええと、はい。部屋にいるときはいつも、掛けています」

「というと、いないときには？」

　逆じゃないのか、と思いながら恭三は聞き返した。

「普通掛けません。鍵をいちいち持って出なくちゃいけませんから。ボタンを押してドアを閉めるとロックされるドアなもので、一、二度部屋に鍵を忘れて閉め出されたことがあるんです。――いつも鍵をかけていれば、ボウガンを盗まれることもなかったんでしょうが……そんなことが関係あるんですか？」

　恭三が考え込むと、奥田がそれに答えた。

「もちろんあるとも。君は事件のあったとき、鍵を掛けた部屋の中にいた。君は寝ていたと言うが、それは嘘だ。君が菊一郎氏を殺し、それを目撃した河村美津子さんと蜂須賀雪絵さんを襲ったんだからね」

　青年は一瞬ぽかんとしたが、その意味を悟るやいなや、さあっと青ざめた。

「ど、どういうことですか？　僕がどうして……」

「それを今から聞こうというんだよ。どうして菊一郎氏を殺害したんだね？」

恭三は、雄作を追及する奥田をただ黙って見詰めていた。

何か変だ、そう考えていた。

「違う！　僕じゃない！　どうして僕が殺したと……？」

雄作は助けを求めるように、恭三や戸口に立つ木下を見たが、二人とも何も答えなかった。

奥田は勝ち誇ったように続けた。

「さっき下では、河村さんも雪絵さんも、この空き部屋に犯人がいたと言っていたが、あれは君を庇《かば》うための嘘だったんだよ。彼女達が見たのは、本当は君の部屋だったんだ。そしてその時間君の部屋にいたのは、君以外考えられない。君はさっき、ドアには鍵を掛けていたと言ったね？」

「雪絵さんが……二人ともそう言ったんですか？　犯人は僕の部屋にいたと？」

信じられない、という様子で、ぼんやりと呟く。

「ああ、そうだ。後は署でゆっくり聞かせてもらおう」

奥田が凄《すご》んで見せたが、雄作の耳には入らなかったようだった。

「そんな……そんなはずはない……雪絵さんがそんな嘘をつくなんて……」

放心したように、いつまでも首を振り続けた。

そんな彼の様子を見て、奥田が恭三に話しかけた。

「ま、こんな坊や、うちでちょっと締め上げてやりゃ、ちょろいもんでしょう。どうです、後はうちの署で何とか出来ますから、お二人は桜田門にお帰りになったらいかがです？」

早く帰れと言わんばかりの奥田の態度に反発を覚えたが、この状況では確かに、雄作以外に犯人は考えられない。頻発する猟銃強盗で、一課は猫の手も借りたいような忙しさだ。彼の言う通り、この事件は奥田に任せたほうがいいのだろう。

「そのようだな。戻るとするか」

恭三がそう言って立ち上がると、雄作がはっとして彼を見つめた。

「待ってください！　僕じゃない！　本当に僕は何もやってないんです！」

恭三はしばらく彼を見返していたが、やがて肩をすくめると、木下を従えて部屋を出ていった。

5

「何か妙なんだな」

と、速水慎二《しんじ》の入れてくれたコーヒーを飲みながら、恭三は呟いた。

夕刻、弟である慎二の経営する喫茶店『サニーサイドアップ』に立ち寄ってのことである。店は、近くに女子高があることもあって、女の子好みの内装になっていた。いたるところにちまちまとしたアクセサリーが吊り下げられ、各テーブルにはサインペンとノートが置かれているといった具合である。

「何が？」

慎二は、グラスを磨くのに余念がなく、兄の方を見もせずにそう聞いた。

「殺しだよ、殺し。聞いてないか？」

「しっ！　兄さん、店で事件の話けやめてくれよ。いちおの耳にでも入ったら、仕事になりゃしないんだから――」

慎二はそう言って、指を口に当てたが、手遅れだった。カウンターの奥のキッチンにいたはずの彼らの妹、いちおが、慎二の背後に忍び寄っていた。

「――殺人事件なのね」

「わっ！　……聞いてたのか」

慎二は慌てて、グラスを落としかけた。

速水慎二、二十六歳。独身。喫茶店のマスター。百八十センチ、六十五キロ。常連の女子高生によると、「笑った顔が若いころのデニーロそっくり」ということである。スポーツはほとんど何もしない。趣味は料理、映画に読書。彼の作るパフェ類は特に評判が高いが、いちおに言わせると、「量が多いだけ」。

速水いちお。K大四年。この店でアルバイト中。百六十八センチ、？キロ。おしゃれなスポーツはたいていこなすが、中でもスキーがお気に入り。シーズンになると毎年、「いい男を探しに」でかけるが、うまくいかないようである。〝いちお〟は〝一郎〟と書く。これは説明が必要だろう。

彼らの父親は、恭三が生まれた時、馬鹿げた計画を思いついた。息子を三人作ると勝手に決め、長男に一郎、次男に二郎という昔ながらの命名を、逆にやってやろうと思ったのだった。名前もその時に、恭三、慎二、一郎と全部決めた。一郎という名の三男坊など日本中探したっていないだろう、というのがその理由だった。そして二人目までは順調に生まれたが、三人目は女の子だった。

ここで諦めれば良かったのだが、彼は頑固な男だった。初志貫徹の人であった。

名前を変えようとしない父親に対して、母親の方から、せめて読みだけでも変えたらどうかという妥協案が出された。

かくして〝速水一郎〟という名の女の子が誕生したのである。

「当ててみようか……例の8の字屋敷でしょう？」

いちおの言葉に恭三は仕方なく頷いた。

「犯人は逮捕されたんでしょう？」

「いや、逮捕したわけじゃない。任意同行ってやつだが……じき逮捕状が出るかもしれんな」

「兄さんはそいつが犯人だとは思ってないのね？」

期待に目を輝かせながら聞くいちおを、慎二は苦笑しながら見つめていた。恭三が一課になってからというもの、殺人事件が起こるたびにこうして話を聞こうとするのだった。慎二のミステリ好きが悪い方に影響したらしい。慎二の方はといえば、現実の事件に小説のような華々しさを求めるほど、世間知らずではないつもりだった。

「いや……そうじゃない。ただ、何となく納得できなくってな……」

いちおはするりとカウンターをくぐると、恭三の隣に腰掛けた。それを見て慎二は溜息をついた。こうなったら、もう恭三が全てを話すまであそこを動くまい。

いちおにせかされて、恭三は事件の概略を話し始めた。本来なら、決着のついていない事件について彼らなどに話すべきではないのだろうが、もしこの事件に、彼らの好む小説のようなトリックがあるのだとしたら、何か有益な意見が聞けるかもしれないと思ってのことである。もちろん二人の口が固いことは、承知の上だ。

「この事件には目撃者が二人いる。二人ともその直後に襲われて、通報が遅れたんだが、たいした怪我じゃない。二人の証言では、ある部屋から誰かがボウガンを撃つのを見たということなんだが、その時間その部屋では、矢野雄作という学生が鍵を掛けて眠ってたというわけだ。兇器と見られてるボウガンもそいつのだ。こう状況がはっきりしてちゃ、警察としてはそいつを犯人と見るしかあるまい？」

「じゃあ、何が問題なわけ？」

「そう言われると困るんだが……刑事の勘ってやつかな」

いちおはしばらく我慢していたが、こらえきれず笑いだした。

「聞いた？　慎ちゃん！　刑事の勘だって！　兄さんが……兄さんが……刑事の……」

「笑うな！　俺は真面目に言ってるんだからな。俺にはあいつが嘘を言ってるとはどうしても思えないんだ。それにあいつがやったんだとしたら、いくら何でもやることがちぐはぐなんだな」

「というと？」

慎二はドアの札を〝準備中〟にして戻ってくると、そう聞いた。少し早すぎるが、店を続けるのは諦めたようだった。

「雄作が犯人だとしてだな、自分のボウガンで自分の部屋から人を殺しておいて、いけしゃあしゃあと、鍵を掛けて寝てましたなんて言うと思うか？」

「目撃者がいたとは思わなかったのかもよ……あ、そうか」

いちおはそう言って、すぐに自分の間違いに気付いた。

「そうなんだ。犯人は目撃されたことを知ってるはずなんだ。二人の目撃者を襲ってるんだからな。これもよく分からんのだ。犯行を見られたからにしては、ただ殴って気絶させるだけってのは変だろう？　口封じに殺すか、殺すのが嫌なら、普通逃げ出すもんだがねえ」

恭三は首をひねる。

「ねえ、兄さん……何も二人を襲った犯人が、殺人犯と同じ人物だとは限らないんじゃないの」

ぽつりと慎二が口を出すと、恭三は顔をしかめた。

「じゃあ何か、犯人は自分が見られたことに気付かなかったが、たまたま関係ない奴が二人を殴ったと？　そんな偶然があるか？」

「でもそう考えると、雄作が犯人でもさほど不自然じゃないってことになるよ。雄作は、誰かに見られたとは思ってなかったから、自分の部屋にいたと正直に話したのかも。ま、あんまり本気にしないでよ。ちょっと言ってみただけだから。——それより僕は、死体が少しだけ動かされたってことのほうが気になるなあ」

「だからそれは死体を隠そうとして、諦めたんじゃないかって……」

「目撃者が二人もいるのに、隠してどうなるっていうの？　それに引きずって運ぶだけなら、少々重くたって、三階から一階に下ろす程度のことはできそうなもんじゃないか。時間は二時間近くも余裕があったわけだしね」

「じゃあ一体どんな理由があるというんだ？」

恭三は不服そうに口をとがらせる。

慎二は少し考え込んだ。

「そうだね……人は何故、死体を動かすか？　……ほんの一、二メートルだけってとこが気にかかるね」

「ねえねえ。例えばさ、死体の下に何かあって、それを取りたかったとか」

いちおが嬉しそうに口を出す。

「それなら、ごろんと転がすだけでいいじゃないか。俺の見たところじゃそんな感じじゃなかったぞ」

恭三はちょっと考えて否定する。

「……そういえば、『ボーダーライン事件』（注1）なんてのもあったけど、まさかね」

「何だそれは……ボーダーライン？」

恭三が慎二の言葉を聞き咎めた。

「まさか、8の字屋敷の建物が、S区とどこか別の区の境界に建ってるなんてことはないよね？……そうだろうね。いくら何でもそれは馬鹿げてる。——死体が歩いたって可能性は？　いや、もちろん生きてる間にだよ」

「菊一郎が死ぬ間際に、自分で這っていったんじゃないかってことか？　いや、即死だって話だし、確かに引きずられた跡があるってことだったから、それはない」

「ふうん……。あんまり深く考えることじゃないのかもしれないな……結局大した意味はないのかな……」

慎二が興味を失ったようにそう言い、スツールを降りた時、扉につけられたカウベルがちりんと鳴った。

「すいません。もうおしまいなんです」

入ろうとした若い女性に、慎二は声を掛けたが、彼女は去ろうとはしなかった。

恭三が、がたんと音を立てて立ち上がる。

「雪絵さん……！」

蜂須賀雪絵は、真っ直ぐに恭三の胸に飛び込んだ。

第二章　恭三、色香に惑う

1

二人――慎二といちお――は、ぽかんとしてそれを見ていた。

恭三はといえば、どうしてよいやら分からず、両手で雪絵を抱き締めてもよいものかどうかとそんなことを考えながら立ち竦《すく》んでいた。

「兄さん……いつの間に……？　ああ！　兄さんにもようやく春が巡ってきたのね！　妹としてこれほどうれしいことはないわ！　おめでとう、兄さん！　うるうる」

いちおはおおげさに泣く真似をした。

「ち、違う！　違うんだ……この人は――」

恭三が、慌てて弁解を始めると、雪絵はさっと体を離し、すまなそうに軽く一礼した。

「この人は蜂須賀雪絵さん――死んだ菊一郎さんの娘さんだ」

恭三は照れ隠しにしかめ面をしながら、紹介した。

「何ですって？　じゃあ、今日会ったばかりで、もう……？」

いちおはそう言って、恭三を横目で睨む。

「違うと言ってるだろが！　……それにしても雪絵さん、一体どうなさったんですか？　よくここが分かりましたね？」

雪絵は慎二に勧められてカウンターに腰掛けると、胸にしっかりと抱えていた例のワープロを置いて打ち始めた。

恭三が、雪絵の口が利けないことを手振りで教えると、慎二といちおはワープロを覗き込んだ。

――どうしていいかわからなくて。どうりょうのかたにきいてきました。

「わたしにできることでしたら、何でも遠慮なくおっしゃってください」

――ゆうさくさんはむじつです。もういちどそうさをやりなおしてください。

恭三はそれを見ると、困ったような顔になった。

「そういうことはまず、奥田君の方へおっしゃっていただかないと……。事実上、事件はわたしの手を離れておりますから……」

——あのけいじさんは、ゆうさくさんがはんにんときめてかかっています。わたしのいうことなどきいてくれません。はやみさんだけがたよりです。

速水さんだけが頼り——。

恭三はじーんときてしまった。

「い、いやあそうおっしゃられても……こ、困りましたなあ——」

恭三は少し照れながら、頭を掻《か》いて天井を仰ぎ見る。

「えい！　分かりました。それだけ頼まれては、嫌とは申せません。わたしの手でもう一度洗い直してみましょう。いやね、いくつかおかしい点に気付きましてね、奥田君だけに任せておくわけにもいかんかな、と思っておったところなんです」

「兄さん、目がハートになってるわよ」

「うるさい！」

と、茶々を入れたいちおを一喝すると、雪絵に向き直って、

「御心配には及びません。雄作君が無実なら、わたしが必ず真犯人を挙げてみせます」

と言った。

雪絵は一杯に涙を溜めた瞳で恭三を見つめていたが、一筋こぼれた涙を拭くと、無理して微笑んだ。

「綺麗な人だね」

タクシーを呼んでやり、雪絵が帰ると、慎二は感想を洩らした。

「確かに綺麗だけど……あれは男を破滅させるタイプね」

と、これはいちおの感想。もっとも彼女の言う〝男を破滅させるタイプ〟というのは、〝悔しいが自分より美人だ〟という意味であることは、慎二も恭三も承知していた。

「でも、可哀相だね。喋れないなんてさ。耳は聞こえるみたいなのに、どうしたんだろう？」

慎二に聞かれて、事故で声帯を切ったことを説明する。

「――ところで兄さん、あんな安請け合いしちゃっていいの？　雄作って人がやっぱり犯人でしたなんてことになったら、兄さん恨まれるわよ」

いちおにそう言われて、恭三は愕然とした。既に思いは真犯人をこの手で逮捕し、もう一度この手で雪絵を胸に――今度はしっかりと――抱き締めることに飛んでいたのだった。

暗い顔になった彼に追い撃ちをかけるように、慎二が呟いた。

「雄作ってのは、彼女の何なんだろうね？」

2

翌十月三十一日、午前十時。恭三は、木下刑事を連れて再び蜂須賀邸に向かった。係長は文句があるようだったが、強引に押し切っての捜査である。

8の字屋敷の外には警官の姿は既になく、一見何事もなかったかのように見える。木下が門柱のインタフォンを押して言葉を交わすと、モーターの唸りとともに、鉄の門が開いた。

玄関へ迎えに出たのは、やつれて目に隈《くま》を作った老婦人だった。社長夫人、蜂須賀民子である。喪服を着ているのだが、何故かそれが自然な装いのように見えた。

「刑事さん……今日は何でございますか」

「たいしたことじゃないんですが……まだおかしな点がいくつかありまして――」

恭三は言葉を濁した。

「みなさん御在宅でしょうか」

「はあ……いえ、矢野は夫婦ともどもホテルに泊まっております」

「ほう？　どうしてまた……」

「やはり居たたまれないらしくて……」

息子が雇主の長男を殺したかもしれないのだ。それも当然だろう、と恭三は思った。

「そうですか。ではちょっと中を見て回りたいので、お疲れでなければ御一緒に……」

どうみても憔悴《しょうすい》しきった様子ではあったが、彼女は承諾した。

「やはり三階を……？」

「そうですね……いえ、ざっと全部見せていただけますか」

一階の南側は昨日全員が集まっていた応接室と、食堂がある。

二人はまず応接室を通ってフランス窓を開け、中庭を見回してみた。上空から見ると二つある中庭も、下ではつながっている。中庭が二つあるというよりは、吹き抜けといった方が正確だろう。

「一階には、渡り廊下がないんですね」

「はあ。ガーデンパーティーなどをやる時には邪魔ですから……」

そのとき木下が、

「ひっ！」

と情け無い声を出して、恭三にしがみついてきた。

「何だ、どうした」

「そ、そこ、ほら！」

いつのまにか巨大なセントバーナードが、二人を睨みつけながら近寄ってきていたのだった。

「ぐるるるる……」

恭三とさして変わらぬ体重を持つと思われるその体から、低い唸り声が聞こえてきた。

「な、な、何ですか、この化け物みたいな犬は！」

化け物、と聞いて犬の耳がぴくりと動き、木下に向かって歯を剝《む》き出した。

木下は慌てて窓から離れる。

「大丈夫ですよ、刑事さん。この子は嚙んだりしませんから。……ただ、物を取られないように気をつけてくださいまし。珍しいものが大好きなので」

民子がのんびりとそう言った。

敵意をあらわにしている様子をみると、とても彼女の言葉を信用する気にはなれなかったが、恭三にとっては、どのような犬だろうと狂犬病でさえなければ恐るるにたりない。

恭三は鋭くガンを飛ばした。

犬はおっ、と驚いたようだった。今まで人間にガンをつけられたことはなかったに違いない。

しかし最初の驚きから立ち直ると、犬は一段と兇悪な視線を恭三に送ってきた。

「ううううう……」

これは恭三の声である。

「ぐるるるる……」

こっちが犬。

しばらく二匹は――いや、一人と一匹は睨み合っていたが、やがて犬が顔をそむけた。

勝った、と恭三は思った。

しかし犬は、『今日のところは引分けにしといてやらあ』とでも言いたげな表情で、意気揚々と自分の小屋へ引き揚げて行った。なかなかプライドの高い犬らしい。

「名前はなんというのです？」

どうせシーザーだのアレクサンダーとかつけられてるだろうな、と思いながら恭三は民子に尋ねた。

「ハチですわ」

しばし二の句がつげなかった。

「……ハチ？　ハチというとあの、ハチ公のハチですか？」

「ええ、まあそういうことになりますでしょうか。主人が絶対それがいいと申しまして」

なるほど。蜂の形をした家が建てられないからといって8で代用する爺さんだ、何でもかんでもハチにしたいのだろう。

「早く行きましょうよ、警部補！」

木下に急《せ》かされて、他を見て回ることにした。

北側は、広い厨房と矢野夫婦の部屋で占められている。

「矢野さんというのはどういう方ですか？」

「良枝さんには料理を一切任せておりました。よく働く人でしたが、あんなことがあった後ではねえ……」

残念そうに民子が答える。

「旦那の方は？」

「田舎者で、あまり気の利かない人でしたが、頼んだことはきちんとやってくれておりましたよ」

「雄作君はどうだったんでしょう」

恭三の質問に、民子は複雑な表情を見せた。

「……とても……とても信じられません。家族のように思っていたのに……あの子がうちの息子を殺すなんて――」

「菊一郎さんとの間に何かあったんでしょうか」

「存じません。明るくて誰からも好かれておりました。卒業後はうちの会社に勤めることになっていたんでございますよ。それなのにあんな……あんな恩を仇《あだ》で返すようなことをして――」

彼女はしばし黙り込んだ。

「まだ彼が犯人と決まったわけではありませんよ。――菊一郎さんはどんな人だったんです？」

「いい子でしたよ。優しくて頭が良くて……人から恨みを買うような子じゃありませんでした。あの子は昔から、運が悪いんですよ。つまらない女を嫁にして、生まれた子供は体も弱くて、そのうえ口まで利けなくなってしまって……」

「雪絵さんのことですか」

確かに余り健康そうには見えなかったな、と思いながら聞き返す。

「はあ。小さい頃からずっとうちの中で暮らしておりますせいでしょうか、ちょっとしたことですぐ体をこわすのですが……」

いつまでも彼女の愚痴を聞いているわけにもいかなかった。

「二階を見せてもらえますか」

二階の南側は菊一郎の部屋と彼の妻節子の部屋があった。

「別々の部屋なんですね」

恭三が何気なくそう言うと、民子は、

「冷え切っておりましたから」

とあっさり答えた。

「ほう……そりゃまたどういうわけで？　ちょっと立ち入った質問でしたかな。よろしければ教えてもらえませんか」

「——刑事さんも御覧になったでしょう。お酒ですよ。……結婚した頃はいい人のように思えたんですがね。いつの頃からかお酒の量が増えて、最近じゃあの通り、昼夜の別なく呑んでるんですから。雪絵も大きくなったことだし、わたしは離婚しておしまいなさいって菊一郎にも申したんですよ。なのにあの子ったら、仕事ばかりでかまってやらなかった自分が悪かったんだろうなんて……」

「すると、菊一郎さんには離婚する気はなかったと？　まだ愛してらしたんですか？」

離婚の話が持ち上がっていたのなら、節子には充分動機があることになるな、と考えながら恭三は聞いた。

「とんでもない！　菊一郎だって愛想をつかしていたはずです。同情ですよ。節子さんのような人が一人で生きていけるわけがない、菊一郎はそう申しましてね。本当に優しい子でした……」

民子は言葉を切ると、懐からハンカチを出して上品に目頭を押さえたが、涙を流しているようには見えなかった。

恭三は悲し気な顔をしてうんうんと頷いてみせたが、もちろん民子の話を鵜呑みにはしていない。母親が死んだ息子のことを悪く言うはずがない。〝嫁〟の話も聞かないうちに判断を下すわけにはいかなかった。

「節子さんは今、部屋に……？」

「……外出はしておりませんから、多分いるのでしょう」

民子は節子の部屋をノックした。

「どうぞ！　開いてるわよ」

と、不明瞭な声が聞こえた。

民子がドアを開けると、黒いドレスを身にまとった女が鏡を前にくるくると回っているのが目に入った。

雪絵の年から考えてすでに四十を越えているはずだが、とてもそんな年には見えない。はっとするほど美しく、目尻のちょっとした皺さえなければ三十といっても通用しただろう。若かった頃は雪絵と瓜二つであったろうと思わせた。右手にはウイスキーのボトルを持ち、時折口元へ運ぶ。

「節子さん。まだ朝ですよ。少しは慎みなさい」

冷ややかな声で民子はそう言った。

「あら、お母さま。いいじゃないの。わたしは夫を亡くしたんですのよ。悲しみを紛らすために、少しぐらいお酒を飲むのが、いけないことだとおっしゃるんですか？

……うふふ……あら、刑事さんも来てらしたの。どう、似合う？」

ドレスの裾をひらひらさせて、恭三に聞いた。

恭三は少し戸惑いながら、

「ええ。とてもよくお似合いですよ」

と答えた。

「素敵！　お世辞でも嬉しいわ。刑事さん……名前は何とおっしゃったかしら」

「速水です」

「どうかしら、未亡人を慰めるのはお得意？」

恭三は何と答えてよいか分からず、悔やみの言葉を述べておくことにした。

「どうもとんだことで。御愁傷さまです」

節子は、奇妙な目付きをして恭三に擦《す》り寄ってきた。酒臭い息がかかる。

「わ、わらしは……そんなことを聞いてるんじゃないの。慰めるのは……得意かって聞いたのよ」

そう言って恭三の体に手を回して、さすり始めた。言葉が段々怪しくなってきた。

彼は逃げ腰になりながら、

「……余り得意ではないと思います」

と答えた。

「簡単よ。ここに一緒に坐ってぇ、お酒を飲んでくれるだけでいいの。できるでしょ？」

「いえ……職務中の飲酒は禁じられておりますから」

「そう……つれないのね。じゃあそっちの坊やでもいいのよ」

節子は定まらない視線を、黙々と手帳に書き込みをしている木下の方へ向けた。

木下はびくっと体を震わせると、おそるおそる顔を上げる。

「あら、良く見るとなかなかハンサムなのね。……どう、坊や？　未亡人と付き合ってみる気ない？　後腐れもないし、色々楽しいこと教えてあげるわよ……」

「い、いえ、あの僕、その、恋人いるし、さなえちゃんっていって、彼女すぐやきもち焼くし……」

さらりと受け流すということのできない男らしい。汗を掻きながら、必死で断わる理由を探しているようだ。

「そ、そうだ！　警部補なら恋人なんかいませんし、年齢からいってもやっぱり警部補の方がお似合いですよ」

「ば、馬鹿、何を言うか！　愛があれば年の差なんて——」

恭三も慌てて場違いなことを言っている。そんな二人の様子を見ながら節子は、楽しんでいるのか悲しんでいるのか分からないような、奇妙な微笑を浮かべた。

「……この家の人達はね、誰もわたしのことなんか慰めてくれないの。わたしが悲しんでなんかいないと思ってるのよ。……そうでしょ。おかあさま？」

「当り前です」

民子は憎々しげな目付きで節子を睨むと、きっぱりと言った。

節子はにやりとして恭三のほうに向き直ると、

「ほらね？　わたしはわたしなりにあの人を愛してたっていうのに……速水さんは分かってくださるわよね？」

恭三にはちっとも分からなかったが、もちろんそんなことを言うわけにはいかない。話が逸《そ》れて、少しほっとした。

「はあ。良く分かります。――ところで、事件の時のことを御面倒でも、もう一度お話し願いたいのですが……」

節子は不服そうな表情で、恭三から離れると、ボトルをサイドテーブルに置いて、椅子に体を沈めた。

「……いいわよ。何でも聞いてちょうだい」

「では、御主人が殺された午前一時前後、あなたは何をしてらっしゃいましたか?」

「寝てましたよ、ぐっすり」

「では、不審な物音とか、いつもと違ったことに気づいたりはしませんでしたか?」

節子はけだるそうに、ただ首を横に振った。

「あなたは何か、御主人が殺された理由について、思い当たることはありませんか」

彼女は突然笑いだした。

「とんでもない! あの人が殺されるなんて、信じられないわ。わたしなら話は分かるけどね。わたしを殺したい人なら、この家には一杯いたでしょうから。あの人が殺されるなんて……それもあんなに可愛がってた雄作君にねえ。人生って不思議ね、そう思わない、速水さん?」

「節子さん、刑事さんに妙なことをおっしゃるのはおやめなさい」

節子はきっと民子を睨んだ。

「妙なこと? 何が妙だとおっしゃるの? わたしはこの家では、誰からも好かれてないわ。わたしは邪魔物なのよ。おかあさまだって、そう思っていらっしゃるはずよ」

「あなたには、殺すほどの値打ちはありませんよ」

もの静かな老婦人の口から出たその言葉に、恭三は背筋が凍り付くのを感じた。

節子もさすがにショックを受けたらしく、さっと青ざめると、テーブルに突っ伏して泣き始めた。その拍子にボトルが転げ落ちて絨緞の上に転がったが、酒はこぼれなかった。すでに空になっていたようだ。

「出てって！　みんな出てって！」

「申し訳ありませんが、最後にもう一つ。どうもあなたがた夫婦の仲はあまりうまくいってなかったようですが、原因は何ですか？」

追い撃ちをかけるようで、恭三は心が痛んだが、これだけはどうしても聞いておきたかった。

節子はわなわなと震えるばかりで何も言わない。

民子が口を挟む。

「だから先程申し上げたでしょう。御覧の通りこの人は酒びたりで――」

恭三は彼女を手で制すると、再び節子に呼びかけた。

「生活にも困らず、素敵な娘さんもいらっしゃる。一体何があなたを、そんなふうにしたんです？　何かあるはずだ。――そう、例えば御主人が浮気をしたとか……」

「あの子はそんな子じゃありませんわ！　あの子は節子さんを辛い目に遭わせたこと

なんか一度だって――」

民子の言葉に、節子ははっと顔を上げた。化粧が涙で崩れてアライグマのような顔になっていたが、それがかえって、その目に宿る狂気を増幅しているように見えた。

「嘘よ！　あなたは何も知らないのよ！　あなたの息子がどんな男だったか。――刑事さん。刑事さんのおっしゃる通りですわ」

「……とおっしゃいますと、やはり浮気ですか」

「浮気なんて可愛いもんじゃないわ。あれは病気よ。休む暇もなくあっちの女からこっちの女へ……」

「では、そのことであなたは御主人を憎んでいらしたわけですね」

恭三はできるだけさりげなく口を挟んだ。

「ええ！　何度この手で殺してやろうかと――」

と言いかけて節子ははっと口を押さえた。

「……一体何をお聞きになりたいの？　何にしてもあの人はもう死んでしまったわ。もう済んだことです」

「いいえ、まだ済んではいません。御主人を殺す動機のある人間を調べるのは当然のことですからね」

「犯人は雄作君に決まってるじゃありませんか！　――とにかく、わたしにはもう何も話すことはありません。調べるのならどうぞ御勝手に」

それっきり節子は彼らから顔を背《そむ》け、黙りこんだ。

「――では今日のところはこれで。しかしわたしは、雄作君が犯人だと決め付けてはおりません。またお邪魔することになるでしょうね」

恭三はそう言って、節子の部屋を後にした。

「節子さんの言葉を真に受けてらっしゃるんじゃないでしょうね？」

部屋を離れると、民子は恭三に聞いてきた。

「わたしはまだ、何も信じてはおりませんよ。目に見えるもの以外はね」

恭三はそう答えて、我ながら上出来の台詞《せりふ》だと感心した。これからはいつもこう言うことにしよう、そう決心した。木下が背後で、『警部補迷言集』を作り始めたのに気づかなかったのは、どちらにとっても幸いなことだった。

北側へ回ると、そこには菊雄夫婦の寝室と書斎があった。

当主蜂須賀菊雄は、書斎のデスクに坐って、何やら色々と書き物をしていた。

「おお、刑事さん。まだ何か？」

恭三達が入っていくと笑顔で問いかける。

「ええ、もしよろしければ……」

「そうかそうか。しばらくそこに坐って待っていてくださらんか。菊一郎の奴めが仕事を残していきおったもんでの」

それだけ言うと、老眼鏡の位置を調整しながら、書類の山に向き直った。

「ではわたしはお茶を入れてまいります。お二人とも紅茶でよろしいですか？」

民子の問いかけに木下は、

「あっ、僕はコーヒーを」

と、嬉しそうに言った。喉が渇いていたらしい。

「そうですか。速水さんは？」

恭三は、非難するように木下を見ていたが、

「ではわたしもコーヒーをお願いします」

と答えた。

矢野良枝がいないせいか、民子が飲み物を持って戻ってくるのには十分以上もかかったが、菊雄の仕事はまだ終わりそうになかった。コーヒーを飲んで一服すると、木下は手帳からリフィルをはずし、テーブルに並べて楽しそうに書き込み始めた。恭三

が覗き込むと、事件の関係者の名前を一枚に一つずつ書いて、五十音順に並べているらしかった。

暇な奴――。恭三は呟く。

ゆっくり時間をかけてコーヒーを飲み干した後で、彼は痺《しび》れを切らして声をかけた。

「あのう……蜂須賀さん」

菊雄は驚いたように顔を上げた。

「な、何だね！　君達はいつの間にここに入ってきたのかね？」

「は？　何をおっしゃいます。さっき御挨拶したじゃありませんか！」

菊雄は首をひねった。

「そうじゃったかな。そうか、ならいいんじゃ。ゆっくりしていきなされ」

そう言って再び仕事に戻ろうとしたので、慌てて恭三は言った。

「いえ、そうゆっくりもできないんです。少しお時間をいただけませんか。十分くらいで結構ですから」

「あなた。菊一郎のことでお見えになってるんですよ」

民子が助け船を出した。

「菊一郎？　菊一郎がどうしたんじゃ」

菊雄は驚いたが、もっと驚いたのは恭三の方だった。自分の息子が殺されたことをもう忘れてしまったのか？

「お忘れになったんですか……あの子は昨日、死んだんですよ。殺されてしまって」

菊雄は驚いた様子で、

「何じゃと！　菊一郎が？　それは困る！　あいつがおらなんだら、わしが書類を見んといかんじゃないか！　たくさん溜っておるのに……」

と叫ぶ。

民子は苛々《いらいら》する様子もなく、子供に言って聞かせるように彼に話した。

「だから今ほら、あなたは書類を御覧になってるじゃありませんか」

菊雄はデスクの上に散らばっている書類を、まるで初めて見るもののように見つめた。

「おお！　そうじゃった。――で、その方達は？」

「刑事さんですよ。昨日お会いになったでしょう」

菊雄はしばらく、記憶の闇を探っているようだったが、思い出した様子もなかった。

「どうやらじいさん、ぼけてるようですね」

木下が耳打ちして、手帳の菊雄のページに『ボケ老人』と書き込んだ。

恭三が頷きかけた途端、

「何を言う！　わしはまだまだぼけちゃおらんぞ！　わしは蜂須賀建設社長、蜂須賀菊雄じゃ！　蜂須賀建設は何でも建てるぞ！」

と、高らかに叫んだ。

恭三は、これは聞いても無駄かなと思いつつ、質問を始めた。

「では、昨日のことを覚えていらっしゃいますか」

言いながら、木下を横目で見ると、『地獄耳。要注意』と書き足している。

菊雄は馬鹿にするなと言いたげに鼻を鳴らして、

「もちろんじゃ。朝は、いつも通り、卵焼きと魚じゃった。確か鯖《さば》の味噌煮じゃったな。おみおつけは、豆腐じゃった」

木下が慌てて、『朝食は卵焼きと鯖の味噌煮』と書き込む。

「すいません。おみおつけは豆腐とおっしゃいましたか？」

ペンの尻で頭を掻きながら菊雄に尋ねたので、恭三は一発どやしつけた。

「そんなこと書く必要ない！　……蜂須賀さん、わたしが聞いているのは……」

「昼は何だか知らんが、おにぎりじゃった。ピクニックじゃあるまいし……」

「菊一郎さんが殺された時のことを聞いているんです！」

恭三が叫ぶと、菊雄はぽかんとして、しゃべるのをやめた。

「……いいですか、蜂須賀さん。昨日の午前一時頃、あなたはどうしていらっしゃいましたか？」

恭三はよく分かるようにゆっくりと、噛んで含めるように言った。

「午前一時……夜中じゃないか。わしはそんな時間に食事するほど非常識ではないぞ」

非常識だとでもいいたげな目で恭三を見る。

「……では、食事をしておられなかったのなら、何をしておいでになったのでしょう？」

恭三は爆発寸前で踏み止まり、しつこく質問を続けた。

菊雄は頭をひねって考えこんだ。

「……多分寝ておったのではないかな、おまえ？」

民子にそう聞くと、彼女は頷いた。

結局当てになるのは彼女の証言だけか、と恭三は溜息をついた。

「奥さんもおやすみでしたか？　何か物音を聞いたりしていませんか？」

「いいえ。三時に起こされるまでぐっすり眠っておりました。たぶん主人もそうだったと思います」

「蜂須賀さん。菊一郎さんは誰かから恨みを買うようなことはありませんでしたか？」

「菊一郎が誰かに……？　いや、わしは知らんな」

初めてまともな答えが返ってきて、恭三はほっとした。しかし、その答えは何の役にも立たなかった。

「菊一郎のことなら、佐伯君の方が詳しいじゃろう、彼に聞きなさい」

「佐伯……ああ、菊一郎氏の秘書の方ですね。二人はうまく行っているようでしたか？」

「さあ、そう見えたがのう。菊一郎はいつも彼を誉《ほ》めておったよ」

このじいさんからこれ以上引き出すのは無理だろうな、と恭三は思った。

「では三階へ行きましょうか。蜂須賀さん、どうもお邪魔しました」

恭三がそう言って立ち上がった時、蜂須賀菊雄は先程の姿勢で坐ったまま鼾《いびき》をかき始めていた。

3

三階の東南の角が、蜂須賀菊二の部屋だった。

ノックをすると返事はなかったが、民子は迷わずドアを開けた。

菊二の部屋は家具やブラインドなどがすべて黒と白でまとめられた、清潔だが無機的な印象を与える部屋だった。特に目をひくのは最新式のAVシステムと、ずらりと並んだビデオテープの棚だった。木下は中へ入るなりよだれを垂らさんばかりにして、機械を見つめている。菊二本人の姿はどこにも見当たらない。

「菊二」

そう民子が呼びかけると、バスルームから声が聞こえた。

「お母さん？　ちょっと待って」

タオルで顔を拭きながら出てきた菊二を見て、恭三はちょっと意外な思いにとらわれた。四十にもなって、独身で無職と聞いていたので、どうしようもなくだらしない男だろうと想像していたのだ。

菊二は、臙脂《えんじ》色のガウンが似合う、少しクラーク・ゲーブルに似たハンサムな男だった。自分でもゲーブルに似ていることを意識しているのか、口髭《ひげ》を生やしている。気障《きざ》な野郎だ、と恭三は一目で反感を持った。次の瞬間、黒々とした量の多い髪に気づいてそれは決定的なものになった。

真犯人はこいつではなかろうか、とまで彼は思ったものだ。

「ああ、お母さん。ひどい顔ですよ！　昨日は良く眠れなかったのでしょう。兄さんがあんなことになって……」

「お前は元気そうだね」

母親が皮肉を込めてそう言うと、菊二は露骨に嫌な顔をした。

「僕だって、相当ショックを受けましたよ。ただ立ち直りが早いだけです。父さんはあんなだし、これからは僕がしっかりしなきゃいけませんからね」

「馬鹿をお言いでないよ。誰がお前なんか当てにするものかね」

民子の言葉に、彼は肩を竦《すく》めて恭三達の方に照れ笑いを浮かべてみせた。菊二は、タオルをベッドに投げて、寝椅子に転がると、オットマンに足を置いて、

「刑事さんの前で喧嘩はやめましょう。――僕に何か？」

と言った。

恭三は少しいじめてやろうと思い、わざと尋ねた。

「菊二さんですね。お仕事は何を？」

「いやあ、仕事と言えるほどのことは何も……。そうですね、投機を少々——」

「ギャンブルとおっしゃい」

民子が冷ややかに言った。

「——分かりましたよ。ギャンブルと呼んでもいいでしょう。……お母さんにかかっちゃおしまいだな」

両手を外国の映画俳優のように大袈裟《おおげさ》に拡げて、恭三の方に共犯者のような笑みをよこした。恭三は冷たく見返して、さらに続けた。

「では、お金のない時は、お父様や菊一郎さんの世話になっていたわけですな」

菊二はむっとした様子で黙り込み、ガウンのポケットから煙草とライターを取り出すと火を付けた。

「御結婚はされていない？」

恭三はさらに聞く。

菊二はにやりと笑って、首を横に振った。

「ぶるぶる。結婚なんてとんでもない。あんなのは野蛮人のすることです」

「結婚が野蛮ですか？」

意外な返答に、恭三は好奇心をそそられた。

「もちろんです。ええと……刑事さん、あなたは結婚してらっしゃいますか？」

恭三は渋い顔をして、首を横に振る。

「そりゃよかった！　じゃあ教えてあげましょう。愛なんてものはですね、所詮うつろいやすいものです。また、だからこそ美しい。結婚という制度は、その原理を無視したものです。愛が消えた夫婦には何が残るか？　幻滅だけです。はっきり言ってこれは、愛に対する冒瀆《ぼうとく》以外の何物でもありません。そうは思いませんか？」

「しかし……死ぬまで愛しあっている夫婦だって大勢いるでしょう」

恭三は不服そうにそう答えた。

「わたしはお父さんを今でも愛していますよ」

民子が口を出すと、菊二は手を振って、

「愛しあっているように見える夫婦はいるでしょうね。また、愛しあっていると思いこんでいる夫婦もね。でもそれはそう思いたいだけの話ですよ。このさきずっと一緒に暮らしていかなきゃいけないんだ。愛してると思わなきゃやってられませんからね。思い込むことに失敗した夫婦は、仕方なく離婚する、というわけです」

恭三には、菊二の言っていることは極論ではあるものの、ある程度当たっているような気もした。考え込んでいると、木下が指でつついてきた。

「警部補!」

木下に囁かれ、こんな話をしにきたわけではないことを思い出した。

一つ咳をして、

「あなたの結婚観は良く分かりましたから、質問を続けさせてもらいましょう。——昨日の午前一時前後、あなたは何をしてらっしゃいましたか?」

「もちろん寝てました。何も聞かなかったし、見なかった。それはあの刑事さんにも言ったはずですが?」

恭三は彼の質問には構わず、先を続けた。

「お兄さんを恨みに思っている、あるいはお兄さんが死んで得をするような人について心当りがありますか?」

「特に心当りなんかないですが、あえて挙げるなら義姉《ねえ》さん——節子さんかなあ……犯人は雄作じゃないとでも?」

「今の段階では、すべての人を疑ってかかる必要があります……あなたも含めて」

「僕が? 僕がどうして兄さんを殺したりするというんです?」

菊二は別段怒った様子もなく聞き返す。

「動機はいくらでも考えられます」

「例えば？」

からかうような口調だ。

「そう……一番普通に考えられるのは、遺産でしょうな。菊一郎氏を殺すことによって、菊雄氏の莫大な遺産の分け前を増やすことができますから」

「は！　そいつは馬鹿げてますね。僕は今の生活に充分満足してるし、もし手っ取り早く金が欲しくなったとしたら、まず親父を殺しますよ。そうじゃないですか？　親父はぼけちゃいるが体だけは丈夫でね、ほっといたらいつまで生きるか分かったもんじゃない。そんな、いつ手に入るか分からないような金のために、わざわざ殺人まですると思いますか？」

菊二の言葉は過激だったが、言っていることは理にかなっている。

「では、恨みですかな。小さい頃から何かと比較されることの多かったあなたは、菊一郎氏に対して過度のコンプレックスを抱いていた――」

菊二は笑いだした。

「――こりゃいいや！　警部補さん、あなた作家になるといい。そういうじめじめしたやつは日本人には結構受けますからね」

いくら押してもこの男は何も感じないようだ、と恭三は諦めた。

「分かりました——あなたには何の動機もない、とりあえずそういうことにしておきましょう。……ところで、雄作君についてはどうです？　菊一郎氏との間で何かトラブルでもあったんでしょうか？」

「トラブルですか……僕にはあの二人は、結構うまがあってるように見えましたが……」

今のところ、特に動機がありそうなのはどうやら節子だけのようだ。雄作の動機についてはS署の連中が徹底的に洗っているだろうから、もしかするとすでに何か見付け出したかもしれないな、と恭三は考えていた。

彼はふと窓外に目をやると、渡り廊下を隔てて真正面に雄作の部屋が見えることに気付いた。

歩み寄ると窓を開け、首を突き出して見回してみた。

「あれは雄作君の部屋ですね？　この階は他にどなたが？」

「この棟の一番西には雪絵がいます。北の棟は——一番西側に、河村さん、その隣が兄の秘書の佐伯君の部屋です」

恭三はしばらく屋敷を見回したり、中庭を見下ろしたりしていたが、特に気になるようなものは何も発見できなかった。

「どうも、お邪魔いたしました。今日のところはこれで」

三人が出ていこうとすると、菊二が後ろから声をかけた。

「刑事さん……あなた、恋をしているようですね。それも多分、片想いだ」

恭三は動揺を気付かれないようにゆっくりと振り向くと、

「何故そんなことを？」

と聞き返した。

「いやね。僕の結婚論に興味があるようでしたから。でも一所懸命というほどでもなかった。だからまだ、そこまでは進んでいないだろうな、とね。——いいですか、もし彼女との仲がうまく行っても、間違っても結婚なんかしちゃだめですよ」

「……考えときましょう」

部屋を出ると、木下が驚いたような顔で聞いてきた。

「警部補……警部補は恋をしてらっしゃるんですか？」

「うるさい！」

恭三は噛みつきそうな勢いで、一喝した。

4

佐伯和男の部屋は菊二の部屋とは正反対に、テレビもステレオもなく、あるものといえば、大きな本棚くらいだ。そこにびっしりとビジネス書や、資格取得のための参考書などが並んでいた。

「副社長の秘書をやらせていただいておりました、佐伯和男と申します」

ネクタイをきちんと締めた黒いスーツ姿の佐伯は、そう言って深々と頭を下げると、名刺を出してきた。蒼白く端整な顔は知性的で、いかにも有能な秘書、といった風情《ふぜい》だった。

恭三は、久し振りにまともな人間に出会ったような気がして、ほっとした。不気味な老婆にボケ老人、飲んだくれの淫乱女にギャンブラー……。はっきり言ってもうこれ以上、変な人間にはお目にかかりたくない気持ちだった。

「佐伯和男さん、ですか。……しかし、住込みの秘書というのも珍しいんじゃありませんか？」

「……そうでもありません。副社長のようにお忙しい方の場合、この方が都合のいいことが多いものですから——」

「まだお若いようですが、おいくつですか？」

「二十九です」

「ほう、それはまた……。ところで、今度の副社長はどなたがなるんでしょうかね？」

「さあ、わたしには分かりかねます。あの方は有能な方でしたし、お体の方もいたって健康でしたから……」

「しかし候補はおのずと限られてくるでしょう」

「そうですね……。——しかし、それが何か？」

「蜂須賀建設副社長の椅子を手に入れるためなら、殺人も犯しかねない、という話です」

佐伯は当惑した様子を見せた。

「しかし……犯人は雄作君だったのでは……？」

「そう……確かに今のところ、そのようにしか見えませんな。でもたとえ彼が犯人であったとしても、誰かが裏で糸を引いているという可能性もありますから」

ふと思いついてそんなことを口にした恭三であったが、これはもしかすると真実を突いているのでは、という思いが頭を掠《かす》めた。雄作には今のところ動機が見当たらない。しかし、誰かに頼まれた、あるいは強要されたのだとしたら――？　いやいや、それにしても雄作のちぐはぐな行動を説明することにはならない。

「ところで、あなたは昨日の午前一時頃、何をしてらっしゃいましたか？」

「もちろん眠っておりました」

「何かいつもと違ったことはありませんでしたか」

「別に何も……」

「雇主としての菊一郎氏はどういう人でした？」

「……そうですね、何しろ精力的な方でしたから、仕事は結構大変でした。ですがもちろん、その分やりがいも感じておりました。あのような方に傭《やと》っていただけたのは、大変幸運だったと思っております」

佐伯は、慎重に言葉を選びながら答えているようだ。

「……仕事を離れてのつきあいは、どうだったんです？」

「――そのようなつきあいなど、ありませんでした」

「何もない？　住込みで働いていれば、多少は何かあるでしょう」

「いいえ。あの方は、仕事以外の話をわたしにされることはほとんどありませんでした。多分、わたしが面白くない男だと思っていらしたからでしょう」

恭三は、改めて佐伯を見つめた。

「ほう……菊一郎氏はあなたのことを面白くない男だと、そう思っていたんですか？」

「はい」

佐伯ははっきりと答える。

「どうしてそんなことが分かるんです？」

「以前、はっきりと言われましたので、お前は面白くない奴だ、と」

「そりゃまたどうしてです？」

好奇心に駆られて、恭三は聞いた。

「あれは副社長がひどく酔われていた時でした……カラオケのあるクラブで、『お前も何か歌え』としつこく申されましたので、仕方なく歌いました。その時のことです」

「何を歌ったんです？」

「確か『荒城の月』だったと思います」

佐伯はすまして答えた。

こいつも相当に変な奴だ――。
恭三は寒気を禁じ得なかった。

佐伯の部屋から、空き部屋を一つ挟んで隣――そこが雄作の部屋だった。一番近いのは佐伯だが、抜け穴を使っての出入りなどということは考えにくい。

これ以上の案内は必要ないので、疲れぎみの民子には鍵を開けてもらえば用はなくなった。彼女は重たい足取りで、階下へと下りていった。

二人が一歩中へ入ると、柔らかな午後の陽射しが主を失った部屋に差し込んでいた。

充分明るかったが、恭三が慎重を期して明りを付けると、指に指紋採取用の白い粉がついてきた。雄作以外の指紋がないか、部屋中を調べたようだった。

金にさほど不自由はしていない学生の部屋、というのが恭三の第一印象だった。まとめて揃えたのであろう、白と黒を基調にしたベッド、机、本棚などの家具。十四インチのテレビに、CD付のラジカセ。

ベッドや家具は壁に沿って置かれ、窓際には何もなかった。

「もし何らかの方法で部屋に入れたとしたら、雄作に気付かれずに犯行が行なえたでしょうか？」

　と木下が、一応脳味噌のあることを示す。

「そうだな……音を立てずに入れたとしても、窓を開けなきゃならんし……ボウガンを発射する時の音はどうしようもないし……。——しかし、耳許で怒鳴られたって目を覚まさない奴もいるからな」

　誰か雄作以外の人間が、この部屋に侵入して菊一郎を殺害するのはますます不可能に見えてきた。またしても雄作に不利な条件ができたか、と恭三は顔をしかめたが、気を取り直して捜査を再開した。

　ドアは——これは屋敷のどの部屋も同じだ——合板だがしっかりしたもので、隙間なくぴったりと閉まる。薄いカードどころか、糸でも引っ掛かってしまうだろうから、いわゆる〝針と糸〟のトリックなどというものもできそうにない。錠は雄作が言った通りボタン式だった。雄作が、『部屋にいる時は鍵をかける』と言っていたのを思い出した。

「木下、壁を調べろ。俺はバスルームを見てみる」

　バスルームは、ビジネスホテルと変わらない、ユニットバスになっていた。ゆったりと風呂に浸かるのが好きな恭三は、こんな狭い風呂に入らなきゃいかんのなら俺は貧乏人で結構、銭湯の方がよっぽどいいや、と思った。

西洋かぶれの個人主義者め、と内心毒づく。

しかし、一体成型のユニットバスに、人の通れる抜け穴などあろうはずもなかった。天井に五十センチ四方の四角い穴があり、板を押し上げると屋根裏状の空間があることが分かったが、それだけだった。小さな子供なら隠れていられそうだが、この屋敷の人間は全員無理だろう。

諦めてそこを出ると、木下刑事が窓を開けて中庭を見回していた。

「壁は？」

「どこもかしこもコンクリートが詰まってるようですよ。しっかりしたもんです。……窓から窓へ飛び移れないかな、と思ったんですが――」

窓から窓へ飛び移れるなら、隣の空き部屋からこの雄作の部屋へ、窓から侵入することができる。

「なるほど……。やってみろ」

若い刑事は、信じられない、といった顔で恭三を振り返った。

「さ、三階ですよ、ここ？　――へたすりゃあの世行きってことだって……」

恭三は笑い飛ばした。

「頭から落ちなきゃ大丈夫さ。心配するな、落ちそうになったら俺が摑《つか》んでやるから」

「……僕は遠慮します。警部補の方が、運動神経も発達してるようだし……」

「お前に俺の体重は支えられんだろう？　――ぐずぐず言ってないでさっさと行け。大体お前、今日何にもしとらんじゃないか。少しぐらい役に立つってとこを見せてみろ」

木下は猫のように襟を摑まれ、窓外に押し出されてしまった。

「け、警部補、しっかり持っててくださいよ。僕まだ六十年は生きるつもりですからね、もし死んだら、警部補が死ぬまで祟《たた》りますよ、ほんとですよ。冗談じゃないですよ」

スリッパを脱ぐと、びくびくと震えながらも、右手で恭三の手をしっかりと握り、体を外に出していった。

左手を伸ばしていったが、届かない。仕方なく、雄作の部屋の窓敷居に置いていた左足を伸ばす。これで頼みは右手と右足のみ。

「下を見るなよ」

と恭三が余計なことを言う。木下は釣られて下を見てしまった。

せいぜい五、六メートルのはずだが、目眩《めまい》に襲われたようだった。

「け、警部補！　やっぱり無理です！　犯人は雄作です！　それ以外考えられません！」

と叫んで、戻ろうとする。

「弱音を吐くな！　そんなことでこの先警官が務まると思ってるのか！」

恭三は勝手なことを言っている。

「いいです、もう！　田舎に帰って、乾物屋を継ぎます！」

「やかましい！　早くしないと俺が突き落とすぞ！」

恭三に怒鳴られて、慌ててまた、手足を伸ばしていく。

突き落とされるのが怖くて、精一杯頑張っているところを見せようとして左足を伸ばすと、靴下の先が隣の部屋の窓に届いた。その小さな出っ張りを足掛りにして、今度は左手を近付けていく。

「やりました！　警部補！　僕はやりましたよ！」

恭三が手を放すと、木下は蜘蛛《くも》のように、窓と窓の間の壁に貼りつく形になった。

「ど、どうしましょう、これから？」

「向うの窓を開けて飛び込め」

最大の難関を突破したと思った木下は、その命令に文句も言わず、窓を開けようと左手に力を込めた。

その時、恭三はあることを思い出したが、一瞬遅かった。足を滑らせた木下は、呪いの言葉を吐きながら落下していった。

「あああ！　祟ってやるうううう！」

ざざっ、という音。

恭三がおそるおそる外を覗《のぞ》くと、木下はツツジの茂みの中で大の字になってもがいていた。少なくとも生きてはいるようだ。屋敷の各部屋の窓が開けられ、何事かと幾つかの顔が覗いた。

巨大な影が、もがいている木下に襲いかかる。

ハチだった。ハチはしばらく木下の顔をなめたり、服をかじったりしていたが、やがて木下の脇に落ちていたシステム手帳を見つけると、それをくわえて意気揚々と去って行った。

恭三は両手でメガホンを作り、叫んだ。

「木下あ！　悪い！　そこの窓、鍵閉まってたんだ！」

第三章　慎二、意見を述べる

1

「骨は折れてないようですな。ただの捻挫《ねんざ》です。いくつか打身と擦《す》り傷がありますが」

と医者は言った。

足が折れたの、全身打撲だのと喚《わめ》く木下を、恭三が近くの病院まで連れてきたのだ。

「しかしまあ、二、三日は足を休めた方がよろしいでしょう」

続けて医者がそう言うと、恭三は舌打ちした。木下のことだから、医者の言葉を利用して休むだろう。一課は今、人手が足りないから、課長は代わりの刑事をこちらへ回してくれるとも思えない。悪くすると、恭三もこの事件から手を引けと言われる可能性もある。

木下がさも痛そうにするので、本庁に電話を入れて報告してから、恭三は彼を自宅まで送ることにした。

車の中で木下はぶすっとしたまま、恭三の方を見ようともしない。

たまらず彼は声をかけた。

「なあ、木下。お前も悪いんだぞ。お前だって、あの時一緒にいたじゃないか。隣のあの部屋は、ドアも窓もずっと閉まったままだったってこと、聞いてただろう？」

「それはそうですが……」

「しかしまあ、無事で良かった。それに雄作の部屋には、ドアからしか入れなかったことも確認できたし」

「……警部補はこれから、矢野夫婦に会いに行かれるんですか？」

「ああ、そのつもりだ。——お前も一緒に行くか？　事件の最後を見届けたいだろう？」

木下は突然足が痛み出したらしく、

「はあ……あっ、いたたた。そうしたいのはやまやまですが、この調子では警部補の足手まといになりますので……」

と言った。

「ほう、そうか。せっかくこれから昼飯にしようと思ったんだが……」

恭三がさりげない様子でそう言うと、木下は深く考え込んだ。内面の激しい葛藤と闘っているようである。

「そういえば、長いこと寿司を食べてないなあ……」

木下が独り言のように呟くと、恭三はにやりと笑った。交渉が始まったのだ。

「ラーメンだ」

「焼き肉」

木下は間髪を入れず言い返す。寿司が無理なのは始めから承知していたにちがいない。

「ラーメン」

恭三は一歩も譲らない。

「鰻《うなぎ》」

「ラーメン」

「トンカツは？」

「ラーメンだ」

木下は降参した。

「分かりました。ラーメンでいいです。でも、『桂花』のターローメンですよ。他のラーメンならお断りです」

「いいだろう」

恭三は——何となくそれがふさわしいような気がして——派手にUターンをしてから、新宿に向かうのならターンする必要のなかったことに気付いて舌打ちした。

2

二人はラーメンを食べてから、S区の矢野夫婦が泊まっているというホテルに向かう。フロントから電話を入れ、部屋に向かった。

ノックをすると待ちかねたように、矢野良枝がドアを開ける。何度見てもすぐ忘れてしまう、善良そのものといった感じの小肥りの女性だ。

「ああ、警部補さん！　ありがとうございます！　雄作のためにもう一度捜査してくださってるそうですね？　お嬢様にお聞きして、お待ちしておりました」

何度もお辞儀を繰り返す、その隙を見つけて恭三は聞いた。

「雄作君のお母さんですね？」

「はい。良枝と申します……あんたっ！　あんたも御挨拶しな！」

彼女の後ろから鈍重そうな髭面を覗かせたのは、矢野孝夫だ。

「どうも……刑事さん、やっぱり雄作がやったんでしょうか？」

「何てこと言うんだい！　自分の息子が信用できないのかい？」

「そりゃ俺だって信じてやりたいけど……」

恭三は二人の間に割って入った。

「まあまあ、とにかくそれを今調べているんですから……」

四人は中に入り、思い思いに腰掛けた。

木下はポケットをあちこち探りながら、

「あれっ？　ないぞ……」

などと慌てている。手帳を探しているのだろう。恭三は、あの犬が持っていったぞと口を開きかけ、いやいやあんなものはないほうがいい、と思い直してやめた。

「警部補、僕の手帳知りませんか？」

「知らん」

恭三はにべもなく答え、質問を始めた。

「さて、一番お聞きしたいのは、あなたがお持ちになっていたという鍵の件ですが……」

恭三が聞くと、孝夫は苦しそうな表情をした。

「わたしがあれを持って行ったばっかりに、雄作は——」

「普段はどこに保管されていたんでしょうか」

「わたしが部屋にいる時は、部屋の壁に。他の時は、たいてい身につけております」

と孝夫は答えた。

「ここしばらくの間に誰かが、それの合鍵を作ったという可能性はないでしょうか——例えば、あなた方の部屋に遊びに来て、目を盗んで一つ抜き取り、また後で返しておいた、というような可能性は考えられませんか？」

「わたし達の部屋には、雄作以外入りません」

「では、そうですね……あなたは鍵をどこのポケットに？」

「ポケットじゃなく、ベルトに輪を通してぶらさげております」

「すれ違いざまに抜き取るといったようなことは……？」

余り当てにせず、恭三は聞いた。予想通り、孝夫は強く首を横に振った。

「そんなことができるはずはありません」

「そうですか……あなたから、少しの間、鍵束を借りたことのある人は？」

「お屋敷ができて以来、そんなことは一度もありませんでした」

恭三は、あることを思いついた。

「そうだ……あの雄作君の隣の部屋は、空き部屋でしたね？　あそこに泊まった方は？　その方には、あそこの鍵をお渡しになったんじゃありませんか？」

「それはまあ、何人かの方が泊まられましたが……鍵をお渡ししたことはありませんね。たいてい荷物もお持ちでないし、一晩くらいのことですから」

行き詰まった。結局この男と雄作、良枝の三人以外、雄作の部屋にも、隣の部屋にも入れなかったことになる。

「奥さんも、合鍵を作られたようなことはありませんね？」

確認のつもりでそう聞くと、良枝は憤慨した様子だった。

「刑事さんはわたしを疑ってるんですか？　どうしてわたしが菊一郎様を……」

「いえいえ、そんなつもりじゃありません。しかし奥さんを通じて間接的に犯人の手に渡ったということも考えられますから――」

「合鍵など断じて作ってはおりません」

そんなやりとりをする間に、雄作の持っている鍵を誰かが持ち出して合鍵を作ったという可能性も考えねばなるまい、と恭三は気づいた。

雄作に会って聞くこと、と心にメモした。

「鍵のことはそれくらいでいいでしょう。――では、奥さん。事件前後、あなたは何をしていらっしゃいましたか？」

「十二時半頃になっても、亭主が帰ってきませんものですから、先に休んでおりました」

「では御主人が帰っていらした時は……？」

「はい、目を覚ましました。二時十五分くらいでした。時計を見まして、文句を言ったのを覚えております」

「それに間違いありませんね？」

孝夫に向かってそう聞くと、彼は頷いた。

「その後、みなさんが騒ぎ出すまでは、眠っておられたわけですね」

「はい」

夫婦揃って頷く。

「何か特に気がついたことはありませんでしたか」

二人は今度は、揃って首を横に振った。

「では御主人の方ですが、屋敷を出られたのは何時頃ですか？」

「みなさんが部屋に引き取られてからですから、十一時を少し過ぎていたと思います」

「呑みに行かれたんでしたね。それはどこですか？」

孝夫は素直に、居酒屋の名を教えた。

「そこに着いたのは？」

「十五分はかかりますから、十一時半くらいでしょう」

「そこで二時頃まで？」

そう聞くと、彼は自信のなさそうな口振りで、

「……多分」

と答えた。おそらく、酔っ払っていて、記憶がはっきりしないのだろう。居酒屋で聞けば分かることだ、と恭三は思った。

「ところで、雄作君と菊一郎さんの間でトラブルがあったとか聞いてませんか？」

「まさかそんな……そんなはずありません！　あの子は菊一郎様を尊敬しておりましたし、就職のお世話もしていただくことになっていたんですよ？　トラブルだなんて

……」

良枝は叫ぶようにそう訴えた。

本当に何も知らないようだったが、たとえ知っていても息子の不利になるようなことは言わないだろう、そう思って恭三はこれで切り上げることにした。

「そうですか。では今日のところはこれくらいで。――ところでここにはいつまでいらっしゃる予定ですか？」

「雄作の無実がはっきりするまでは……。もちろん逮捕されるようなことになれば、二度とあのお屋敷に戻ることはないでしょうけど――」

良枝は辛そうに言った。

恭三が立ち上がると、苦労して木下も立ち上がった。怪我の痛みはまんざら演技だけでもないようだ。

二人はホテルを出ると、矢野孝夫のいたという居酒屋に行き、アリバイを確認した。確かに彼は、十一時半にやって来て、二時の閉店時に追い出されるまで、ずっと腰を据えて呑んでいたということだった。

3

二人はS署の建物に入り、誰かれなしに所在を聞いて、ようやく取り調べ室の前で、疲れた顔付きで煙草を吸っている奥田を見つけた。

「雄作は？　まだここにいるんだろ？」

恭三が問いかけると、奥田は苦々しげに首を振った。

「——ええ。往生際の悪い奴で……」

「逮捕状は？」

「今日は何ですか？」

奥田はその質問には答えず、
と聞き返してきた。

「いや、ちょっと近くまで来たもんでね。——動機は何か分かったのかい？」

恭三が聞くと、奥田は自慢気に喋り始めた。

「まあね……あの矢野一家はですね、先代——孝夫の親父の頃は、八王子辺りで広い土地を持ってて、羽振りがよかったらしいんです。ところが蜂須賀建設が住宅地としてその土地をごっそり買い上げてからは、落ちぶれるばっかりで、どういういきさつか御覧の通りです」

「すると、何か？　蜂須賀建設が、汚い手段を使って欲しい土地をむりやり――」

「いえいえ。全然そんなことはありません。法的にも道徳的にも何ら問題ありませんが、ま、孝夫や雄作にしてみれば恨みに思ったとしてもおかしくはないでしょう。八つ当りというやつですな」

「しかし、今頃になって何故？　しかも孝夫ならともかく、雄作は小さい頃から蜂須賀家で育ったんだろう。それも決して冷遇されているわけじゃない。殺人の動機としてはいくら何でも弱過ぎやしないか」

「――動機なんてこの際どうだっていいんですよ。ありさえすれば。だってそうでしょう？　他に誰も殺せた奴はいないんだから」

奥田はちょっと苛立たしげに、本音を吐いた。

「とにかくちょっと話したいことがあるから、会わせてくれ」

奥田は少し躊躇《ちゅうちょ》しているようだったが、諦めたように頷いた。

立ち上がると、ドアを開けて二人を入れる。矢野雄作は憔悴しきった表情で、パイプ椅子から崩れ落ちそうになりながら坐っていた。

何度か休憩はあったのだろうが、既に相当長い時間ここに坐っていたのに違いない。奥田も、いつまでも重要参考人として雄作をつなぎとめることはできないから、焦っているのだろう。

「雄作君――覚えているかな。速水だ」

恭三が声をかけると、雄作の日に、ほんの少し生気が戻ったようだった。手早く質問をすませてやろうと思った。

「君はぐっすり眠る方かね？」

「……どういう……ことでしょうか？」

質問が意外だったらしく、雄作は目を瞬いた。

「つまりだ。誰かがドアなり窓なりから入ってきたとして、君はすぐ目が覚めるだろうか？」

「……分かりません。――でも実際僕は起きなかったんですからね」

雄作はちらりと奥田に憎々しげな視線を送って、そう答えた。

「君が特に敏感か、あるいは非常にぐっすり眠るのかということが聞きたいんだ」

「……どうでしょう。普通じゃないでしょうか。――地震なんかには結構敏感ですけど」

「……そうか。じゃあ、鍵についてだ。君の部屋の鍵だがね。君は誰かに鍵を貸したり、合鍵をやったりしたことはないかね？」

ぼんやりと考えている様子だったが、疲れたように首を横に振った。

「ちゃんと考えたまえ。もし君がやったのでないなら——」

「警部補！　何てことを——」

奥田が抗議の悲鳴を上げるが、恭三は無視した。

「——君がやったのでないなら、誰かが鍵を持っていたはずだ。君のお父さんが持っていた鍵は使えなかったのだから、後は君自身の鍵しかない。どうだね？　鍵をどこかに置き忘れたことくらいあるだろう？」

雄作は溜息をついて、首を横に振った。

「残念ですが……そんなことはありません。僕の持っている鍵には、誰も手を触れたことはありません」

恭三はその瞬間、雄作の無実を確信した。

「一体どういうつもりなんです！　もうちょっとで落とせるって時に——」

恭三は抗議を続ける奥田に冷たい目を向けると、

「一言、言わせてもらおう。逮捕はやめた方がいい。——無実の人間を犯罪者にしたくなければね」

　と言った。

「な、何を……。雄作の部屋には、誰も入れなかったと今言ったばかりじゃ――」

「それはそうだ。状況は、彼にとって非常に悪い。しかしね、この青年が嘘をついていると思うかね？　これだけ追い詰められてるのに、自分の鍵には誰も手を触れなかったと言うこの青年がだよ？　――俺は彼を信じるね。このまま送検されたら、有罪になるかもしらんが、俺は信じる」

「ちぇっ……。あんたはそうやって人の手柄を横取りして、偉くなってきたんだな。よーく分かったよ」

　奥田が憎しみを込めてそう言うと、恭三は憐れむように彼を見て、

「あんたのように人間を信じられない奴が、今まで警官をやってたかと思うとぞっとするよ。――最後にもう一つ忠告させてもらおう。毎日歯を磨け。口が臭いぞ」

　と言い放つと、あっけに取られた様子の奥田を残して、恭三は取り調べ室を出て行った。

「駄目だ。完全に行き詰まっちまった」

閉店後の『サニーサイドアップ』で、恭三は頭を抱えた。

「一日聞込みしたくらいで何言ってるの！　このチャンスを逃したら、兄さん一生独身よ！」

いちおはそう言って、恭三の背中を勢いよく叩く。

「あ、ああ、そうだな……な、何？　馬鹿野郎！　俺はそんなつもりじゃ……」

「まあまあ、気にしない。で、今日は何が分かったの？」

恭三は簡単に、経過を説明した。

「――ふーん。じゃあ、雄作が犯人じゃないとむりやり仮定すると、その父親が何らかのアリバイ工作をしたか、あるいは……」

「あるいは？」

いちおは恭三の顔をちらっと窺《うかが》って、

「目撃者二人が、嘘をついているか。ま、兄さんは気にいらないだろうけど」

と言った。

「雪絵さんが……馬鹿馬鹿しい！　何だって彼女が嘘をつかなきゃならんのだ！」

「でもあの二人は、すでに一度、嘘をついてるわけでしょう」

「それは……雄作を庇《かば》おうとしたんじゃないか！」

「始めから、ばれることを予想して嘘をついたのかもしれなくってよ。……つまりこうよ。二人は結託して雄作を陥れようとしたけど、もっともらしく見せるために、まず嘘をついてみせて、ばれたから仕方なく喋りました、という演技をするわけね。それもまた嘘だとは誰も思わないわ」

恭三は反論しようと口をぱくぱくさせたが、何も言えなかった。

「し、慎二！　このあほうに何か言ってやってくれ！」

カウンターの中の小さな椅子に腰掛けて、にやにや笑いながら二人のやりとりを眺めていた慎二は、

「兄さん。いちおだって本気で言ってるわけじゃないよ。からかわれてるのが分からないの？」

と口を出した。

「まあ、あえて真面目に今の意見に反論するとしたら、雪絵さんが自分の父親を殺す、あるいはその犯人に協力するとは考えにくいっていうことと、雄作を陥れておいて、兄さんに捜査続行を頼みに来るっていうのは矛盾してるってことくらいで充分だろう」

いちおは諦めたように両手を上に上げて、

「いいわよ、いいわよ。美人は人殺しなんてしないのよね。嘘もつかないし、おならもしない。そういうことにしときましょ」

と、いじけた振りをしてみせた。

「でもそうすると後は、矢野……ええと何だっけ……とにかくその雄作の親父のアリバイを崩すしか手はないんじゃない？」

「しかしなあ……矢野孝夫が呑んでたっていう居酒屋は、屋敷から十五分くらいのところなんだが、トイレにちょっと立つ以外はずっと呑んでたのを、店員がしっかり覚えてるんだ。トイレと言ったって一、二分のことだし、しかも抜け出せるような窓なんかない。あいつにはやれないよ」

「そうかな」

慎二が意味ありげに口を開いた。

恭三はその口調にはっとなって聞き返した。

「ど、どういうことだ。何か思いついたのか？」

「まあ、ちょっとね。――矢野孝夫は何時から何時までそこにいたって？」

「ええと……十一時半から、二時までだ。それがどうした？　事件は一時頃だぞ？」

「ほんとにそうかな？」

思いもしないことを聞かれて、恭三は考え込んだ。

いちおはすぐに慎二の意味することが分かったらしく、

「なある。慎ちゃん、偉い！」

などとおだてている。

「ちょっと待ってくれ、どういうこった？」

「つまりだね、一時頃だと言ってるのは、目撃者の二人だけだろ？　もし事前に、雪絵さんの部屋の時計を進ませるか、遅らせておくことができたとしたら、どうなる？　そして二人の意識を失わせた後、部屋に入って時計を戻しておけば、アリバイ成立ってわけさ。よくある手だよ――推理小説じゃね。密室殺人じゃ、犯行時間をずらすトリックなんてのは、『ビッグ・ボウ』（注2）以来、手を替え品を替え使われているんだ。これだと、何故二人が殴られただけで済んだのかっていうことの説明もつくしね。アリバイのために彼女達は必要だったわけさ」

慎二は当然といった口調で、そう言ってのけた。

「そうか……。そうだったのか。あんの野郎、わたしは何にも知りませんってな面しやがって！　あいつだったのか！」

恭三は勢いよく立ち上がり、スツールを倒してしまった。ガシャーンとけたたましい音を立てて床に転がる。

「今から捕まえに行ってやる！」

「兄さん！　ちょっと待って！　まず雪絵さんに、犯行前に誰かが時計に近付けたかどうか聞かないと……」

雪絵、という名を聞いて、恭三はドアを開けたまま立ち止まった。

「……うん、それもそうだな。昼間は会わなかったし、それも悪くない。何か思い出したことがあるかもしれないし……」

などと、自分に言い訳をするように呟く。

「花束でも買って行ったら？」

恭三はにやにや笑っているいちおを睨みつけたが、内心、それも悪くない、と思った。

4

恭三が、遅くまでやっている花屋を見付けて薔薇《ばら》の花束を買い、蜂須賀家に到着すると、ちょうど通夜が終わったところのようだった。

たくさんの車が門を出て行くのを見ながら、困ったことになった、と思っていた。普段なら考えられないことなのだが、一度は捜査を離れたつもりでいたので、通夜があることを忘れていたのだ。

通夜の席に薔薇の花束など抱えて行ったら、一体どう思われるだろう？　――しかし、高い金を払って買った花束を捨ててしまうのは余りにももったいない。

恭三は花束を背中に隠し、屋敷に入っていった。

玄関ポーチには、民子が立ち、出て行く人に挨拶している。

「ああ、刑事さん。昼間のあの若い刑事さんの様子はいかがでしたか？」

「木下ですか？　あいつならなんともありません。ちょっと捻挫しただけでして。どうもお騒がせしました」

そう言って深々と頭を下げると、背中に持っていた薔薇の花束をちょうど彼女の鼻先に突き出す格好になってしまった。

「まあ、綺麗な薔薇ですこと」

「は？　薔薇？　……あ！　い、いやこれはですな……」

「しかしよく、菊一郎が薔薇を好きだったことがお分かりでしたね。やっぱり警察の方は何でも知ってらっしゃるんでございますね。ありがとうございます。あの子も喜ぶことでございましょう」

恭三は成行き上、民子に花束を渡さざるを得なくなってしまった。

「は、はあ。……お力落としなく」

落語ではないが、恭三は悔やみが苦手だった。いくつか言葉を覚えて行っても、家族を目の前にすると、何も言えなくなってしまうのが情け無かった。

「……こんな時に何ですが、またちょっとお聞きしたいことができまして……雪絵さんにお会いしたいんです」

「雪絵ですか。先程、部屋に引き取りましたので、そちらにいると思いますが……呼びましょうか？」

「いえ、できれば雪絵さんの部屋の方で……あ、もう分かりますから、一人で大丈夫です」

歩き出しながら思わず、薔薇を買った五千円でラーメンが何杯食えたかを計算していた。

ドアを開けた雪絵は、彼を見てちょっと驚いたようだったが、すぐに中に招き入れると例のワープロを持ち出してきて、質問に備えた。

スーツ姿の雪絵は、恭三の目には女学生のように映った。首には、軽く白いスカーフを巻き付けていた。

「雄作君に会ってきました」

ワープロは叩かなかったが、彼の様子を聞きたがっているのはよく分かった。

何となく嫉妬を覚えながら、恭三は続けた。

「ずっと取り調べを受けていたようで、ひどく疲れた様子でした。自供はしていませんが、それでも逮捕されることになるかもしれません」

——なんとかならないでしょうか。

不安そうに、キーボードを叩く。

「もう一度聞きますが、雪絵さん。あなたは今でも雄作君が無実だと信じていらっしゃるんですか？」

——はい。

「何故そんなにはっきりと言えるんでしょう？」

雪絵はしばらく考えて、再びワープロを打ち始めた。

——わたしたちはちいさいころから、ずっとほんとうのきょうだいのようにそだってきました。あのひとのことはわたしがいちばんよくしっています。あのひとはうそをついたりすることのできないひとなんです。

兄妹のように、という言葉に恭三は少しほっとするものを覚えた。

「あなた方は恋人ではなかったのですか？　例えば、結婚することになっていたというのであれば、彼があなたのお父さんを殺したりするはずはない、と弁護できると思うのですが……」

気になっていたことを、職務上の質問にすりかえて聞いてみる。

――こいびとなんかではありません。わたしはあのひとのことをあにのようにおもっておりましたし、あのひともわたしのことをいもうとのようにおもっていたはずです。ごきたいにそえなくてもうしわけありません。

恭三は喜びを隠しながら、残念そうな顔をしてみせた。

「あなたが謝ることはありませんよ。――実はある仮説を立てまして。それが可能かどうかを聞きに参ったわけなんです」

雪絵は少し興味をそそられたようだった。

「あなたと河村さんは、事件が起きたのは一時頃だったとおっしゃいましたね？　しかしその時刻に雄作君の部屋に入れたのは、彼以外誰もいなかったわけです。そのことはわたしも今日確認しました。しかし……もし事件が二時以降に起こったのだとしたら、雄作君のお父さん——矢野孝夫さんなら、合鍵を使ってあの部屋に入ることができたわけです」

——でも、1じだったのはまちがいありません。

「あなたが……いや、二人もの人間が時計を見間違えたとは思っておりません。誰かがあなたのいない間に、時計を一時間、あるいはそれ以上遅らせておくことができたのではないか、と思いまして」

雪絵ははっとして、壁に掛かっている時計と、自分の腕時計を見比べた。

——でもとけいはぴったりあっていますけど。

「今はね。あなたと河村さんが、意識を失っている間に元に戻したんです。——この推理が当たっているとすると、あなた達は実際には二時間ではなく、ほんの三十分ほど意識を失っていたにすぎない、ということになりますね」

彼女は真剣にその可能性を考え始めたらしく、黙り込んだが、やがてゆっくりと首を横に振った。

——わたしがいないあいだに、だれかがこのとけいをいじることはできたかもしれません。でもわたしもかわむらさんも、うでどけいをしております。1じかんいじょうもくるっていたら、どちらかがきがついたとおもいます。それに、よなかのにゅーすもみましたが、そのときはへやのとけいはあっていました。それいごは、へやをあけていません。

恭三はがっくりと落ち込んだ。唯一の可能性が消えてしまった。

「しかし、それでは誰にもできたはずがない！　雄作以外の誰にも……」

彼はそう呟いて立ち上がると、いらいらと室内を歩き始めた。

「わたしも正直言って、彼が犯人とは思えないんです。あなたの言う通り、彼が嘘をついているとは思えない。しかしこの状況では……」

ふと部屋を見回した恭三は、カーテンが閉まっているのに気付いた。

「カーテンが閉まってますね。事件の時は開いてたはずですよね」

——もちろんさいしょは、しめておりました。ただ、だれかがきたものですから、みつこさんがのぞいたんです。

「なるほど」

一応納得して、彼は河村美津子がやったであろう行動を再現してみた。

カーテンを少し開けて覗くと、正面に見えるはずの河村美津子の部屋は、渡り廊下の窓につけられたカーテンによってさえぎられていた。その隣に佐伯の部屋の窓が見え、雄作の部屋と見間違える可能性のありそうな空き部屋は、廊下の壁の死角に入っている。その壁の間から雄作の部屋の窓が、月明りでぼんやりと見えていた。隣の部屋が死角に入っているのでは、見間違えようもない。

「事件の時も、月が出ていましたか？」

——はい。

「河村さんはこうやってカーテンを開け、お父さんがいることをあなたに教えた。そうですね？　——それからあなたはどうしました」

彼女は立ち上がり、恭三に横へ寄るように身振りをして、位置を代わった。

「廊下の窓——ボウガンの矢が通った窓は始めから開いていたんですか？」

——おとうさまがまどをあけるところはみていませんから、たぶんあいていたのだとおもいます。

「お父さんはその窓に近寄った。その時、雄作君の部屋に人影を見たわけですね？　彼の部屋の窓もその時開いたんですか？」

彼女は少し考えて、首を横に振った。

——はじめから、あいていたようにおもいます。

「そいつは、窓のどの辺りに立っていました？」

雪絵は、手を伸ばせば窓から手首が出るくらいまで下がって、止まって見せた。

「彼の部屋のちょうどこの辺り、ということですか？」

雪絵は強く頷いた。

恭三は考えた。窓から少し下がっているのはどういうことだろう？　強力とはいえ、ボウガンなどという武器では、急所を狙わなければ人一人殺すのは無理だろう。窓から乗り出し、出来る限り目標に近付いて撃とうとするのが自然ではないだろうか。

あるいは、月明りで顔を見られるのを避けたか……。

そこまで考えて、何かおかしいのに気付いた。

一体、誰に見られて困るというのだろうか？　雪絵の部屋に明りがついていることくらいは気がついたはずだから、見られていることを知っていたなら、何もそこで殺人を行なう必要はあるまい。

そうだ。そして犯人は、犯行を目撃した雪絵と河村美津子を襲った。何故だ？　殺す気がないのなら、何のために襲ったのか？　――時間のトリック。慎二のあの説は、説得力があった。しかし、それももう、成り立たない。

「ボウガンをどんなふうに構えていたか、分かりましたか？」

恭三は何気なく聞いたつもりだったが、雪絵はびくっとして、強く首を横に振る。

恭三はおや、と思った。

様子が変だ。彼女は何か隠している——？　いやいや、雪絵さんに限って……。

「確か、えーと、何かを突き出したところは見えたんでしたね？　どんなふうに突き出しましたか？」

疑念を振り払っておそるおそる聞くと、雪絵は彼の視線を避けた。

もう間違いない。彼女は確かに何かを隠しているのだ。

恭三は、しばらくためらっていたが、ここはやはり強く問い質《ただ》さなければならない、と決心した。

「……雪絵さん——。嘘をつくのに慣れてらっしゃらないようですね。わたしを信じてください。一体何を悩んでらっしゃるのか知りませんが、本当のことを言うのが、事件解決への一番の早道ですよ」

雪絵は苦しげな表情で彼を見上げた。しばし彼の顔を見つめた後、ほっと溜息をついて、ワープロに手を伸ばした。

——もうしわけありません。どうしてもいうことができませんでした。

恭三は黙って先を促した。

——わたし、どうしていいのかわかりません。ゆうさくさんははんにんではないと

おもいますが、でもまさか
　そこで、彼女の手が止まった。

「まさか何です？　何を隠してらっしゃるんです？」

　彼女はしばらくうなだれていたが、やがてゆっくりとキーボードを叩いた。

　——はんにんは、ひだりききでした。

「左利き……？　つまり、ボウガンをこう、左側に構えていた、ということですか？」

　恭三は、身振りで示しながら聞く。

　雪絵は頷いた。

「ほう……。で、彼は……雄作君は左利きなんですか？」

　——かれだけじゃありません。みつこさんもそうです。

「河村さんですか。しかし彼女は関係ない。他にはいないんですか？」

　——あとは、ははだけです。

「あなたのお母さんですか？　——節子さんも？」

　恭三は、そう聞き返しながら、雪絵が今までそのことを隠していたのも無理はない、と思った。

犯人が左利きという証言は、雄作をさらに不利にするばかりか、もし彼が無実であったとしたら、今度は母親が疑われることになるのだ。

いくら両親の仲が冷え切っていたとはいえ、実の母親が父親を殺したなどとは信じられないだろう。

「し、しかし、見間違いということもありますからね。暗かったでしょうし」

恭三は、慰めのつもりで、ついそんなことを言った。

——みまちがいならいいとなんどもおもいました。でも、いまでもはっきりとおもいだせるんです。はんにんはむかってみぎがわ、ですから、ひだりてにぼうがんをかまえていました。

「ボウガンがはっきりと見えましたか？」

——そのときはわかりませんでしたが、ゆうさくさんがれんしゅうしているのをみせてもらったこともありますし、あとでかんがえてみるとたしかにあんなかたちでした。

雄作が犯人であってほしくないと思っている雪絵の証言である。これは間違いないな、と恭三は思った。

節子には一応菊一郎を殺すだけの動機もある。雄作以外では最有力の容疑者のようだな……。

恭三が石像のように立ち尽くしたまま考え込んでいると、ノックの音がして民子がお茶を持って入ってきた。

「速水さんは、コーヒーでよろしかったんでございますね」

「は、これは、お忙しい時にどうも」

「いえいえ、会社の方々が手伝いに来てくださってましたから、かえって何もすることがありませんで……」

民子と恭三は椅子に、雪絵はベッドに坐って、カップに口をつけた。

「菊一郎はいつ戻って参りますのでしょうか」

「は？　……ああ、御遺体のことですか。死因ははっきりしていますし、解剖と言いましてもほんの手続き上のことでしょうから、せいぜい二、三日中には……」

恭三はそう答えたが、民子は聞いているのかいないのか、何の反応も示さなかった。

「速水さん……」

「はい？」

「速水さんは、雄作さんが犯人だとは思っていらっしゃらないのですね」

「……そういうわけでもありませんが。どこかしっくりこないものがありますので」

　恭三は仕方なくそう答えた。

「それでは、一体誰が犯人だとお思いですか？」

　民子は恭三の目を覗き込むと、ずばり聞いてきた。

「それが皆目見当もつきませんで……。情け無い話です。——奥様はどう思われますか」

　雪絵の先程の証言で、節子が犯人である可能性が俄然強くなったが、もちろんそんなことはおくびにも出さず、恭三は逆に聞き返した。

「……そうですわね。雄作さんが菊一郎を殺すとは思えませんが、あの方は馬鹿ではありませんから、あの方なら少なくともこんなやり方はなさらないでしょうね。節子さんなら、かっとなって菊一郎を殺すということもあるでしょうが……」

　雪絵がびくりと体を震わせた。しかし、民子の方は孫娘の前で、その母が父を殺すことについて話すことに、何の抵抗も覚えていないようだった。

「でも雄作さんのボウガンが盗まれたのは、一週間前ですから、かっとなってというのはあてはまりませんわね」

　恭三は、民子が意外と頭が切れることに興味をひかれた。戦慄に近いものを感じながらも、続きを聞きたくなった。

「……では、どなたならふさわしいんでしょう？」

「河村さん……あの人なら……。あの人はあれで非常に頭が切れるんですのよ」

雪絵がショックを受けた様子で、両手を忙しく動かし始めた。

「ええ、ええ。分かっていますよ、お前があの人を気に入っているのは。別に美津子さんがやったと言っているわけではありませんよ。それに美津子さんがやったのでないことは、お前が一番よく知っているはずでしょう？」

「弟さんの菊二さんはいかがですか」

「あの子は優柔不断な子ですから、こんな思い切ったことは……」

まるでそれが残念なことのように答える。

「矢野夫婦は？」

「……そうですね、二人が協力すればできるかも……。孝夫さんには頭がありませんし、良枝さんの方は、保守的な人ですから。……でもいくら何でも雄作さんに罪をなすりつけるようなことは、二人ともしないでしょう」

恭三も同感だった。

「後は……佐伯君ですね。彼はどうでしょう」

民子はちょっと考えてから、口を開いた。

「あの方も頭のいい人のようですが、世渡り上手とか、狡猾というのではありませんね。勉強がよくできる、という感じです。性格的には、よく存じませんので申し上げられませんが。……あの方が犯人であればいいのですが……」

「何故です？」

「だって親しい方や、身内から犯人が出るのは、気持ちが悪いじゃありませんか」

当然といった口調で、民子は答えた。

恭三は頷きながら、心の中で、あんたが一番気持ち悪いよ、と呟いた。

「なるほど……いや、非常に参考になりました。今日はこれで失礼します」

立ち上がり、部屋を出る時の雪絵の眼差しが、印象的だった。

あなただけが頼りです——。

そう言っているのが痛いほどよく分かった。

それを見て、恭三ははっきりと、自分が恋に落ちたのを知った。

小学校三年生の時から数えて、ちょうど五十回目の恋であった。

これまでの四十九回の失恋は、すべて彼女に出会うためのものだったのだ——。
五十、という数字に彼は運命的なものを感じた。

今度こそ、うまくいくような予感がした。

しかしその時、はずれ続けた四十九回の予感のことは、きれいさっぱり忘れていた。

第四章　慎二、リアリストであることを告白する

1

「昨日も猟銃強盗があった」

課長は恭三を呼び付けるなり、そう言った。

「そのようですね」

「そのようですね、だと？　全員が靴を擦り減らして、聞込みに回っているのに、自分は関係ないというつもりかね？」

「いえ、別にそういうわけじゃ……」

課長は一つ溜息をつくと、机の上の書類を取り上げた。

「S署の奥田君が、文句を言ってきたよ。君がいらん口出しをしたせいで、容疑者を

釈放せざるを得なかったと言ってね」

「それは誤解です！　彼はシロなんですから、釈放するのが当然です」

「シロ、ね。報告書を見る限り、一体どこからそういう結論が出るのか、理解に苦しむんだが。一つ説明してくれんかね？」

「ええ、それはですね、何と申しましょうか……彼が犯人だとするといくら何でも行動がちぐはぐすぎる、ということでして――」

課長は溜息をついて、恭三の言葉をさえぎった。

「……警部補、話は簡単に済ませよう。報告書にはこうある。彼――矢野雄作のみが、犯行を行ない得た、と。違うのかね？」

恭三は、唇を湿らせて、自信なげに答える。

「……はあ、確かにそのように見えるんですが……」

「実際は違うのかね？」

課長はたたみかける。

「……違うんじゃないかと……。なにしろ雄作がやったとは思えないものですから」

「――警部補！　事実を見つめたまえ！　勘も時には必要だが、勘に頼って、事実を無視してはいかん！　そうだろう？」

「……はあ、それはその通りですが……」

「煮え切らんな。いつもの君らしくないぞ。——とにかくだ。あの事件についてはS署に任せることにした。君も今日から、猟銃強盗の聞込みに当たってくれ」

恭三は慌てた。

「ちょっと待ってください！　もうちょっとで何か摑《つか》めそうなんです。この事件は何かおかしいんです。絶対何かあります」

課長はうそぶいた。

「世の中おかしいことばかりさ」

「課長！」

課長は、恭三から顔を背けるように椅子を回して、窓の外を眺めた。短い沈黙の後、諦めたように口を開いた。

「……どうやら、君は疲れてるようだな。もともと冷静な人間とは思っておらんが、今は特にひどいようだ。二日、休みをやろう」

恭三は耳を疑った。この忙しい時に休みを？　休職という意味だろうか？

「疲れてなどいませんし、わたしはいつも冷静です。捜査を続けさせてください」

課長は舌打ちすると、振り向いて恭三の顔を睨んだ。

「分からん奴だな。地元署に任せると決まった事件を、今さらはっきりした理由もないのに表立ってつつき回せるわけがないだろう？　――だから、休みをやると言っとるんだ。君が休みの間に何をしようと、わたしには関係ない」

ようやく課長の言っていることが分かってきた。二日の間に何か摑んでこい、と言っているのだ。

「ありがとうございます、課長。やっぱり課長は――」

課長は蠅でも追うように手を振って、

「知らん知らん。わたしはただ、今の君は役に立たんと言っとるだけだ。――それと……そうだな。木下君もだ。彼にも休んでもらおう」

木下も休み――。

恭三は課長にキスしたくなるのを、必死でこらえた。

「えーっ。せっかく休みをもらったのに、働くんですかあ？」

うきうきと帰り仕度をしていた木下は、不満そうに言った。

「久し振りにさなえちゃんとデートしようと思ったのに……」

「馬鹿野郎！　何がさなえちゃんだ！　お前が休みをもらえたのはだな、俺と一緒に菊一郎殺しを洗ってみろという、課長の親心じゃないか！」

木下は疑わしいといった目付きで、

「それは警部補の思い過ごしでしょう。僕は怪我人ですよ。休んで当然じゃないですか」

と言った。

「何が当然だ。この忙しい時にだな、捻挫したくらいでヒラのお前に休みをくれるほど、課長は甘かないぞ」

木下は恭三の勢いに負け、諦めたように両手を上げた。

「分かりましたよ。――でも捜査って言ったって、何するんです？」

それを聞かれると、恭三も辛いところだった。

「現場百遍。捜査の鉄則だろう。――始めからやり直しだ」

恭三はまだ、雪絵の新しい証言については黙っておくことにした。信じていないわけではないが、節子が犯人というのは今一つしっくりこない。いずれにしても密室の謎が解けないかぎり、雄作の嫌疑は晴れない。となれば、今あの証言を持ち出したところで何の役にも立ちはしない。もっとも、節子という人間をもう一度しっかりとチェックする必要があるのは確かだった。

「ま、まさかまたあのアクロバットをやれって言うんじゃ……」

木下は青ざめた。

恭三は、ちょっと考えて、

「いや、あれはいい。あれはなしで行こう」

と決めた。

そして再び8の字屋敷に向かった二人だったが、収穫らしい収穫といえば（恭三はかえってそれで頭を悩ますこととなったが）、河村美津子もまた雪絵の証言を確認し、犯人は確かに左側にボウガンを構えていたと断言したことだけであった。

2

「へえ、ここ、弟さんがやってらっしゃるんですか？」

「ああ」

へとへとに疲れ、希望もなくした二人の刑事は、タダのコーヒーを飲もうと『サニーサイドアップ』に足を踏み入れた。午後五時。まだ営業中である。

「いらっしゃ……何だ、兄さんか」

いちおの愛想笑いは一瞬で消える。

「疲れた。熱いコーヒーくれ。二つだ——こいつは木下」

短くそう言うと、いつもの場所に陣取り、隣に木下を坐らせた。

「はいはい。あ、慎ちゃんが兄さんのこと待ってたわよ。話があるって——マスター！」

客がいる時は、マスターと呼べというのは、慎二の命令である。

休憩していたのか、奥から慎二が顔を出す。

「あ、兄さん。——夕刊見てたんだけどさ、釈放されたんだって？」

「ああ」

渋い顔で恭三は答えた。

「じゃ、まだ捜査は続いてるんだね？」

恭三はちらっと木下と見交わし、

「——S署に任せることに決めたそうだ。俺達は休暇を取って非公式に捜査してる」

と言った。

「素敵！　無実の青年を救うために、休暇を返上して捜査を続けてるのね！　うーん。熱血刑事ドラマみたいじゃない」

　いちおは胸に銀のトレイを抱いて、一人感動している。

「ふうん。じゃあ、手遅れじゃないんだね」

　慎二はいつになく真面目な様子でそう聞いた。

「――何か、気付いたのか?」

「ちょっとね。――僕は馬鹿だった。時間のトリックだなんて。あんなことできるはずがないんだからね。死亡時刻に二時間ものずれが出るんじゃ、危険過ぎる。――あれはもちろん駄目だったろう?」

　恭三は頷く。

「そうだろうね。僕達は重大な点を見逃してた」

「何だ?」

「この事件は、計画犯罪だってことをね」

　慎二は意味ありげにそう言ったが、恭三はがっかりした。

「何故分かる?　それに計画犯罪だったらどうだって言うんだ?」

「最初の質問の答えは簡単だね。ボウガンの盗まれたのが――いや、正確に言うと、雄作がボウガンを盗まれたと言っているのが、一週間前だっていうことだ。それが本当なら、犯人は少なくともその時点で犯行を計画していたことになる。もし雄作が犯人だとしても、それは同じことだね」

言葉は多少違うが、民子の言っていたことと基本的には同じだ。この推理に関しては、恭三に異論はなかった。

慎二は一息ついて、再び口を開いた。

「さて、計画犯罪ならどういうことになるか？　犯人は、一週間前にボウガンを盗む、あるいは盗まれたと騒ぐ。そして当日、菊一郎を夜中に何らかの方法で渡り廊下におびき出して、殺した。何故だろう？　何故家の中で？　外で殺せば、容疑者は増える。暗い路地で、誰も見ていない時に殺せば、警察は通り魔の線だって考えざるを得ないからね。しかし、犯人は家の中で殺した。しかも二人もの目撃者のいるところでね。——ここからが重要なんだ。二人は電気をつけて話をしていた。雄作の部屋は電気が消えていた。月明りがあったとはいえ、相当暗かったはずだ。二人が犯人に気がついて、犯人の方は気付かないなんてことがあると思うかい？」

「もちろん、気付いたさ。殺してからな。ことが終わるまでは、菊一郎に神経が集中してて、気付かなかったんじゃないかな」

「まさか。考えてもごらんよ。他の部屋は全部明りが消えてて、一つだけついているってのに、それに気付かないなんてあり得ないよ。——犯人の心理を考えてみればいい。普通なら、誰かに見られてやしないかとびくびくしてるはずさ。菊一郎に払う以上に、回りに神経を使うと思うね。——これは計画犯罪だ。さっきそう言ったね？　一時夜中の一時に菊一郎がそんな場所にいたのは、当然犯人が指定したからだろう。一時といえば、起きている人間がいたって全然不思議じゃない。しかも、明りのついている部屋が、まだあったわけだ。何故時間をもっと遅くしなかったのか？　何故みんな寝るまで待てなかったのか？　そしてさっきの疑問だ。何故家の中で？」

恭三は考え込んだ。ふと木下を見ると、彼も一応は謎解きの努力をしているようであった。

恭三は降参した。

「分からん。何故だ？　お前は分かって言ってるんだろうな？」

慎二はかすかに微笑むと、二人のためにサイフォンのコーヒーをついでから、今までとはうってかわったゆっくりした口調で喋り出した。

「僕は、事件の様子を兄さんに聞いた時から、ある小説のことを思い出してた……」

「出た！　必殺もったいぶり！」

もちろんいちおである。しかしそう茶化されても、慎二は動じなかった。

「いちおも読んだことがあるはずだ……『皇帝のかぎ煙草入れ』（注3）という作品を。非常に状況は良く似ている。別れた夫婦がある部屋で話をしていたときに、向かいの家で起こった殺人を目撃する、というのが発端なんだけど……」

いちおは、聞きながら筋を思い出したようだった。

「似てるといえば、似てるけど……でもあのトリックは無理よ。今度の事件ではね。だって——」

皆まで言うなと言わんばかりに、慎二はさえぎった。

「そう。それは僕も分かってた。しかしね、僕は、おかしいな、と思ったんだよ。目撃者が二人とも襲われて、二時間近くも意識を失ってたって聞いてね。しかも目撃者達は、叫び声すら上げるひまがなかったらしい。もちろん雪絵さんは声を出せないから当然としても、河村美津子という人までね。犯行を見られて慌てた犯人のやったことにしては、あんまり手際が良過ぎると思わないかい？」

「何が言いたいのかさっぱり分からん。木下、分かるか？」

「はあ、分かりません」

木下はためらわずに答える。もはや考える気などないようだ。

「慎二、もっとはっきり言ってくれ」

慎二は溜息をついて、仰せに従った。

「つまりだね——犯人は、二人の目撃者がいることを承知の上で、菊一郎を殺したってことさ」

「何だって？　見られてるのを知ってて……？　何故、そんな妙なことをする？」

「それはもちろん、雄作が犯人だと思わせたいからさ！」

「……し、しかし、どうやって雄作の部屋に入った？」

「それはまだ僕にも分からない」

恭三はがっかりした。慎二の様子から、てっきりトリックを見破ったものと思っていたのだ。

「何だ。それじゃ今までの御高説は何の役にも立たんじゃないか！」

慎二は理解に苦しむ、といった口調で、

「全然分かってないね。犯人はどうして、目撃者がいると分かったと思う？」

と聞いた。

「そりゃ、明りのついた窓でカーテンを開けりゃ、普通気がつくだろう」

恭三はさっきの自分の言葉と矛盾していることには、まったく気付いていない。

「それじゃ駄目だ。いいかい、菊一郎を呼出した時点で、犯人は二人が犯行を見ることを知っていなくちゃいけないんだよ」

「そんなもの分かるはずが――」

そう言いかけて、恭三は目を丸くして、慎二を見つめた。ようやく弟の言っていることの意味を理解したのだ。

「共犯だ！　河村美津子が共犯なんだ！」

恭三がそう叫ぶと、慎二はちょっと首を傾《かし》げた。

「そう決めつけるわけにはいかないね。要は一時きっかりに、河村美津子か雪絵さんのどちらかにカーテンを開けさせればいいんだから、共犯というほど強力な関係である必要はないさ。――僕はまだ現場を見てないからはっきりしたことは言えないけど、廊下には絨緞が敷き詰められていたと言ったね？　誰かが来たから、カーテンを開けて覗いたと言うけど、閉め切った部屋で、中庭を隔てた廊下を歩く足音が聞こえただろうか？　それを考えると、二人のどちらかが、何らかの形で犯人にあやつられたのは間違いないと思うね」

「しかし――しかし、雪絵さんは、誰かが来たから美津子がカーテンを開けた、と言ってたが……二人とも足音を聞いてるんじゃないのかな……？」

「もちろんそうかもしれない。でもこういうことも考えられるよ――例えば、美津子がカーテンを開けたとして、『あら、足音がするわ』なんてことを言ってからカーテンを開けてみせれば、確かにそこには菊一郎がいる。雪絵さんが、自分も足音を聞いたような気がしたって不思議じゃない。『皇帝のかぎ煙草入れ』のちょっとした応用ってとこかな」

「すごおい！　フェル博士（注4）みたい！」

いちおが誉《ほ》めると、慎二は少し照れて、

「『皇帝のかぎ煙草入れ』は残念ながら、フェル博士じゃないけどね」

と、訂正した。

「じゃあええと、何だっけ……H・M（注5）じゃなくて……」

「キンロス。キンロス博士（注6）」

「そんなことはどうでもいい！　まあ、そのなんとか博士のお陰で一歩前進したわけだから、感謝しないといかんのかな？　――木下、行くぞ！　美津子を締め上げてやる！」

恭三は立ち上がり、木下の背を叩いた。

慎二は慌てて二人を制する。

「……必ずしも美津子なり、雪絵さんなりが、犯人の片棒を担いでいることに気づいているとは言えないよ。まったく知らないで利用されているって可能性もある。うまく聞き出すのは難しいかも。密室のトリックを解かない限り、解決しないと思うな……」

恭三はちょっと考えて、慎二に太い指を突き付け、言った。

「よし。じゃあ密室はお前が解け。俺達は美津子と雪絵さんに焦点を絞る。いいな？」

「解けと言ったってね、兄さん……」

「俺はそういうごちゃごちゃしたことは嫌いだ。お前ができなけりゃいちおが解け」

いちおは目を輝かせた。

「ねえねえ、現場に連れてってくれる？」

「——雪絵さんに頼んでみよう。彼女に招待してもらえばいい」

「やった！　わたし頑張っちゃう！」

いちおは滅多にない機会に、胸躍らせた。

「よし。——しかし、明日しかないな。明日は店を閉めろ、慎二。いいな？」

仕方がないな、というふうに慎二は両手を拡げた。

「分かったよ。御協力致しましょう。——でもね、僕は兄さんと違って、雄作の無実を信じてるわけじゃないよ。僕は単に、小説の中の探偵が推理するように推理しただけであって、現実にそれが成り立つなんて思っちゃいないんだからね。――現実っていうのは、小説と違って、不合理なものさ。現実の人間は、論理だけで動くわけじゃないからね。気紛れだの、愚かな行動だの、勘違いなんてしょっちゅうするのが、現実の人間さ。小説の中では、妙なことがあれば、そこには何か重大なことが隠されている。しかし現実では、それはただの偶然なんだな。僕やいちおのような、小説に毒された人間は、ついついそれを忘れて、論理だけに頼ってしまう。――兄さんは僕達を事件に引っ張り込むつもりのようだから、正直なところを言おう。僕は――そして多分いちおも――犯人が雄作でなく、何らかの密室トリックがあればいいと思ってる。その方が面白いからね。でも、犯人は雄作なんだと思うよ。――それが僕の本当の結論だということは、知っておいてほしい」

慎二はそう結んだ。

「あっきれたわねー。慎ちゃんが、そんなにロマンのない人だなんて、今日の今日まで知らなかったわ。さっきの誉め言葉は取り下げるわ。慎ちゃんには、フレンチ警部(注7)が似合ってるようね」

いちおはそれでけなしたつもりらしい。

「慎二の言いたいことは俺だってよく分かるよ。――でもな、今度の事件はどう見たって変だ。普通じゃない。だからこそ、お前達に頼ってるんじゃないか。お前達の普通じゃない頭が必要だと思うんだよ」

「兄さんがそう言うんなら、協力はするけどね。ま、あまり当てにしないでほしいってことだね」

恭三は、混乱した頭のまま、木下を連れて店を出た。慎二の推理で、美津子――あるいは雪絵が事件を解く鍵であることが分かった――はずなのだが、その慎二は、そんなことを信じてはいないという。彼の言う通り、やはり雄作が犯人なのか？

いやいや。人を見る目はあるつもりだ。慎二は雄作に会っていないからそう疑うのも仕方がないが、彼は犯人ではありえない。

そう自分に言い聞かせ、8の字屋敷へと車を走らせた。

3

午後七時。再度8の字屋敷に赴《おもむ》くと、矢野夫婦と雄作が屋敷に戻っていた。疑いはちっとも晴れてはいないのだが、「裁判で有罪になったのならともかく、逮捕もされていないのですから何も気を使う必要はありません」という民子の鶴の一声で、戻ってきたらしい。しかし実のところは良枝がいないと困るからだろう、と恭三は思った。

屋敷の人々が食事を終えるまで応接室で待った後、恭三は美津子の部屋で尋問を開始した。本当は、重要参考人として連行したいところだが、今の状況ではそれもかなわない。

恭三は、木下を廊下に残して一人で彼女の部屋に入ると、しばらく押し黙ってじろじろと部屋を見回して、無言のプレッシャーをかけた。知らないで犯人に協力した可能性もある、と慎二は言っていたが、今まで警察に黙っている以上、共犯だと考える方が恭三には自然に思えた。

自分で服を作るのが趣味なのか、型紙や布の切れ端がたくさんあった。机の上には、ごちゃごちゃと電卓のようなキーのついたミシンが置かれてある。

衣装持ちというほどでもないのか、洋服簞笥はごく普通の大きさのものだったが、その横には、近くまで寄っても恭三の全身が映るような姿見が置いてあった。

恭三が立ち尽くしたままそうやって見回していると、沈黙に耐え切れなくなったか、美津子が口を開いた。

「どうぞお坐りになってください。——何か飲み物でも頂いてまいりましょうか？」

恭三は腰掛けたが、飲み物は断わった。

「一日に二度もお見えになるなんて、何か分かったんですか？」

さりげないその言葉から、彼女の真意を探ろうとしたが、怪しい様子は微塵《みじん》も覗かせない。

「実は……そうです。しかし、その前にあなたの証言をもう一度確認させてください。午前一時、あなたは雪絵さんの部屋で、渡り廊下の足音を聞いて、カーテンを開けた。そうですね？」

「……わたし、そんなこと申しましたでしょうか？　カーテンを開けたのは、雪絵さんだったように思いますけど」

足音の件で彼女を引っ掛けようとした恭三は、見事に肩透かしを食わされた。

「しかし、雪絵さんはあなたが開けた、とおっしゃっているんですがね」

「そうですか……ではそうだったのかもしれませんわね。よく覚えておりません。なにしろその後の出来事で、大変だったものですから」

覚えていないと言われては、引き下がるしかなかった。

「……そうですか。まあいいでしょう。とにかくカーテンは誰かが開けた。そこに菊一郎氏がいたわけですね。そして誰かが、雄作の部屋の窓からボウガンで彼を殺した。それを見てもあなたは悲鳴一つ上げなかったわけですか？」

「さあ……何か叫んだかもしれませんが……それが何か？」

もしこの女が本当に共犯なのだとしたら、こいつは嘘のつき方を心得てる、恭三はそう思った。

「つまりですね、普通なら、声を上げて誰かを呼ぶとかしてから部屋を出るんじゃないかと、そう思いましてね。人殺しがそこにいるというのに、女一人で様子を見に出ていくのは、相当度胸がいると思うんですが」

「……でも、あの時はまだ、何が起こったのかよく分かりませんでしたから――。わたしが何か間違ったことをしたとおっしゃるんですか？　何がおっしゃりたいのかわたしにはさっぱり分かりません」

恭三は、少し強い態度に出ることにした。

「いや、あなたには分かってるはずですよ。――わたしがお聞きしたいのは、犯人……真犯人の名前です」

一瞬、狼狽《ろうばい》の色が見えた――と思った次の瞬間にはもう、先程までと同じ、何を言っているのか分からないといったような表情に変わっていた。

「――それは……雄作さんでしょう？　一体何ですの？　形式的な取り調べだとおっしゃってたんじゃありません？　これじゃまるで……」

「いやいや、あなたがやったとは申しておりませんよ。あなたには不可能ですからね。わたしが言いたいのは、あなたは雄作君ではない、真犯人を知っているはずだということです。――節子さんですか？　左利きはあなたと雄作君を除けば彼女だけですからね。それとも雄作君に罪を被《かぶ》せるため、犯人はわざと左手で撃ったのですかな？」

そう言いながら、恭三は美津子を睨みつけたが、彼女は怪訝《けげん》そうな表情を浮かべてこう言っただけだった。

「わたしは何も存じません」

恭三は、美津子が嘘をついているという確信が持てなかった。しかしここは押してみるしかない。

「……あなたが事件で果たした役割は、我々にはもう分かっているんです。分からないのは、主犯の名前と方法だけです。今それを正直に言ってくだされば、証拠湮滅《いんめつ》くらいで大した罪には問われないでしょう。しかしあなたがそのように頑《かたく》なな態度を取られると、こちらとしても……」

恭三は残念そうに首を振る。

「わたしが一体何をしたと言うんですか？　はっきりおっしゃってください！」

声に怒りが混じる。

「――あなたはある人物に頼まれて、事件の日、午前一時にカーテンを開けた。足音が聞こえたような振りをしてね」

美津子は馬鹿にしたように笑った。

「それが犯罪だとおっしゃるんですの？」

「では、それを認めるんですね？」

「カーテンは開けたかもしれませんわ。……でも誰かに頼まれてしたわけではありません。そこに何か違いがありまして？」

「――河村さん。頼まれたのでなければ、何故カーテンを開けたのです？」

恭三はたたみかける。

「それは……足音が聞こえたからでしょう」

時間がかかったが、ようやくそう言わせることができて、恭三はほっとした。

「ほう。雪絵さんの部屋で聞こえたのなら、条件はここも同じですな」

「はあ？」

恭三は立ち上がって、窓辺に寄った。

「今、あなたには渡り廊下の足音が聞こえますかな?」

美津子ははっとして、耳を澄ませた。恭三の顔色を窺ってから、ゆっくりと答える。

「……いえ、聞こえません」

「そうでしょうな。わたしも聞こえません」

そう言ってカーテンを開け放つと、渡り廊下を黙々と往復している木下刑事の姿が二人の目に入った。

恭三が合図をすると、木下は嬉しそうな顔をして美津子の部屋へ飛んできた。

「どうです? お役に立てましたか?」

と、期待を込めて聞くので、恭三は強く頷いてやった。

「河村さん、これでお分かりでしょう。あなたにも、雪絵さんにも、菊一郎氏が廊下にやってきたことが、分かったはずはないのです。つまりあなたは、彼が一時にそこへ来ることを前もって知っていたということになります」

「……何故わたしが? わたしはカーテンを開けたとは言っておりません。そうだったかもしれないと言っただけです。多分雪絵さんが開けたのでしょう」

「彼女はあなたが開けたことを覚えていましたよ」

　彼女は興味をなくしたように、

「――それでは水掛け論ですわね」

　と言った。

　恭三は遂に爆発した。

「いい加減にしないか！　いいかい、河村さん。さっきも言ったように、頼まれてカーテンを開けただけなら、大した罪じゃない。しかし、殺人が行なわれるのを知っていてそれに協力したのなら、話は別だ。――わたしはこう思っていたんだがね。あんたは雪絵さんの部屋に一時まで粘って、その時刻にカーテンを開けるよう誰かに頼まれた。そして殺人を目撃し、その人物の犯行だと分かったが、怖くて警察には黙っていた。そうじゃないのかね？　それとも始めから君は、菊一郎殺しの計画に一枚嚙んでいたのかね？」

　美津子はうんざりした表情を見せて、立ち上がった。

「これ以上お話を続けても無駄のようですわね。わたしは嘘など申しておりませんし、刑事さんがどう脅してみたって、知らないものは答えようがありません。――それに、犯人が雄作さん以外にいるというのでしたら、一体どうやって犯人はあの人の部屋に入ったんです？」

そう言われると、恭三には何も言い返す言葉がなかった。慎二が言った通り、密室のトリックを解かない限り、解決は望めそうもなかった。

「お引き取り願えますか？」

恭三は仕方なくのっそりと立ち上がり部屋を出て行きかけたが、ふと振り返って、美津子を睨みつけた。四課時代、やくざ達を震え上がらせた目付きである。

「俺はあんたから目を離さない。ぼろを出さないようにせいぜい気をつけるんだな」

そう捨て台詞《ぜりふ》を残して、部屋を出た。

木下もその真似をして、美津子を睨んでみたが、睨み返されて、慌てて恭三の後を追った。

その時不運な事故が起きた。

恭三が怒りにまかせて叩きつけたドアに、木下が鼻を砕かれたのだ。

全治三週間であった。

4

気絶した木下を二つ隣の空き部屋に運ぶと、医者を呼んでもらう。

医者を待つ間、恭三はふとひらめいた。

これを利用しない手はない――。

自分が疑われていると知った今、河村美津子は気が気ではないだろう。今夜何らかの行動に出るということも、考えられる。泊り込んで見張っていれば、ぼろを出すか、プレッシャーに負けて自白するかもしれない。

医者が到着し、応急処置が終わった後、恭三はこっそり彼の横へ行って耳打ちした。

「先生……お願いがあるんですが――」

「何でしょう？」

「彼ですが……今夜一晩は動かさないほうがいい、とおっしゃっていただけませんか」

医者は当惑した顔付きで、

「わたしは別に構いませんが……でも何故？」

と言った。

恭三は、ポケットからそっと警察手帳を抜き出して見せると、

「詳しくは御説明できませんが、捜査上必要なのです」

と答える。

「しかし……あの事件はもう犯人が捕まってるんじゃありませんでしたか？」

医者がそう聞くと、恭三は辺りに誰もいないのを確かめる振りをして、今までより

さらに小さな声で、囁いた。

「あれは犯人を安心させるためのでっちあげです」

医者は一瞬驚いたが、すぐに嬉しそうな表情を満面に浮かべる。

「ほほう！　それは……」

「しっ！　いいですか、真犯人が逮捕されるまで、絶対他言は無用に願いますよ」

「え、ええ。もちろんです。こう見えても口は固い方でして――そうですか。あれは本当の犯人じゃないのですか。いやあ、女房が聞いたら驚くでしょうなあ……いや、もちろんわたしは黙ってますよ。しかし、警察もなかなかやりますなあ」

「……というわけですので、さっきの件よろしくお願いします」

「いいですとも。捜査に協力するのが、我々国民の義務ですからな」

恭三は『国民の義務』などと恥ずかしげもなく言える人間を信用する気にはとてもなれなかったが、選択の余地はなかった。

二人が階下に降りると、何人かの人間が様子を聞こうと待っていた。いないのは秘書の佐伯と、主人の菊雄、それにずっと部屋にこもりっきりの雄作だけだった。

「……いかがでしたか、あの可哀相な方は？」

民子が心配そうに聞くと、菊二はくすくすと笑い声を上げた。

医者はちらりと恭三の顔を窺ってから、口を開いた。

「……鼻が折れておりますが、これはまあ、よくあることですからたいしたことはありません。……ただ、もしかすると頭を打っておる可能性もありますので少なくとも今夜一晩は安静にして動かさない方がよろしいと思います」

うん、もっともらしい、と恭三は満足した。

「そうでございますか。……では仕方ありませんね。あの方にはとりあえずあの部屋にお泊りいただきましょう。それでよろしいですわね？」

民子は恭三が申し出るより早く、そう言った。

「そうですか……どうも御迷惑をお掛けします。――心配ですので、わたしもあそこで彼についていようと思うのですが……」

「そうですね……では、南側の部屋を開けておきますので、お休みになる時はそちらでどうぞ」

「ありがとうございます」

内心ほくそ笑んでちらりと美津子を窺うと、彼女は素知らぬ振りで、すいと視線を逸らせた。

5

「ううっ……け、警部補……」

「おう、木下。気がついたか」

気がついてはいなかった。木下は依然、ベッドの上で目を閉じている。

「……分かってたんだ……あんな人と働いてたら、いつか死ぬって……東京なんか出て来るんじゃなかった……母さん……先立つ不孝をお許しください……」

恭三は舌打ちすると立ち上がり、木下を揺り起こした。

「木下！　しっかりしろ！」

瞼が震え、ゆっくりと開く。

「……ここは一体……」

辺りを見回しながら、呟いた。

「蜂須賀の屋敷だ。今日はここに泊めてもらうことになった」

苦労しながら起き上がろうとする木下に、恭三は手を貸してやった。

「あ、いてて……。——じゃあ僕は……？」

「心配するな。生きてる。鼻を折っただけだ」

「鼻を折っただけ……？　良かった……全然良くない！」

彼は手をそっと鼻に持っていき、ガーゼの上から触れてみた。

「ひどい！　警部補みたいな顔になったらどうしてくれるんですか！　……ああ、さなえちゃんに嫌われたらどうしよう……」

「きっと箔《はく》がついて、ちょっとは刑事らしくなると思うがな……何だと？　俺みたいとはどういうこった？　俺は鼻なんか折っちゃいないぞ！」

「言葉の綾《あや》ですよ。……僕は頭も悪いし、腕力もない。顔だけが取柄だったのに……」

卑下しているのか何だかよく分からないことを言いながら、泣き始めた。

「いいかげんにしろ！　俺はちょっと屋敷を見回ってくる。ドアとカーテンは開けとくから、お前はここでよっく見張っとけ」

「み、見張るって……一体何を？」

「河村美津子に決まってるだろうが。あいつは今夜きっと犯人の所へ相談しにいく。うわべはあんなふうにしてたって、内心は動揺してるはずさ」

「でも、僕達がいるのに、そんな危ない橋を渡りますかね」

涙を拭いて、ようやく平常心を取り戻したようだった。

「……分からん。今夜一晩くらいは我慢するかもしれんな。その時は俺達の負けだ。しかしとにかく今は、それしか望みがない」

恭三はカーテンごと窓をざっと開けると、夜空を見上げた。曇ってきているらしく、月も星も見えない。空気が何だかぴりぴりしていて嵐でもきそうな感じがした。夜半ににわか雨が降るかもしれない、とラジオの天気予報で言っていたのを思い出す。

何かが起きる——

そんな予感を慌てて振り払う恭三だった。

第五章　恭三、高校の授業を思い出す

1

午後十一時。恭三は雪絵の部屋の明りがついているのに気付き、失礼かと思いつつも、ドアをノックした。

「雪絵さん、起きてらっしゃいますか」

ドアを開けた雪絵の顔は、日増しに悲愴の度合いを深めつつも、なおその美しさは失っておらず、恭三の心を打ちのめした。

——守ってあげたい……。

思わず恭三は、ユーミンの歌を口ずさむところだった。

「実はひとつお願いしたいことがありまして……」

はかなげな微笑が、『何でしょう?』と問いかけていた。

「喫茶店をやっておるわたしの弟と妹——覚えてらっしゃいますね? 彼らをこの屋敷に招いてやって欲しいんです。彼らは推理小説のマニアでしてね。……いえ、決して弥次馬的な興味ではないんです。わたしなどより遥かに切れる連中でして、捜査の協力をわたしから頼んだわけなんです。あなたの友人ということにして、明日一日だけ、屋敷内を見せてやってくださいませんか?」

雪絵は困ったような顔をして、手を動かし始めたがすぐ、恭三に手話が通用しないことを思い出したのだろう、ワープロを取りに部屋に引っ込んだ。

恭三は戸口で待つ間、ふと考えた。

そうだ、俺も手話を勉強しよう。話をするたびにワープロがいるのでは、時間もかかるし、面倒だ。そしていつか彼女と——。

雪絵は、ワープロを持って戻ってくると、左手で支えたまま、右手の指だけで器用に打った。

——わたしはべつにかまいませんが、しんせきのかたや、やしきのかたいがいとのおつきあいはほとんどありませんので、ゆうじんだといってもだれにもしんじてもらえないとおもいます。

「いや、べつにみなさんを騙《だま》そうというのではありません。どなたかに諒承していただければそれで構わないんです。なにしろ法的な手続きは取れませんので……」

——そういうことでしたら、わたしはもちろんごきょうりょくさせていただきます。

「そうですか。——少し糸口が見えてきたところです。ひとつ確かめたいのですが、事件の時カーテンを開けたのはあなたではなく、確かに河村美津子さんだったのですね？」

雪絵は、質問の意図を計りかねているようだったが、はっきりと頷いた。

美津子が嘘をついていると今一つ確信が持てなかったが、これではっきりした。

「そうですか。それではっきりしました。元気を出してください。明日中に、わたしが必ず真犯人を挙げてみせます」

雪絵の前では、気が大きくなる恭三であった。

2

十二時。恭三は、ときおり開閉するドアの音に耳を澄ませながら、三階を徘徊《はいかい》して

図2

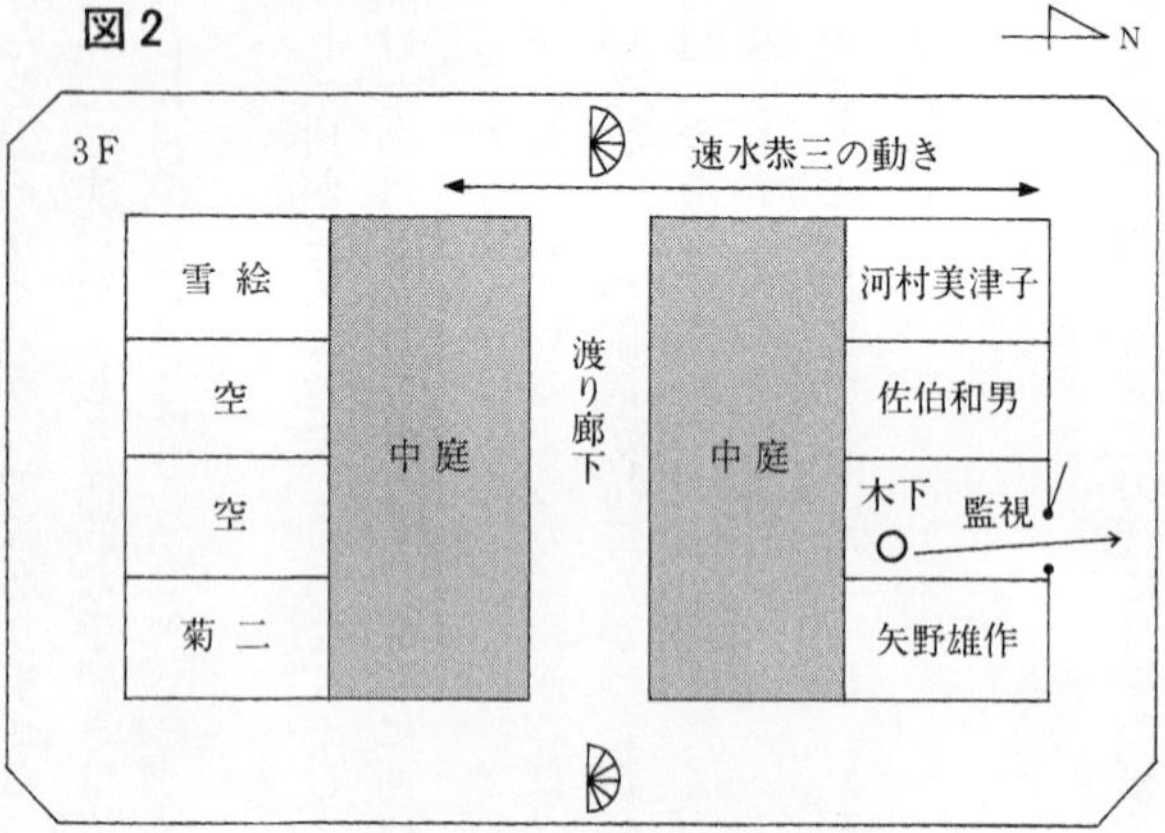
N
3F
速水恭三の動き
雪絵
空
空
菊二
中庭
渡り廊下
中庭
河村美津子
佐伯和男
木下
監視
矢野雄作

いた。住人の動きはほぼ、把握している。木下は、命令通り監視を続けているだろうか。

佐伯と当主菊雄は、菊雄の書斎で、菊一郎の残務整理。――やはり菊雄の手には負えなかったのだろう。それ以外は全員、自分の部屋にいるはずだ。

恭三が西の廊下を落ちつきなく行きつ戻りつしていると、北の棟でドアの開く音がした。足早にそちらへ向かうと、自室から美津子が出てきたところだった。手に鍵を持っている。

「どうしました？」

問いかけると、憎々しげな視線が返ってきた。

「――寝る前に飲み物をいただこうと思っただけです。……誰かを殺しにいくとでもお思いになって？」

その棘《とげ》のある言葉に、彼女も少しは参ってるようだ、と恭三は思った。

「そういえばわたしも喉が渇きましたな。一緒に参りましょうか」

恭三がすたすたと歩き出すと、美津子も諦めたようについてきた。

美津子は一階に降り、厨房に入った。冷蔵庫から牛乳を出し、ココアを作り始めた。恭三はグラスを一つ食器棚から拝借して、牛乳をもらうことにした。ゆっくりと牛乳を飲みながら、黙って彼女の様子を見守る。こころなしか、鍋を掻き混ぜる手が震えているようだ。

ついに彼の視線に耐えかねたのか、振り向いて睨みつけてくる。

恭三は、爆発するかと待ち構えたが、美津子は静かに口を開いた。

「わたしを見張ってるつもりなんですの？」

「おや、分かりましたか。勘の鋭い方ですね」

驚いたように答えてみせる。

「税金が無駄に使われるのを見るのは、悲しいことですわね」

美津子も皮肉では負けていない。

彼女はココアをカップに注ぐと、ついてくる恭三には目もくれず、自室に戻った。

彼女が鍵を開けて部屋に消えるのを見届けると、彼は再び〝巡回〟態勢に入った。

そして一時過ぎ――。

第二の惨劇が起きた。

3

どん、と何かが激しくぶつかる音。女の悲鳴。

続いて、屋敷のそこここでドアが開き、人々の呼びかけあう声。

恭三は、悲鳴が美津子の部屋からだと素早く判断すると、短い距離を全速力で走った。

彼女の部屋に辿り着くと、木下が何事かという様子で、廊下に出てきていた。

「ああ、警部補！　一体何でしょうね」

恭三はそれには答えず、美津子の部屋のドアを強く叩いた。

「河村さん、どうしました！」

ノブをがちゃがちゃと捻《ひね》りながら叫ぶ。鍵がかかっているようだった。

「河村さん！」

返事はなかった。

その時、閃光が走った——そして再び別の悲鳴。この部屋の中からではない。どこか他の場所のようだった。

一体何があったんだ？　それに今の光は一体――

などと考えを巡らせていたら、ゴロゴロと雷鳴が聞こえてきた。驚いて振り向き、窓の外を見ると、さあっと雨が降り始めた。

雄作がドアを開けて眠そうな顔をして出てくると、恭三に呼びかけた。

「何があったんです？」

「分かりません！」

雪絵がネグリジェにガウンを羽織って、駆けつけた。

すぐに菊二が同じような格好で――もちろんネグリジェのことではない――その後ろからついてくる。

「一体何です」

迷惑そうな口振りで、恭三に聞く。

「分かりません……河村さんの部屋で何かあったらしい。――菊二さん、ここの鍵を取ってきてくれませんか」

菊二は渋々といった様子で、階下へと向かった。入れ違いに佐伯が、慌てた様子で駆け上がってくる。

「警部補さん！　奥様が……」

「奥様？　民子さんがどうかしましたか？」

さては、あの二番目の悲鳴は彼女だったか、と思い当たる。一体何が起きたんだ？

「それが……その……大変取り乱していらして――」

どう話せばいいのか戸惑っている様子だった。

「では、誰かに危害を加えられたりしたわけではないんですね？　怪我をしたとかいうことではないんですね？」

「ええ、そうではありません。ボウガンを……ボウガンを見たとおっしゃっているんです」

「ボウガン！　では、見つけたんですか？　どこにあったんです？」

驚いて尋ねると、佐伯は強く首を横に振った。

「見つけたのではありません。奥様の話では……ボウガンが、窓の外から自分を狙っていたと」

「窓の外？　窓の外とは……窓のすぐ外ということですか？　しかし民子さんの寝室は二階でしょう？　それに、誰が狙っていたというんです？」

「さあ……詳しいことをお聞きしたわけではありませんし、とにかくお話ししておかなければ、と思って飛んでまいりましたので――」

申し訳なさそうに、そう言った。

「で、今はどうなさっています？」

「社長が一緒におられます」

民子の方はとりあえず、大丈夫のようだ。それよりも美津子のことが心配だった。

「では、あなたもお二人と一緒にいてください。……ああ、それから、節子さんの様子も見てきてくださいませんか」

まだ、事件が起きたとはっきりしているわけではないが、全員の動向を確認しておきたかった。

佐伯は頷いて、素早く立ち去った。

入れ代わりに菊二が、鍵束を大事そうに持った矢野孝夫を連れて戻ってきた。

「一体何があったんです？」

同じ質問に答えるのももういい加減うんざりだったので、ただ黙って首を横に振った。

「鍵を貸してください」

恭三の強い口調に、孝夫は仕方なく鍵束を渡す。

一つずつ試していくと、四つめではずれた。

ドアを開けようとすると、何かがひっかかっているのか、異様に重い。その時、恭三は鉄臭い匂いに気付いて、ぎょっとした。

血の匂いだ。

雄作と雪絵が、不安気に顔を見合わせている。

「警部補、下を見てください！　何か滲《にじ》みだしてますよ」

木下の言う通り、ドアから何かが滲みだして絨緞を濡らしていた。

恭三が、力を込めて引っ張ると、ようやく開いた。

稲光が、河村美津子の恐怖に満ちた表情を照らし出し、その場にいた全員が悲鳴を上げた。

重々しく開いたドアに彼女は、パジャマの前をどっぷりと血に染めて、まるでおばけ屋敷の仕掛けのように磔《はりつけ》られていた。頑丈な金属製の矢が彼女の心臓を貫いて、ドアに深く突き刺さっているようだった。

「これは……」

恭三が絶句した時、雪絵が喉の詰まるような声――音、というべきか――を上げて、気を失った。

幸い彼女が床に倒れ込む寸前に、恭三は抱き留めることができた。

「誰か雪絵さんを彼女の部屋へ――！　みなさん、この部屋からは離れてください。それから、S署に連絡を。――畜生！　何てこった……」

恭三は指示を下しながら、部屋の中に鋭く視線を飛ばした。窓が開いて、カーテンが風に揺れている。激しくなり始めた雨が、窓から降り込んでいる。犯人の姿はない。

窓から逃げたのか？

血溜りを踏まないように気をつけながら、恭三は身構えつつ部屋へと入り、窓辺に駆け寄った。首を突き出し、上下左右を見回すが、別段目につくものはない。

窓から逃げたのでなければ……。恭三は振り向いて部屋を見回す。

人が隠れられるところは一個所だけ――バスルームだ。

常にポケットに入れている白手袋をはめると、そっとバスルームのドアに近寄り、勢いよく開け放った。

誰もいない。中に踏み込んでバスタブを見、何となく便器の蓋《ふた》まで上げて中を覗いてみたが、もちろんそんなところに犯人は隠れていなかった。

「どういうことだ……」

恭三は小さく呟いた。

「だ……誰もいないんですか？」

ドアの外から木下が声をかける。

「ああ……木下、廊下はずっと見張ってたんだろうな？」

「もちろんですよ！　誰も廊下は通っちゃいません」

「——だとすると犯人は、窓からきて窓から出ていったのか……？」

恭三は深く、考え込んだ。

畜生、この犯人はまるで、自由自在に屋敷の中を飛び回っているようじゃないか
——一体どうなってるんだ？

4

「民子さん、もう落ち着かれましたか？」

菊雄と民子の寝室である。民子は菊雄と並んでベッドに腰掛け、ブランデーを入れた紅茶を啜《すす》っているところだった。佐伯と木下をドアの外へ待たせ、恭三は質問を始めることにした。

「ええ……もう大丈夫ですわ。何でもお聞きになってください」

「何でも窓の外に、ボウガンを御覧になったとか……」

「ええ、悲鳴で目を覚ましまして――あれが美津子さんの声だったんでしょうね――窓の外をふっと見ましたら、ちょうど雷がぴかっと光りまして――」

そう聞いて、美津子の悲鳴の後で雷が落ちたのを、恭三は思い出した。

「――すると、ボウガン……ええ、ええ。よく知っておりますよ。雄作さんが持っていらしたものです。あれが……窓の外から、わたしの方を狙っていたのです。それでわたしつい大声を上げてしまいました――」

恭三は、この民子も多少は恐怖を感じることがあると知って若干安心したが、次の言葉を聞いて考え直した。

「どうしてですかしらね？――わたし小さい頃から、雷だけは怖くて」

しばしあっけに取られて、質問を再開するのに時間がかかった。

「……はあ、それで、誰が狙っていたんです？　犯人の顔は見えなかったんですか？」

「いえ、誰もおりませんでした。ボウガンだけです」

「はあ？　……どういうことです。ボウガンだけとは」

「ですから、ボウガンだけが、窓の外に浮かんでこちらを向いていたんです」

民子は澄ました顔でそう言うと、残った紅茶を飲み干した。

このとんでもない話をどう受け止めればいいのか、恭三は考え込んだ。

ボウガンが勝手に飛び回って河村美津子を殺したとでもいうのだろうか？　しかし現実に、美津子を殺した犯人は三階の窓から消え去っている。空でも飛べるとしか考えられないが、それならまだボウガンだけの方が軽いから飛びやすいかも……。

馬鹿な考えを頭から振り払って、恭三は質問を続けた。

「それでそれから、どうなさいました」

「もちろん、外へ逃げましたわ。狙われていたんですもの。そうしたら、佐伯さんが駆け付けてくれまして……様子を見てくると言って、中へ入っていかれました」

「で？」

恭三は促したが、ボウガンが見つかっていないことはすでに佐伯に聞いて知っている。

「……何も見つからなかったそうです。逃げたんでしょうね」

ボウガンは逃げたりなどしない、と言おうかと思ったが、やめた。結局民子は、悪夢でも見たか、寝惚《ねぼ》けて何かをボウガンと見間違えたのだろう。

その時、けたたましいサイレンが屋敷の前までやってきて止まった。

午前一時四十五分、奥田部長刑事を含むS署の警官、少し遅れて本庁からの鑑識課員が到着して、ようやく本格的な捜査が始まった。

奥田は二人と顔を合わせるなり、こう聞いてきた。

「一体全体どういうことです？　あなた方がここにいるってのは」

「俺達は、河村美津子は菊一郎殺しに関する重要な情報を持ってるに違いないと当たりをつけたんだ。で、ちょっと圧力をかけてみたら……殺《や》られちまった。菊一郎殺しの真犯人が、口封じのために殺したとみて間違いないね。つまり、雄作はやっぱり無実だったってことさ」

「それはどうですかね……今度の殺しだって、雄作かもしれないじゃないですか」

奥田は疑わしげにそう言う。

「それは違う。悲鳴を聞いて俺が駆け付けるまで、ほんの数秒だ。多目に見て十秒にしてもいい。たった十秒の間に、美津子の部屋の窓から外へ出て、自分の部屋に戻る方法などあると思うかね？　――同じように雪絵さんや菊二も美津子殺しはできないはずだ」

「……ま、一応そういうことにしておきましょうか。しかしそれにしても、犯人は一体どうやって三階の窓を出入りしたんです？　屋上からロープで侵入したとでも？」

「屋上からねえ……なるほど」

恭三は、奥田の言った言葉を考えながら、ちらりと隣の木下を見る。

木下はその視線を敏感に感じ取ったのか、すぐに青い顔をして震え出した。

「い、嫌だ。警部補……もう嫌です」

「俺は何も言ってないよ」

恭三はそううそぶいた。

「その目付き……あの時と一緒だ。今度も僕にやらせるつもりなんだ。言っときますけどね、僕はまだ怪我人なんですよ？　その僕にまた——」

「俺はまだ何も——」

「いーや！　どうせ僕にやらせようとしてるに決まってる。警部補の考え方はもう、痛いほど分かってます。『木下、お前の方が体重が軽い』って言うんでしょう？」

「良く分かったな。……まあ、そういうわけだ。一つ、屋根に登ってくれるな？」

木下は呆れたような顔になる。

「だからさっきから言ってるじゃありませんか！　僕は嫌です！　S署の警官が何人もいるんだ、あの中に一人くらい身の軽い奴がいるでしょう」

「ほう……。じゃあ何か、俺にこんなことを言わせようってのか？　『うちの木下は怖がってますので、どなたか代わってやってもらえませんか？』……馬鹿野郎！　そんな恥さらしなことが言えると思うか？　曲がりなりにも一課の刑事だろ、お前は。心配するな、今度こそ大丈夫だ。俺とこの人が二人でロープを支えてりゃ百人力だって」

木下は助けを求めるように、奥田を見たが、彼はうんうんと頷いているだけだった。

「よし。ロープを探してこい。どこかにあるだろう」

恭三は議論は打ち切り、というようにそう命令した。

「嫌な予感がするんです……今度こそ僕は……」

「何をつまらんことを……。俺が大丈夫と言ったら大丈夫だ」

木下はうなだれて、ロープを探しに部屋を出た。出掛けにぽつりと呟く。

「嫌な予感がする……」

5

午前二時半。河村美津子の部屋のちょうど真上で、木下刑事は腰にロープを巻かれていた。警官達がハンドライトを何本も屋上に持ってきたので、深夜とはいえ、彼の回りだけは充分明るい。雨は小降りにはなっているもののしとしとと降り続き、全員身震いを押さえることはできなかった。

「しっかり結んでくださいよ……このロープ、よくみると汚いですね。古いのかもしれない。切れたりしませんかね？」

「ごちゃごちゃとうるさいな。別にロッククライミングをしろと言ってるわけじゃない。ほんの一、二メートル降りるだけじゃないか。切れたりするもんか」

一端を木下の腰に縛り付け、恭三は自分の腰にそれを一周させる。さらに余った部分を奥田が腰に巻く。二人の合計体重は、二百キロ近い。対するに木下は六十キロに満たない。

「さあ、行け」

恭三が促すと、木下は屋上に這いつくばって、そろそろと下半身から空中に出していった。

ほぼ全身が外に出ると、ロープを両手でしっかりと握り締め、足を壁に踏ん張った。恭三は、ロープにぐっと力がかかったのを感じたが、彼にとっては片手だけでも支えられるようなものだった。

一歩ずつ、木下は壁を這うように降りてゆく。というより、恭三と奥田がロープを繰り出すままに降りてゆくと言った方が当たっているだろう。

すぐに木下の足が美津子の部屋の窓框《かまち》に乗ったらしく、ロープがふっと緩《ゆる》んだ。

「つ、着きました。ロープを止めてください」

中では二人の警官が、いざという時彼を中へ引き込めるよう、待機している。

「どうだ？　ボウガンを撃てたと思うか？」

「そうですね。できたと思いますね。――僕が思うにはですね、犯人の姿を見て、河村は逃げようとドアに駆け寄った。それであんなふうに彼女はドアに磔《はりつけ》になったんじゃないでしょうか」

アクロバットをやり終えて余裕が出たのか、木下は珍しく自分の推理を披露した。

「そんなとこだろうな。よし、もういいぞ」

恭三と奥田は既に体からロープをはずしていた。もちろん木下は、そのまま美津子の部屋に入ればいい、そう思ってのことである。

しかし、自分に自信のついていた木下はそう思ってはいなかった。来た所から帰るのが当然とばかりに、再び颯爽《さっそう》とロープを登り始めた——。

もちろん、登ろうとしてロープに体重を預けた途端、するするとロープが落ちてきたのは言うまでもない。中にいた警官達はすでに役目は終わったと部屋を出ようとしていた。

恭三と奥田は、ロープが下に落ちていっても、木下がロープを回収しているのだとしか思わなかった。

彼らが叫び声を聞いたのは、ロープの端が屋上から消えてからのことだった。

「やっぱりー！　僕の予感は正しかったああああ……」

ドップラー効果で少しずつ低くなる木下の悲鳴を聞きながら、恭三は木下が落下中であることに気付いた。

あんなにつまらなかった物理の授業も、役に立つことがあるものだ、と恭三は思う。

どしん、という音を聞いて、考え直した。

いやいや。やっぱり役に立っちゃいないようだ。

木下は両手、両足首の骨を折って、入院することになった。

6

夜明けまでに事情聴取は終わり、急遽《きゅうきょ》S署内に設置された合同捜査本部に、彼らは集合した。

本庁からは、増援なし。今日のところは一人でやれというのが、係長の返事だった。全員出払っているらしい。

合同とは名ばかり、S署の捜査を傍観するような立場になってしまった。指揮を取るのは、S署の田村和正《たむらかずまさ》警部である。連続殺人の捜査の指揮を取れるとあって、ひどく張り切っている。どこかの俳優とは違って、四十半ばというのに髪の毛はほとんどなく、恭三は好感を持った。

彼は捜査官達の前に立つと、一つ咳払いをしてから少し上ずった声で喋り始めた。

「今回の事件により、先月三十日に発生した蜂須賀菊一郎殺しについても、捜査の見直しをする必要性が出てきた。残念なことに本庁からの応援は望めないが、幸い前回の事件にも関わった速水警部補が君達と一緒に捜査に当たってくれる。——では、奥田君」

奥田部長刑事は、田村警部と入れ代わると、菊一郎殺しから説明を始めた。

「手元に資料が渡っていると思うので、簡単に説明します。十月三十日、午前三時。蜂須賀邸において、殺人があったとの通報を受け、我々は急行しました。事件を目撃した蜂須賀雪絵、並びに河村美津子の証言によれば、事件発生は午前一時。通報が遅れたのは目撃者の両名が、事件を目撃した後、犯人と思われる人物に殴打され、意識を失っていたからであります。犯人は矢野雄作という雇人の息子の部屋から、ボウガンにより菊一郎氏を殺害したとのことでした。事件当夜、雄作の部屋に入りえた人物が雄作本人の他には存在しなかったため、わたしと速水警部補は、矢野雄作を重要参考人として取り調べましたが、証拠不十分のため、逮捕には至りませんでした。そして兇器ですが、これはいまだ屋敷内からは発見されておらず、同一のものであるかどうかは、鑑識の報告を待たねばなりません。……以上です。何か質問は？　……では、昨夜の事件について、速水警部補から御説明いただきましょう」

恭三はのっそりと立ち上がると、前に進みでた。

「本庁の速水です。河村美津子殺しについて説明する前に、菊一郎殺しに対するわたしの見解をお話ししておいたほうがよろしいでしょう。——わたしは矢野雄作という青年に会って話をしてみて、疑念を抱きました。彼を犯人だとすると、彼は自室から、自分のボウガンで菊一郎を殺害し、それを目撃した河村美津子、蜂須賀雪絵の両名を殴打した、ということになります。しかし、彼は自室で鍵を掛けて寝ていたと証言しているのです。目撃されたことを知っている犯人が、そんな証言をするとは思えません。ですから、資料にもあるように、一見彼の部屋には誰も入れなかったようですが、わたしはそこに何らかのトリックがあると判断しました。つまり誰かが故意に、雄作に罪を被《かぶ》せようとしているのだと。しかしそのためには、雪絵と美津子が目撃しなければなりません。わたしは、美津子は菊一郎殺しの共犯であったと結論します。昨夜わたしと木下刑事は美津子を尋問いたしました。口を割る気配は一向にありませんでしたが、嘘をついているのは分かりました」

「警部補、事実だけを述べてもらえませんか」

奥田が苛立たし気に口を挟む。

恭三はむっとして奥田を睨んだが、再び先を続ける。

「……とにかく、わたしと木下刑事は泊り込んで、彼女の動きを見張っておりました。必ずや主犯に接触すると信じてです。彼女には直接誰かと相談する機会はありませんでしたから、おそらく自室の電話で邸内の主犯にかけたのでしょう。主犯は慌てた。そして彼女が口を割る前に、一刻も早く彼女の口を封じてしまおうと、兇行に及んだわけです」

「ただの推測に過ぎませんな」

奥田が再び文句をつけると、田村警部は、

「では、君は何か意見があるのかね」

と聞いた。

「もちろんあります。前回の事件は、雄作にしかできなかった。だから雄作が犯人です。河村美津子は目撃者の一人ですから、始末しようと考えても不思議ではありません」

「馬鹿な！　既に美津子の証言は取ってあるのに、そんなことをしてどうなります？しかも雄作はわたしが駆け付けた時、自室にいたのは確かなのです。屋上から戻ってくる暇などなかったはずです」

恭三は声を荒げた。

「ちょっと待ってくれたまえ。屋上から、とはどういうことかね？」

事情の飲み込めていない田村が聞き咎めた。

「――状況から見て、犯人が窓から侵入し、窓から逃走したことは明白です。現場は三階ですから、屋上からロープか何かを使って侵入、逃走したのだろうと考えたのです」

恭三が簡単に説明すると、田村は顔をしかめた。

「なるほど……屋上からねえ。君が西の廊下にいたというのに？　しかしそれは危険なだけでなく、はっきり言って無意味じゃないかね？」

「無意味、とはどういうことでしょう？」

恭三は聞き返した。

「つまりだ、それだけの手間をかけても、君が廊下にいる以上、発見される可能性はつきまとう。それなのにわざわざ、そんな危険を犯す必要があるかね？」

そう言われてみると、恭三にも分からない。

「しかし、方法が他にありませんので」

「そうかな？　たとえば、屋上から発射するというのはどうかね？」

「……はあ？　被害者は窓から遠く離れていたんですよ」

「わたしが屋上と言ってるのは、ここだ」

田村は資料の中にある屋敷の平面図を指差した。渡り廊下の部分である。

「この廊下の上に俯《うつぶ》せになって発射すれば、君に見られる心配もないし、部屋の奥にいる美津子を狙えるんじゃないかと思ってね」

至極もっともな意見だった。さすがに警部の肩書きを持つだけあって、頭も切れるようだ、と恭三は感心した。

「あのう……ちょっとよろしいでしょうか」

三人のやりとりに間が空いた時、刑事達の一人がおずおずと口を開いた。

「何だ」

「その屋上なんですが……」

「屋上がどうした」

田村はいらいらした口調で先を促す。

刑事は言おうか言うまいかともじもじしている様子だったが、田村の顔付きに慌てて先を続けた。

「屋上へ通じるドアには、鍵が掛かっておりましたし、鍵を使わずに開けたような形跡もありませんでした」

恭三はそれを聞いて、孝夫が持ってきた鍵束を使って自分で鍵を開けたことを思い出した。

「そうだった！　鍵は全部矢野孝夫が保管しているんです」

「ほう？　では、その男がやったと考えるしかないのかな？　確かその男は、第一の事件の時も鍵を持っていたんだったね」

「ええ。しかし、菊一郎殺しに関してはしっかりしたアリバイがありますし、今回も妻の良枝が一緒にいたと証言しております」

恭三はそう答えながら、矢野夫婦の共犯、という可能性について考え始めていた。それだとすべてがうまく解決する。合鍵を良枝に渡しておけばいいのだ。しかし、あの二人が自分の息子に罪を被せるというのは、やはり納得がいかない。しかも菊一郎殺しが二人の共犯だった場合、美津子を殺す理由がなくなってしまう……。

「妻の証言だけではな……。とにかく菊一郎殺しも含めて、矢野孝夫、良枝の両名についてはより重点的な扱いをせねばなるまい。そして兇器発見に、より一層の努力をしてもらいたい。前回はともかく、今回の事件では犯人にはボウガンを邸外へ持ち出す機会などなかったはずである。屋敷内はもちろん、すべての敷地をくまなく捜索し、一刻も早く発見してもらいたい。——以上だ」

田村警部はそう言って締め括り、会議は終了した。

疲れはてた恭三は、とりあえず仮眠を取ることにして自宅に戻った。

彼が慎二からの電話で昼過ぎに起こされた時、事態はまた少し変化していた。

「兄さん、そこにいたの？　今日は8の字屋敷に行く約束だろ？　店だって休みにしたんだからね」

呑気な口振りで慎二が言う。

「ん？　……ああ、そうだったな。今、何時だ？」

まだ疲れが残っているようだ。何度引き離しても、瞼がすぐ閉じてしまう。

「えーと、二時かな？　寝てたの？」

「ああ、昨日は……いや、今朝は散々だった」

「美津子殺しだね？」

「知ってるのか……なら、今日は駄目だってことくらい分かるだろう。事態は変わったんだ」

「そうかな？　一刻も早く事件を解決しないと、警察の怠慢が槍玉に上げられるんじゃないかな……。連続殺人を止められなかったのかってね」

「脅かす気か」

慎二はさらに続ける。

「美津子殺しも、何か変なんだって？　誰にもできなかったそうだね。詳しく教えてよ」

「いや、矢野夫婦のどちらかなら、屋上から殺せただろうということになったんだが……」

一瞬、間が空いた。

「──じゃあ、兄さん、知らないんだ。どういうことかよく分からないけど、テレビじゃ不可能犯罪だって大騒ぎしてるよ」

それを聞いて恭三はがばっと身を起こした。完全に目が覚めた。

「何だと？」

「テレビじゃ、『犯人は空を飛べる蜂人間か？』なんて言ってたな。何でも鑑識の調べで、ボウガンが発射されたのはちょうど中庭のど真ん中にあたるってことが分かったらしいんだな」

恭三は頭を抱えこんだ。

菊一郎殺しのトリックもまだ未解決だというのに、またしても不可能犯罪とは──。

慎二はまだ何か言っている。

「……ま、いちおは、あんなのはトリックともいえないなんて言ってるけどね……」

「――そりゃどういうこった？」

「……いちおに代わるよ。直接聞いたら」

がさごそと音が聞こえて、いちおの声が伝わってきた。

「……兄さん？　今日連れてってくれる約束でしょ？　デートの約束断わって待ってたんだからね。……駄目駄目。事情が変わったなんて言い訳通用しないわよ」

「お前、トリックを解いたって？　美津子殺しの方か？」

「まあね。残念ながら菊一郎の方はまだだけど」

「しかし……事情も知らんくせに――怪しいもんだな。で、どうやったというんだ？」

恭三は疑いつつも、耳を受話器に押し付ける。

「……後でね。8の字屋敷で、教えてあげる。三時に、門の前で待ってるから。じゃあね」

「おい、待て。今日は駄目だって……」

電話は切られていた。

恭三はしばらくそのままの姿勢で考え込んでいたが、慌てて布団から出て雨戸を開け、テレビをつけた。

慎二の言う通り、どこの局に回しても8の字屋敷の連続殺人の話題で持ち切りになっている。固く門を閉ざした8の字屋敷と、その平面図が映り、若い男のアナウンサーが美津子の殺された様子を早口で説明していた。

「……発見した警視庁の速水恭三警部によりますと……」

おおっ、俺だ。しかも昇進までしているじゃないか、などと恭三は感嘆の叫びを上げる。

「被害者の河村美津子さんは、さながら『マリア像の如く』ドアに磔《はりつけ》になっていた、ということであります」

俺はそんなことを言ったっけ？　と一瞬考えて、恭三はすぐにその比喩の根本的な間違いに気付いた。

「馬鹿野郎、マリアが磔になるか！　俺はそんなこと言っちゃいないぞ！」

叫んで枕を投げ付ける。しかしアナウンサーは間違いにも気付かず喋り続けている。

「ところがですね、ここからがこの事件の不思議なところなんですが、みどりさん」

「はい」

図3

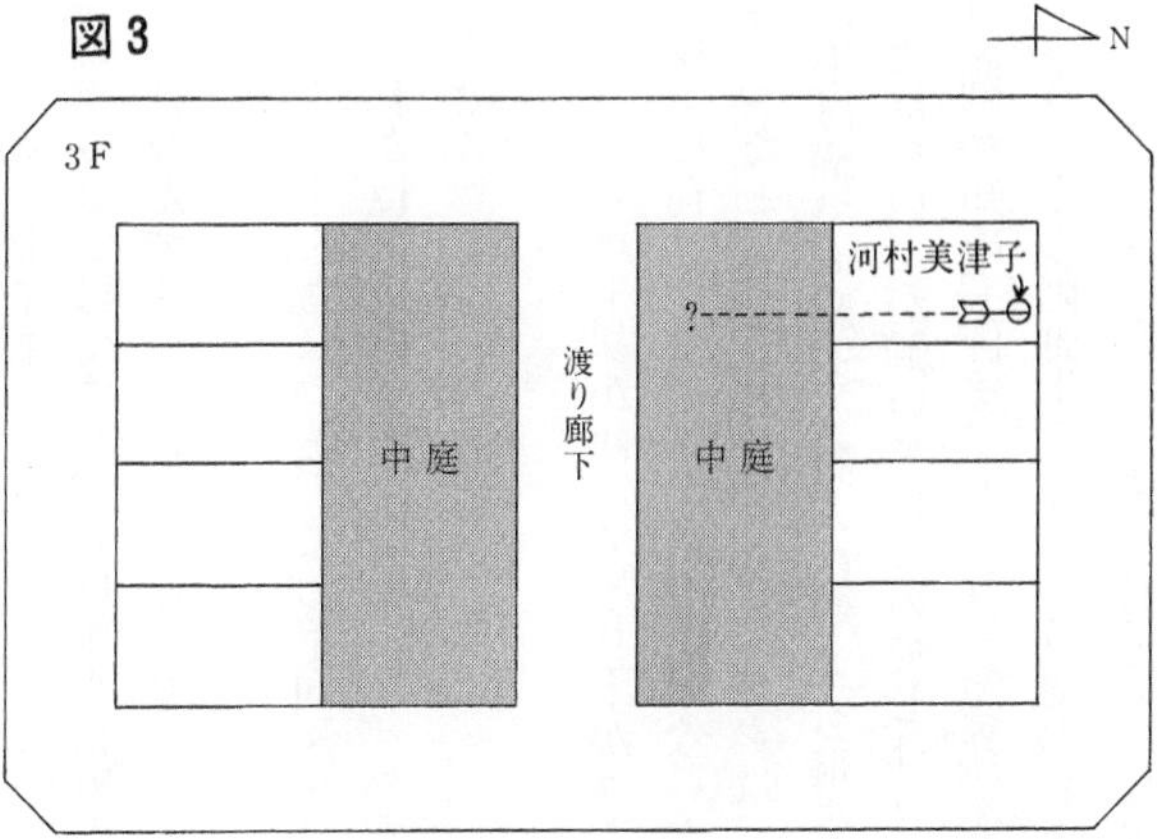

和服を着た女がお仕着せの相槌を打つ。

「警察の調べで、兇器のボウガンはですね、ほぼ水平に五ないし六メートルの距離で発射されたと判明したわけなんです、みどりさん」

「はい」

「ところがですね、何と！　……ちょっと、この平面図を御覧ください。この平面図で見るとですね、発射された位置には、何にもないわけです。中庭なんです。ここは三階なんですよ、みどりさん」

「はい」

「……警察は、犯人は屋上からロープか何かで吊り下がった形でボウガンを発射したのではないかと考え、屋上に何らかの痕跡が残っていないかと、徹底的に捜索しましたが、何も発見できなかったと、こういうことなんですね、みどりさん」

「そうですか、それは不思議ですねえ。犯人は空でも飛べるのでしょうか。それとも、何かこの世のものではない力が働いているのでしょうか。……ここで、『恐るべき霊界のパワー』で皆様御存知の、俳優でもあり、霊界研究家でもある阿野世三田郎《あのよみたろう》さんにお話を伺いましょう。……阿野世さん、どう思われますか？」

「これはですな、明らかに……明らかに、ある種の力——私は、霊力、と呼んでおりますが――それが働いておりますな。間違いありません」

渋い顔の中年男が力を込めてそう断言する。

「はあ、レイリョクですね。それは具体的にどのようなものなんでしょうか」

「それはですなあ、ナイフですとか、包丁といったものが殺人の道具として使われた場合にですな、その被害者の怨念、とでもいったようなものがですな、その道具にこもるわけです。するとその兇器自体がですな、霊界にいる被害者の意志によってですな、その自分を殺した憎い犯人に復讐するために、あちこちをさまよって飛び回る――そういう例をわたしは今までにも二度ほど目撃しております」

「ええっ、阿野世さん自身、それを御覧になったことがある？」

「さよう」

「……なるほど。すると今回の事件では、兇器のボウガンがですね、屋敷の中を飛び回り、河村美津子さんを殺害したと――。すると蜂須賀菊一郎氏を殺害したのは、実は河村美津子さんだったのではないかと？」

「はい、そう確信しております。因果応報とは、まったくよく申したものですな」

ボウガンが屋敷の中を飛び回る――？　それを聞いて恭三は眉をしかめた。

民子のたわ言がどこかから洩れたのだろうか？　それとももしかすると、民子の見たことが事実であり、この霊界研究家とやらの言っていることが正しいのかもしれない――。

恭三は寒気を感じて、大きく身を震わせた。

本当に寒かったのである。幽霊なんぞを怖がるような男ではなかった。

その点については、『みどりさん』も同様らしかった。にこやかに微笑んで霊界研究家に頭を下げている。

「そうですか。ありがとうございました。……ところで、この頃めっきり空気が乾燥してまいりましたね。肌荒れにお悩みのヤングミセスに嬉しいお知らせです……」

恭三はしばらく肌荒れと殺人の関係について思い悩んでいたが、やがてそれがCMであることに気付いてスイッチを切った。

愚にもつかないたわごとであったが、今のテレビでおおよその状況は摑《つか》めた。矢が水平に打ち込まれていたことからして、田村警部の言った、渡り廊下の上からの発射は無理のようだ。しかも距離的にも遠過ぎる。屋上に何の痕跡もなかったと言っていたから、木下が犠牲になった例の方法も駄目なのだろう。

では、どうやったのか？　上からが駄目なら下からか？　中庭から飛び上がる？

いやいや、竹馬でも使えばどうだろう。しかしそんな不安定な状態でボウガンが発射できるだろうか？　それにそんなことをして一体何になるというのだ？

——本当に、いちおの奴には分かったのだろうか？

恭三は溜息をついて、いちおの意見とやらを聞くしかないな、と思った。

第六章　いちお、犯人を指摘する

1

午後三時。恭三が時間通りに蜂須賀邸に到着すると、たむろしていた報道陣がわらわらと車の回りに群がってきた。

「速水警部補ですね？　河村美津子さん殺しについてどう思われますか？」「矢野雄作が釈放されましたね？　彼は本当に無実だと思われますか？」「あなたは霊の存在を信じますか？」「チョットイイデスカー？」等々。

とそこへ、いちおが「はいはい、ちょっとのいてくださいね。……のけっつってんだよバカヤロー」などと言いながら人垣を掻き分け、慎二を従えて恭三の車に乗り込んできた。

「ちゃんと時間通りに来たじゃない。やっぱりいちおちゃんがいなくちゃ事件は解決できないってことが分かったようね？」

「ふん。当てにはしてないさ。約束だからな」

恭三は警笛を派手に鳴らして、門柱の所まで車を動かすと、窓を開けてインタフォンを押した。

「後ろのお二人も刑事さんですか？　すいません！　お嬢さん、モデルになりませんか？」

まだしつこい奴がいるようだ。取材をしているのだか何だかよく分からない。

インタフォン越しに名前を名乗ると、門が開いた。車を進入させると、さすがに中までついてくるものはいなかった。

庭のあちこちで、私服制服の警官達が入り乱れて地面を掘り返したりしている。ボウガンはまだ発見できないでいるようだ。

「一応他の連中には、お前達は雪絵さんの友達ってことにしとく。いいな？」

二人は頷いた。慎二はそれほどでもないが、いちおは期待の余り上気していた。

「わくわく。……ふっふっふ。今日だけはわたしが主役だかんね」

いちおが不気味に笑った。

「――そううまくいけばいいけどね」

慎二は小さく呟く。

「あー、慎ちゃんやきもち焼いてるー。自分が解けなかったもんだから」

「そんなことないよ」

「いーや、そんなことある」

「ないって」

「あーる」

恭三は、そんな二人を見ながら、こいつらに人命の尊さなど説いても無駄だな、と思った。


屋敷に入ると、恭三はS署の警官達と合流、テレビではよく分からなかった細部について確かめることにした。慎二といちおは、雪絵を慰めにきた、ということになっているため、彼女の部屋へ。

恭三は、応接室に陣取っている田村警部を見付け、事情を聞いた。

「どうも、遅くなりまして……どうやら、妙な具合になってるようですね」

彼がそう言うと、田村は渋い顔をしてみせる。

「……そうなんだ。困ってるんだよ」

田村は、大体テレビで言っていたことと同じことを話してくれた。ただし、ボウガンの発射された距離というのは、それほど明確なものではなく、威力から考えて六メートル以上ではありえない、ということだった。

「では、非常に近い距離、例えば部屋の中ということも考えられるわけですね？」

「まあな。しかし、屋上から侵入することが不可能だと考えられる以上、それも無理じゃないかな」

それもそうだった。ドアから入るためには、木下か恭三の目に触れないわけにはいかない。

「実は馬鹿げた考えなんですが……竹馬、というのを思いついたんですが――」

田村は手を振った。

「それはわたしも考えたよ。それもバツだ。中庭の芝生には、そんな跡はなかった。他にもいろんな意見が出たよ。トランポリンだの、ラジコンを使っただの……今も屋敷中を、不審なものがないか捜索を続けてるがね……駄目だな。わたしは犯人がそんな変なやり方をしたとは思えないんだよ。意味がないからね」

恭三にも田村の考え方が分かってきた。犯人が何を考えているか、というのが重要だというのだろう。

「民子さんが、ボウガンを見たという話は御存知ですか?」

恭三はふと思い出して聞いてみた。

田村はしかめっつらをして、頷く。

「ああ、一応聞かせてもらったよ。——しかし、ありゃちょっと……なあ」

「例えばですね、ボウガンに長い棒をつけて、高く上に上げた状態で発射するなんてことは——あるいは、屋上からボウガンだけをロープで吊り下げて……そのボウガンを彼女は目撃したのかも」

思いつくまま恭三は喋った。

「よしんばできたとしてだ、犯人はどうやって美津子の位置を知るんだ? 心臓に当てるどころか、かするだけでも奇跡じゃないかね?」

田村の言う通りだった。

「そうですね、いや、申し訳ありません。つまらないことを言いました」

「いやいや、どんな突飛なことでも思いついたら、教えてくれ。わらをも摑《つか》みたいというのはこういう気持ちなんだろう」

そう言って、田村は溜息をついた。

そこへ、矢野良枝が二人にお茶を運んできた。

お茶を置いても、彼女はそこに突っ立ったまま、恭三に何か言いたげにしていた。

「どうかしましたか？」

恭三が促すと、話す決心がついたようだった。

「実はその……些細なことなんですが……ちょっと妙なことを思い出しまして……。いえ、もちろん事件に関係あるかどうかは分かりませんが……」

田村が少し身を乗り出して、

「どんな些細なことでも、是非聞かせていただきたいですな」

と柔らかな口調で、口を挟んだ。

良枝は、どういうふうに話そうかとしばらく考えているようだったが、やがて口を開いた。

「前の事件——菊一郎様の事件の晩のことなんです。毎晩十二時になると、わたしか主人がお屋敷を回りまして、戸締りを確かめたり、通路の明りを小さくしたりすることになっているんですが、あの晩は主人がおりませんでしたので、わたしが見回りました。その見回りの時には、三階の渡り廊下の電球が切れていたんです」

「電球が？　それが妙なことかね？」

田村は少し拍子抜けしたようだった。

「いえ、そうではありません。――電球と申しますのは、蛍光灯の横に小さいのがついておりますよね？　いわゆる、常夜灯でございます。夜はいつも、あれだけをつけておくことになっております。蛍光灯は何ともなかったんですが、あの小さな電球だけが切れておりました。でもその時は、明日交換すればいいと思いまして、そのままにしておいたのです。……ところがあんな事件があったものですから、今日までそのことはすっかり忘れておりましたが、よく考えてみますと、事件の後わたし達があそこに駆け付けた時、電球は切れていなかったのです」

「切れて……なかった？　あなたの勘違いだった、ということですか？　三階ではなく、二階だったとか――」

事件とは何の関係もなさそうだ、と恭三は落胆しながらも聞き返した。

「勘違いではありません。確かにあの時は切れていたんです。誰かが十二時から三時の間に電球を交換したんです。その証拠に、買い置きの電球が一個なくなっております」

「予備の電球がどこにあるかは、みんな知っていたのかね？」

と、少し興味を覚えた様子で、田村が聞く。

「はい。物置に置いてありまして、誰でも出入りできます」

「では、切れていることに気づいた誰かが、気を利かせたということじゃないかね？」

「とんでもありません！　皆様のお部屋の電球の交換だってわたしか主人がいたしますのに、廊下の、それも蛍光灯じゃなくて小さな常夜灯ですよ？　切れていたのは一個所だけでしたので、廊下が真っ暗になる、というわけでもありませんでした。だからこそわたしも急がなくてもいいと思ったんです……」

「渡り廊下のどっち側かね？」

「東側です。菊一郎様が倒れていらしたのとは、反対側でございます」（次頁図４参照）

「……ということは、ちょうど犯行現場になるわけだな……」

田村は顎に手を当てて考えていたが、やおら恭三の方を向いて話しかけた。

「速水君……一応調べてみる必要がありそうだね。わたしが思うに、二つの可能性が考えられる」

「はあ、どういう可能性ですか」

「一つは、菊一郎殺しの犯人が、何らかの理由があって電球を取り替えた、という可

図 4

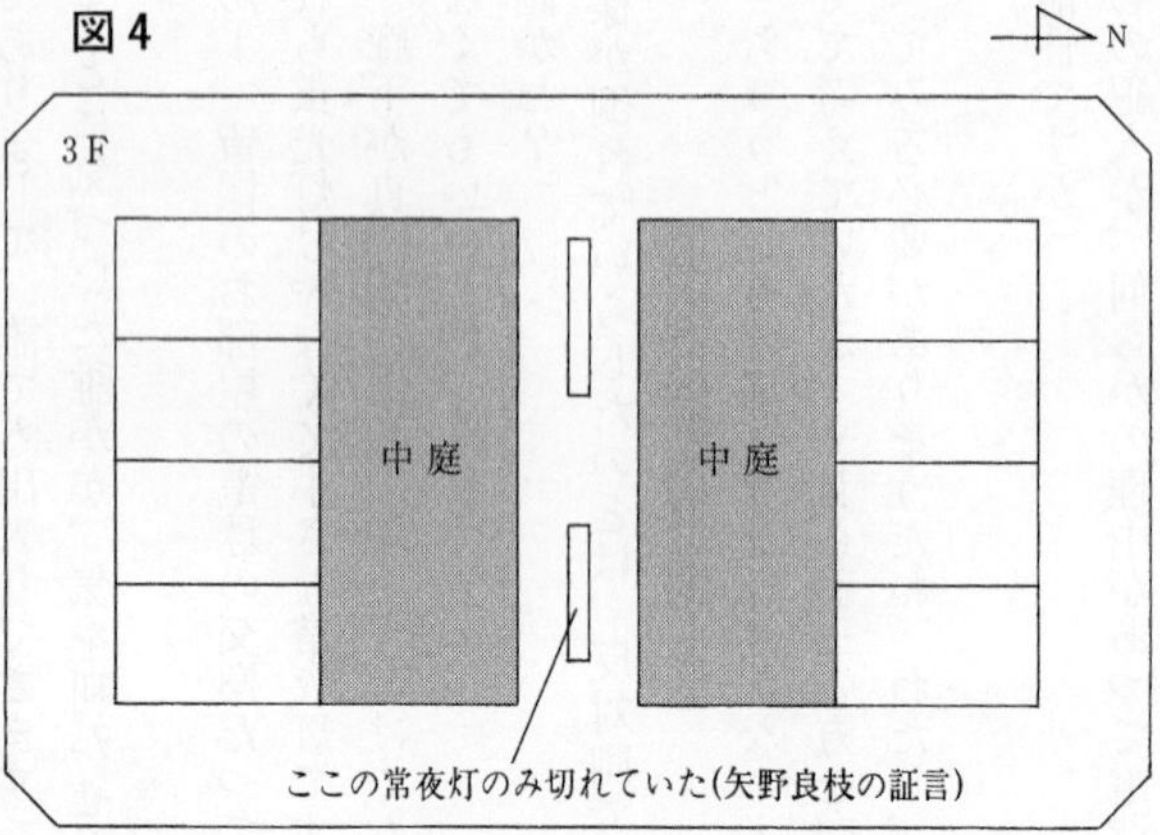
N
3F
中庭
中庭
ここの常夜灯のみ切れていた(矢野良枝の証言)

能性だ。どんな理由かは今のところ想像もつかないがね。そしてもう一つは、犯人とは別の人間が、たまたま交換した可能性だが、その場合——」

「何かを見ている可能性がありますね」

「そうだ。いずれにしても誰が電球を取り替えたのかは、重要な手掛かりになるかもしれん。早速、調べさせよう」

　そこに制服警官が入ってきた。

「警部！　蜂須賀雪絵とその友人だという者達が、美津子の部屋を見せろと騒いでおりますが、いかがいたしましょう？」

　恭三は、しまった、と舌打ちした。いちおの奴が、勝手なことを始めたに違いない。

「け、警部。それはわたしが見て参ります」

「そうか。じゃ頼むよ」

　田村はそう言って警官に向き直ると、電球の件について指示を始めた。

　恭三は部屋を出ると、脱兎の如く美津子の部屋へ駆けだした。

　案の定、警官を相手にいちおが騒いでいた。そんな彼女を慎二と雪絵は、困惑したように見ている。

「だからあー、捜査に協力してるんだって言ったでしょ。んっとに話の分かんない人ねー。あ、兄さんだ、おーいおーい」

恭三が来るのを見て、慎二も雪絵もほっとしたようだった。

恭三は威厳を失わないようにわざとゆっくりと近付き、つとめていちお達の方を見ないようにしながら警官に話しかけた。

「あー、おほん。君、どうしたのかね?」

「は、この連中が部屋に入れろと申しております。……もしかして、警部補の妹さんですか?」

若い警官は何故か少し顔を赤らめながら恭三に聞いた。

「あ……いや、知らんね。見たこともない」

恥ずかしさの余り、つい慌てて否定してしまった。

「――まあいい。検証は終わってるし、わたしが立ち会うから、見せてやっても構わんだろう。……君もそこで見張っていてくれたまえ」

「くれたまえ」

いちおが面白そうに繰り返した。

「黙れ、いち……お嬢さん。いいかな、絶対にどこにも手を触れないように。分かったかね？」

「はーい」

彼女は元気よく手を挙げた。

「じゃあ、君、鍵を開けてくれ」

ドアを開けると、恭三のちょうど鳩尾《みぞおち》の辺りにどす黒い血の染みと、深く穿《うが》たれた小さな穴があった。そして、射撃練習の的のような人形《ひとがた》が白墨で書いてある。ドアにこの人形が描かれたことが、今まであったろうか、と恭三は思った。絨緞に染み込んだ大量の血はまだ完全に乾ききってはおらず、どす黒い染みとなって入口を塞いでいた。

雪絵は凄惨な現場を思い出したのか、青ざめた顔をして口元を押さえ、自室の方へと走り去ってしまった。

「だ、大丈夫ですか、雪絵さん！」

恭三の呼びかけに、ちょっと振り向いて頷いたので、ひとまず安心する。

「ふんふんふん。なるほどね」

ドアのノブを調べて一人頷いているのは、いちおである。

「こらっ。触るな！」

「いいでしょ。どうせもう指紋は取ったんじゃないの」

「それはそうだが……でも触っちゃいかん！」

慎二はと言えば、壁に手を這わせ、何かを探っているようだった。見ると、開け放つとドアのノブが当たる位置だけ、壁紙が破れている。

「何してる？」

恭三は尋ねてみた。

「ん？　いや、僕なりの推理もあってね……」

それをいちおが聞き咎《とが》める。

「え？　じゃあなあに。わたしの推理は間違ってるって言うの？」

「聞いてもいないのに間違ってるかどうか分かるわけないじゃないか」

いちおはぺろりと舌を出して、

「そりゃそうだ」

と言った。

警官を外に残し、三兄弟は中へ入った。

「今朝のままなんだね？」

慎二が部屋を見回しながら、そう聞く。

「ああ」

恭三が答えると、慎二は曖昧に頷いて窓辺に寄り、下を見下ろした。

「民子さんがボウガンを見たとかいうのは、この真下の窓かい？」

「ああ、そうだが……まさかあの話を真に受けてるんじゃないだろうな？」

しかし慎二は恭三の言葉など耳に入らない様子で、頭を巡らしている。

「雷が光ったからはっきり見えたと、そう言ってるんだね？」

「ああそうだよ。しかしな、慎二……」

慎二は首を振り振り、窓から離れた。

「……信じられない。こんなことが起きる確率はどれくらいかな――」

慎二は民子の見たことが事実だと考えているのだろうか？　確率とはどういうことだろう？　偶然が重なって、とんでもない現象が起きたのだろうか？　偶然……雷？

恭三はそれ以上考えるのをやめた。

「なかなかおしゃれな部屋じゃない。……おっ、いいミシン。わたしもこんなのが欲しいなー」

「いちお、どうせ使えないだろ」

冷たく慎二が言う。

「ぶー。わたしだってミシンくらい……」

「使える？」

「……使えない。でも欲しい」

いちおは素直に白状した。

「お前らなあ、何しにここに来たんだ？」

恭三が苛々《いらいら》して叫ぶと、いちおは慌てて顎に手を当て、考えているような振りをする。

「なるほどなるほど。窓は開いてたわけね……あっ、わたしもこんな大きい姿見が欲しーい」

またまた目を輝かせている。恭三は口を開きかけてやめた。何を言ったところで、効果は期待できない。

「服飾関係の本ばっかりだね。……あ、『障害者教育』なんて本もあるな。彼女、一体どういう人なんだろ」

「……雪絵さんに、手話を教えてたらしいがな。俺もよく知らん」

慎二もいちおも、ざっと見渡しただけで満足したようだった。

「他の部屋も見たいわね」

「おいおい。もういいかげんその推理とやらを話してくれんか」

「だーめ。まだ全部はっきりしたわけじゃないし。見せてくれなきゃ教えてやんないもん」

この野郎、と思わず言いそうになったが、ぐっと我慢する。

「隣は？」

慎二がぐいと親指を壁に向けて、聞いた。

「佐伯……菊一郎の秘書の部屋だ。しかしな、彼が嫌だと言ったら、俺の力じゃ無理だからな」

恭三は、そう釘を差した。

しかし、その必要もなく、佐伯は快く彼らを招き入れた。捜査員と思っているようだ。

「佐伯さんは、昨夜はどこにおられたんですか？」

慎二が、丁寧だが、やや高圧的な口調で聞く。警官であるように思わせようとしているのだろう。

「二階の書斎におりました……社長と一緒に」

何度も同じ質問に答え続けていたせいだろう、すらすらと答える。相変わらず服装に乱れはなく、髭も剃ってあり、一睡もしていないことを窺《うかが》わせるのは、赤く腫《は》れぼったい目だけだった。

「一時までですか？」

「はあ。副社長が目を通すはずの書類が、大量に残っておりまして……社長から応援を頼まれて、徹夜覚悟でやっておりました」

「そういったことはよくあることなのですか？」

「いえ、もちろん初めてです……副社長がいらっしゃった時はいつもスムーズに運んでおりましたから」

「ほう……。するとあなたは、相当運が良かったということになりますね」

「はあ？　と申しますと？」

佐伯は当惑げな顔付き。

「いやね、もしあなたがいつも通りこの部屋にいたら、一番近いあなたが真っ先に疑われたでしょうから」

慎二は意味深な口調でそう答える。

「なるほど。そういうことになりましたでしょうか。そんなことは思いもしませんでした」

佐伯は無表情のまま、そう答えた。

「それで、美津子さんの悲鳴を聞いた時、あなたはどうされました？」

「はい、もちろん何事かと思いまして、書斎を飛び出しました。その途端、今度は奥様の悲鳴が聞こえたのです。どうしようかと立往生しているところへ、寝室から奥様が飛び出していらっしゃいました。ひどく取り乱していらしたので、まずそちらのお世話をしてから、警部補さんに知らせに参ったわけです」

佐伯が説明を終えたときには、慎二はすでに興味をなくしていたのか、書棚の方を向いていた。

「勉強家のようですね。法律、経済、政治……秘書の方というのは、みなさんこういう本をお読みになるんですか？」

「……どうでしょうか。でもやはり、有能と言われる方は広い知識を持っていらっしゃいますので、わたしも何とか追い付こうと思いまして……」

恭三は、以前に来た時には気がつかなかったが、良く見てみると、本は棚の前後二段になっており、思っていた量のほぼ二倍はあることに気付いた。

慎二はふと手を伸ばし、一冊の本を指差した。恭三には題名が読み取れない。

「この本は最近……？」

「……いえ、もう何年も前に買ったものです」

「そうですか……」

恭三は、慎二の言葉に何か意味があるのだろうか、と考えて、棚に近寄り、本の題名に目を凝らした。『和文タイピスト入門』という本だった。題名も見た目も、いかにも古そうな本である。ワープロ全盛のこの時代にこんなものを買う奴がいるとは思えない。慎二の奴もバカなことを聞くな、と恭三は首を傾げた。

慎二はどうやらもう用はなくなったらしい。いちおはと見れば、退屈そうにあくびまでしている。

「では、お邪魔しました」

釈然としないまま、恭三は二人を連れて部屋を出た。

「この隣が木下刑事がいたっていう、空き部屋だね。その向うが雄作の部屋か……木下刑事は、どんなふうに廊下を見張ってたんだい？」

「ドアを一杯に開けて、部屋の中から見てたんだ。本人はずっと廊下から目を離さなかったと言ってるが……」

慎二はその空き部屋にすたすたと歩み寄ると、ドアを壁につくまでほぼ百八十度に開いた。

「こんなふうに？」

「ああ、そうだ。そんなふうだった」

恭三が頷くと、慎二は中へ入り、ベッドにちょっと腰掛けてすぐに出てきた。

「……木下刑事の目を盗んでここを横切るのは無理のようだね。やっぱり、あれしかないのかな――」

「そうよ、あれしかないのよ」

いちおが力強く頷く。

「あれとは何だ！　二人とも一体何を考えてるんだ？」

恭三は半ば悲鳴のような声を上げたが、二人とも答えてはくれなかった。

「じゃあ次は、雄作だな」

慎二は勝手にそう決めると、雄作の部屋のドアをノックした。

2

「悲鳴が聞こえるまで、あなたは何をしていました？」

と、慎二はいきなり切り出した。

「ひどく疲れていましたので、十一時頃にはもうベッドに入ってぐっすり眠っていました」

菊一郎殺しの時の取り調べのせいだろう、雄作は佐伯や雪絵よりも一段と憔悴《しょうすい》の度合いが激しいようだった。

「ぐっすり眠っていたのに、悲鳴を聞いてすぐ飛び起きたわけですか？」

「……悲鳴で起きたのかどうかはよく分からないんです。ふと目が覚めると屋敷の中が何だか騒がしくて、そしたら下の方から誰かの叫ぶ声がして――」

「下の方？　ではそれは、河村さんの悲鳴ではなくて、民子さんの声ですね？」

「そうだったんだと思います。河村さんの悲鳴を聞いたというはっきりした記憶がないんです」

「では、民子さんの声を聞いてから部屋を出るまでに、どれくらい時間がかかりましたか？」

「そう、ですね……五秒？　十秒？　……大体そんなところじゃないでしょうか」

自信なげに雄作は答える。

「俺が美津子の部屋に辿り着いて五、六秒経って出てきたんだから、確かにそんなもんだろう」

と、恭三は口を出した。

慎二の質問はそれで終わりのようだった。

いちおはそういった質問など耳に入らない様子で、腕組みをして窓から外を見ていた。時折、ボウガンを構えるようなポーズをしては首をひねっている。

慎二は、大学の専門書ばかりが並んだ本棚をしばらく見つめていたが、突然思い出したように言った。

「そうだ。大事なことを忘れてた。菊一郎氏の死体が動かされてたんだったね？　そこも見たいな」

「ああ、お安い御用だ。ついてこい」

三人は、礼を言って雄作の部屋を後にすると、渡り廊下へと向かった。

「ほら、ここだ。まだ血痕が分かるだろう。死体はここだ」（三六ページ図1参照）

恭三は絨緞に残った黒い染みを、指で示した。

慎二はじっとそれを睨みながら、慎重に辿って歩き出した。

「一歩、二歩……三歩か。三メートルだね。三メートルだけ、西側に引きずったってわけか……。――どうも分からないな。……待てよ。廊下の真ん中から、東に一歩半……西に一歩半……8の字屋敷……8――」

恭三はふと先程の良枝の証言を思い出して、天井を見上げた。今はまだ充分明るいので、もちろん電気はついていなかった。スイッチを探すと、壁にそれらしきダイヤルスイッチが見つかった。歩み寄り、スイッチを『ON』の位置にすると、廊下の蛍光灯がすべて灯った。

「兄さん、何してるの？」

いちおが不思議そうに聞く。

「いや……ここの電気が切れてるの、切れてないのって話があったもんでな——」

答えながら、恭三がスイッチを『常夜灯』に回すと明りは消えた。まだ明る過ぎて分かりにくいが、良く見ると確かに常夜灯はついている。

だからどうした、と恭三は心の中で呟いた。今、異常がないのは分かった。しかしそれで何が分かる？

「その話、詳しく聞かせてよ」

いちおにせがまれて、簡単に説明することにした。

「良枝さんが言うにはだな、菊一郎氏が殺された晩、十二時の時点でこの常夜灯は切れていたそうなんだ。ところが、三時に起こされてここに来た時にはついていたと、こう言うんだな。誰かが十二時から三時の間に交換したに違いない、とね。今、警部が調べ始めているはずだが――」

慎二は顔をしかめたが、何も言わずうろうろと歩き回る。

「勘違いってこともあるんじゃないの？」

と、いちお。

「俺もそう思った。しかし、予備の電球が一個なくなっているらしい。もちろんそれも数え間違いなのかもしれんが――」

慎二は歩き回るのをやめ、突然口を挟んだ。

「雪絵さん達の証言はどうなってたっけ？　確かその時は、常夜灯はついていたんじゃなかったかい？」

「どうだったかな……。後で確かめてみるが、もし切れていたりしたら菊一郎の姿や、胸に刺さった矢など見えなかったんじゃないかな」

「とすると、一時にはついていたと考えてもいいだろうね。ということは犯人は、犯行前に常夜灯を交換したことになる、何故だろう……」

「おいおい、慎二。交換したのが犯人とは限らんぞ――」

慎二は恭三の言葉も耳に入らない様子で、再び歩き出した。

「……暗くて困ったのかな……でも、蛍光灯は切れていなかったわけだし……暗い部屋の人影だって見えるほど、月は明るかった――」

慎二は突然黙り込んで、顔を上げた。

「慎ちゃん、何か思いついたの？」

慎二はいちおの声も耳に入らない様子で、雪絵の部屋と雄作の部屋を交互に見やった。

「8だ……常夜灯が切れていたから……あの時8は完璧さを失っていた……そうだ、犯人が欲したのは完璧な8だったんだ！　だからこそ常夜灯はついていなければならなかった――」

「慎ちゃん……？　おーい、慎ちゃん」

いちおは慎二の目の前で、手をひらひらさせる。慎二はうるさそうにその手を払いのけて、言った。

「やめろよ、いちお。人がせっかくかっこつけてんのに」

「あら、正気でしたの。ごめんあさあせ、おほほほほ」

慎二はゆっくりと彼らの方に向き直ると、ひとつ咳払いをして、言った。

「おお、バッカス（注8）……じゃなかった、ユーレカ（注9）！　と言いたい気分だね」

いちおの目が驚きで大きく見開かれる。

「じゃあ、ほんとに……ほんとに分かったの？　菊一郎殺しのトリックが？　待ってね、待ってよ。まだ言っちゃ駄目だからね。わたしも考えるから」

「何言ってる。クイズやってるんじゃないぞ。——慎二、本当に解けたのか？」

「ああ。分かってみれば、簡単なことさ。——8の字屋敷、か。この屋敷の持つ特性、死体が動かされていたこと。ボウガンなんていう奇妙な兇器。河村美津子の存在。そして決め手が常夜灯だ。それらを考えあわせれば、すぐにでも分かったはずなのに！」

「一体どうやったんだ？　誰が？」

恭三は勢い込んで聞いた。

「それはまだ分からない。このトリックを行なうのは、誰にでもできる。犯人を捕まえる手がかりにはならないよ。——とにかく、まだ話すべき時ではないと思う。犯人が分かってから話そう。まだ会ってない人達もたくさんいるし」

3

菊一郎殺しのトリックも美津子殺しについてもお預けを食わされたまま、恭三は二人に屋敷中を引きずり回された。

菊二のところでも慎二は本棚を探したが、本は酒壜の間にちょっと挟まっているという程度で、彼はすぐに興味を失い、二百本は下らないと思われる映画のコレクションに視線を移した。

「ほう……これはまた……ヒッチコックがほとんど揃ってるじゃないですか！」

慎二は感嘆の声を上げる。

「ミステリー映画がお好きのようですね。――『オリエント急行』もあるなあ。クリスティが好きなんですか？」

菊二は恥ずかしそうに、

「いやあ、特にミステリー映画が好きというわけでもありませんよ。ヒッチコックはどれも好きですが、それよりバーグマンの映画を重点的に集めていましてね」

と言った。

「へえ、バーグマンなら僕も大好きですよ……あれ、誰かに似てると思ったら、あなたゲーブルに似てますね」

慎二が指摘すると、菊二は嬉しさを押し隠しつつ精一杯意外そうな顔をしてみせた。

「え？　そうですか、いや、そんなことはないでしょう——いやしかし、慎二さんでしたか、君とは趣味が合いそうだなあ。一杯どうです？　バーボンしかないけど」

恭三はそんな菊二の様子から、森の石松を連想してしまった。これが江戸っ子というものなのだろうか。

「慎二！　……菊二さん、雑談をしにきたわけではないんです。昨夜はどうしていましたか？」

業をにやして、自分で質問することにした。

「昨夜はなかなか寝付けませんでね……だってそうでしょう。雄作が兄さんを殺したに違いないってのに、同じ屋根の下で寝なきゃならないなんて——。また何か起きるかもしれないとは思ってましたよ……いやもちろん、刑事さん達がいるところで、また人殺しをするとは思いませんでしたがね」

信じられない、という様子で首を振る。

「では、悲鳴が聞こえた時には、起きていらしたわけですね？」

「ええ。聞いてすぐ、部屋を飛び出しました。——あとは御存知でしょう。それより警部補さん、これ以上人が殺されないうちに、さっさとあいつを逮捕したらどうなんです？」

「あいつ、というと雄作君のことですかな？」

「決まってるでしょう！」

「——誰を逮捕するにしても、証拠というものが必要ですし、しかも少なくとも今朝の事件に関しては彼は無実です。苛立つ気持ちは分かりますが、殺人事件の捜査ともなりますと、慎重にも慎重を期して臨まねばならないのです」

「へえ、そんなもんですか。警察が慎重な捜査をすることがあるなんて、初めて聞きましたよ」

菊二が辛辣《しんらつ》な口調でそう言ったので、恭三はぐっと怒りをこらえねばならなかった。

「慎二、いちお。次行くぞ」

三階の住人が終わって、今度は二階である。

菊一郎の未亡人、節子は二日酔いで頭を抱えていた。恭三の知る限り、彼女には酔っ払っているか、酔っ払って寝ているか、二日酔いであるかの三通りの状態しかないようだった。

「……まだ何か用なの？」

こめかみを指で押さえながら、苛立たしそうに聞いてきた。

「昨夜の午前一時頃、あなたは何をしておられました？」

慎二が質問する。段々、刑事の役が板についてきたように思われる。

「……寝てたって言ったでしょう？　同じこと何回も言わせないで！　……あたた」

声を張り上げ過ぎて、頭に響いたらしかった。

「目を覚ましたのは何時頃ですか？」

「一時半くらいだったかしら……佐伯君がドアをあんまりどんどん叩くもんだから、仕方なく起きたのよ」

「悲鳴は聞こえなかったのですか？　他の方は全員驚いて目を覚ましたんですがね」

節子は慎二を睨んで、

「しょうがないでしょ！　酔い潰れてたのよ、悪い？」

と口をとがらせた。

「いえ、悪いだなんてそんな……ただ、犯行時刻にいた場所がはっきりしていないのはあなただけなものですから」

「はっきりしていないってどういうこと？　この部屋にいたのよ、決まってるじゃない！」

「他の方は全員、犯行直後せいぜい五分以内には誰かと顔を合わせているんです。もちろんそれだけで無実だなんてことは言えませんけどね。あなたの場合、三十分間も誰とも会っていない。三十分もあれば、色々なことができただろうな、と思うわけです」

こいつは一体何を言おうとしているのだろうか、と恭三は訝《いぶか》しんだ。節子もまた同様だったらしい。

「色々なことって、例えばどんな？」

彼女は不安気な面持ちで聞き返した。

「例えば……そうそう。兇器が消えてしまったのは、御存知ですよね？　事件発生から誰も外へは出ていないはずなのに、まだ見付かっていません。でも、あなたにはこっそりと外へ持ち出す機会があった——」

「冗談言わないでよ！　わたしはいつベッドに入ったかも覚えてないのよ？　そんな状態でどうやって人を殺したり、兇器を隠しに外へ出たりできるの——」

「本当に酔い潰れていたのだとしたら、難しいでしょうね。でも酔った振りをしていたのかもしれない」

彼女は憎々しげに慎二を睨みつけ、喚《わめ》いた。

「酔った振りかどうか、検査してみればいいじゃないの！　フーセンでもなんでも膨らませてやるわよ！」

「ああ……今検査したって意味がありませんよ。犯行の後で、飲んだのかもしれませんからね」

慎二はそう言って、にっこりと笑った。

節子は顔を真っ赤にして、口をぱくぱくさせていたが、やがて諦めたように溜息をついた。

「分かったわよ……逮捕したけりゃしなさいよ。好きにして」

「誤解してもらっちゃ困りますね。あなたが犯人だと言ってるわけじゃありません。違うとも言ってませんが」

これ以上慎二に、刑事の振りをさせるのはまずいと判断して、恭三は慌てて二人を外へ連れ出した。

「慎二、どういうつもりなんだ！　彼女が犯人だと思ってるのか？」

節子の部屋を離れながら、恭三は声をひそめて聞いた。

「いやあ、成行きだね。あんなに追いつめるつもりじゃなかったんだけど、つい、面白いもんだから」

恭三といちおは顔を見合わせて、首を横に振った。

「ほほう、三兄弟とは今時珍しいですな」

今度はきちんと二人を紹介すると、蜂須賀菊雄は妙に感心してみせた。

「しかし……下のお二人はよく似ておるが、刑事さんは似ておらんの」

「はあ、わたしは父親似でして。彼らは母親に似ていると、よく言われました」

恭三はそう説明したが、菊雄は聞いていないようだった。じっといちおの顔に見入っている。

「……民子の若い頃にそっくりじゃ。民子もあれで昔は、近所でも評判の美人じゃった……今でもそうじゃが。何人かの男と決闘の真似事なぞをした挙げ句に、わしが手に入れたのじゃ。……あの頃はよかったのう」

恭三はもともと菊雄には何も期待していないので、愚にもつかない昔話を始めようと一向に気にはしなかった。

しかし慎二は何か聞きたいことがあるらしく、大きな声でさえぎった。

「昨夜はここで佐伯さんと、お仕事をされていたそうですね？」

菊雄は、きょとんとした顔付きで、首を振った。

「佐伯？　佐伯なんて男と決闘した覚えはないのう」

「……決闘じゃありません。昨夜、河村美津子さんが殺された時、あなたはここで書類を見ていた、違いますか？」

「殺されたのは菊一郎だとばっかり思っておったが……」

いつもは冷静な慎二も、苛立たしさを押さえるのに懸命の様子だった。

「──菊一郎さんが殺されたのは事実です。しかし、昨夜殺されたのは河村美津子さんです。思い出してください」

ぱっと顔を輝かせると、ぽんと手を打った。

「おお、そうじゃった。思い出したぞ」

ほんとかね、と恭三は呟く。

それを聞き咎《とが》めたらしく、菊雄は叫んだ。あいかわらず耳だけはいいらしい。

「ほんとだとも。わしはまだまだぼけちゃおらんぞ。蜂須賀建設は――」

「河村美津子さんが殺された一時頃、あなたがここにいたというのは確かですか？」

キャッチフレーズを最後まで言わせてもらえなかったので、菊雄はちょっと不満そうだったが、素直に答えた。

「確かだとも」

「その時、秘書の佐伯さんも一緒でしたか？」

「……ああ、一緒じゃった。書類整理を手伝ってもらっておったのじゃ」

「ずっと一緒だったんですか？　悲鳴が聞こえた時のことは覚えておられますか？」

「悲鳴？　誰の悲鳴じゃね？」

「もちろん河村美津子さんの悲鳴ですよ！」

慎二の声も半分悲鳴と化している。

「……知らんな。民子が何やら騒いでおったのは知っとるが」

慎二は眉をひそめて考え込む。

「おい、慎二。その爺さんを当てにしてもしょうがないのは、もう分かったろう」

恭三は、地獄耳の菊雄に聞こえないように、慎二の耳に手を当てて囁いた。

「――この屋敷を設計されたのは、確かあなたでしたね？」

慎二は恭三の忠告を無視して、さらに質問を続ける。

「おおそうじゃとも。気に入ってもらえたかの？」

「ええ……非常に……非常に良くできた建物だと思います。まったく、これほど良くできた建物にお目にかかったのは初めてです」

慎二は意味ありげに、菊雄の顔を見つめながらゆっくりと答えた。恭三は、そんな慎二の様子に何かただならぬものを感じた。先程の慎二の謎のような言葉が脳裡に蘇る。『8の字屋敷の持つ特性』、そう言っていた。慎二は、この屋敷を建てたからという理由で菊雄を疑っているのだろうか？

そんな恭三の思いとは裏腹に、菊雄の顔は、テストで満点を取った子供のように輝いた。

「そうじゃろう、そうじゃろう。いや、お若いのに見る目がある。どうじゃ、うちの会社に入らんか？　ちょうど副社長の椅子が空いたところなんじゃが、そんなもんでよければ――」

三人は、慌てて菊雄の書斎を辞去した。

「なあに、慎ちゃん。あのおじいさんを疑ってたんじゃないでしょうね？」

いちおもまた、恭三と同じ印象を持ったようだった。

「いや、まあ……その、何ていうかな。かまをかけてみたんだけどね」

「やっぱり疑ってたんじゃない！」

「――しかし、あのじいさんのぼけようは普通じゃないね。演技ならもう少しまともなぼけ方をするだろうし……」

「おいおい。まともなぼけ方って、そんなのがあるか。とにかくだ、あのじいさんは正真正銘、立派な大ぼけだよ。俺が保証する」

「……かもね」

慎二は溜息をついた。

「それにしてもさ、副社長の椅子、もらっちゃえばよかったのに。楽な暮らしができたのになー」

「……いちお、お前それ、半分本気で言ってるだろ」

慎二は点目になっている。

「あ、分かった？」

いちおはぺろりと舌を出してみせた。

民子を訪ねたが、恭三が聞き出した以外のことは何も聞けず、すぐに辞去して一階へと降り、矢野夫婦の部屋を訪れた。

「十二時にいつも通り戸締りの確認をしまして――雨が降るかもしれないということでしたから窓が閉まっていることは全部確かめました。十二時半には二人ともぐっすり眠っておったようです」

と孝夫は答える。

「で、悲鳴を聞いてから、どうなさいましたか？」

慎二が聞くと、孝夫は良枝と顔を見合わせ、申し訳なさそうに答えた。

「いやあ、わしは悲鳴は聞いておらんのです。いたってぐっすり眠る方でして。少々の物音では、目が覚めんのです」

「では、奥さんの方は？　奥さんも聞いておられないんですか？」

「申し訳ありません。わたしは、いつも耳栓して寝るんです。主人の鼾《いびき》がそりゃあもうひどいもんですから」

良枝が非難するように横目で睨むと、孝夫は髭面を赤らめた。

「じゃあ、菊二さんが呼びにくるまで、全然何も聞いていないわけですか？」

「はあ、そうです」

慎二はしばし考え込んでいたが、やがて気を取り直して質問した。

「孝夫さんは当然、ボウガンはお得意なんでしょうね？」

口調は何気なかったが、孝夫をびくっとさせるにはその内容だけで充分だった。

「いえ、そんな……自慢できるほどの腕ではありません。それに最近は、山に行くことも滅多になくなりましたから……」

「でもまあ、雄作君と同じかそれ以上の腕前なんでしょうね。──奥さんの方はどうなんです？　何度か一緒に行かれたこともあるんでしょう？」

「いえ、滅相もない！　わたしは料理が専門でございますから」

慌てて否定したが、恭三は彼女の太く逞《たくま》しい腕を見て、この女ならボウガンくらい扱えたとしてもおかしくない、と思った。


「さあ、終わったぞ！　あらいざらい喋ってもらうからな！」

矢野夫婦の部屋を出ると、恭三は二人を睨みつけて言った。

「駄目よ！」

いちおが叫ぶ。

「何故だ？」

いちおはにっこりと笑って、

「当り前じゃない。すべてが解決されるのは、容疑者全員の前でなくっちゃ、ね？」

と、慎二に向かってウインクしてみせた。

「――それもそうだな」

慎二が頷く。

「おまえら何を言ってるんだ！　遊びじゃないんだぞ！　いいかげんに――」

恭三は怒り、命令し、哀願したが、聞き入れられなかった。

「兄さん、全員を集めるのよ。――そうね、下の応接室に入れるんじゃない？」

いちおは声高らかに、そう命令した。

4

三人は応接室へとやってきた。田村警部、奥田部長刑事と二名の巡査がいた。

恭三が冷や汗をかきながら、田村警部に事情を説明すると、彼は渋い顔をして考え込んだ。横から奥田が口を出す。

「冗談じゃない！　素人に何が分かるもんですか！　大体警部補、守秘義務をお忘れになってるんじゃないでしょうね？　いくら肉親だからといって……」

「し、しかし現にこうやって捜査が行き詰まっている以上だな——」

しどろもどろになって弁解する恭三の後ろから、慎二がひどくのんびりした口調で声をかける。

「ボウガンは見付かりましたか？」

誰も答えない。

慎二はにやりと笑って、

「ははあ、まだですか。——じゃあまだあそこは探してないのかなあ……」

とみんなに聞こえるように呟く。

「あそこ？　あそことはどこだ？」

奥田が聞き返した。

「え？　……あ、いや。何でもないです。僕が考えるようなことを、警察の方が考えないわけないですよね」

しばし沈黙。恭三は何となく慎二の狙いが読めたので、口は出さないことに決めた。

奥田が顔の筋肉を複雑に痙攣《けいれん》させながら、彼にしては穏やかな声を出した。

「そ、それはそうだな……しかしまあ、一応聞いてみようじゃないか。何を考えたんだね？」

「あれ？　素人の考えを参考にするんですか？」

ぐっ、と奥田はウシガエルの潰れたような声を上げた。

「それはまあ、警察だって時には謙虚に耳を傾けなきゃならん時だってあるさ――」

「では、もし僕がボウガンを発見することができたら、さらに謙虚に素人の考えに耳を傾けなきゃいけないってことになりますね？」

「そ、それは――」

奥田は助けを求めるように、田村警部の方を見た。

田村は面白そうに慎二の顔を見つめて、言った。

「君は自信があるようだね？　何か我々の知らないことを知っているのかね？」

「いえ、とんでもない。僕の知っていることといったら、兄から聞いたことだけです。僕はただ、色々な事実を組合せた結果、ボウガンの存在し得る場所を一個所、思いついたに過ぎません。そこにあると確信しているわけではありませんし、そちらですでに捜索済みの場所かもしれませんよ」

「――ふうむ。どこだね？　それは」

「もしそこにボウガンがあったら、全員を集めて謎解きをすることを許していただけますか？」

田村はちょっと考えて、はっきりと頷いた。

「いいだろう。約束しよう。——さっ、どこだね、言ってみたまえ」

「ハチの小屋です。中庭の犬小屋ですよ……ほら、あそこに見える」

いちおや恭三も含めて全員が、慎二の指差す先を見やった。

「犬小屋……？　中庭は徹底的に捜索していたはずだぞ……おい、お前！」

奥田は巡査の一人に呼びかける。はたち前と思われる若い巡査だった。

「はっ、なんでしょう」

「見てこい！」

巡査はちょっと困ったような顔付きで、

「しかし、あそこはもう本官が見ております」

と答えた。

「もう見た？　はっは！　そーら、やっぱりもう見てるじゃないか。あそこにもなかったんだ。残念だったな、謎解きとやらができなくて」

鬼の首でも取ったように笑う奥田だった。

しかし慎二はがっかりした様子もなく、巡査に話しかける。

「掘り返してみましたか？」

「は？　どこをでしょうか」

「もちろん、小屋の中ですよ！」

「いえ、そこまではしておりません。何しろあの犬が、大きいうえに滅多やたらと暴れるものですから……」

声が段々小さくなって、消えてしまった。

「……掘って、きましょうか？」

蚊の鳴くような声でおそるおそる聞くと、田村警部以下、全員が大きく頷いた。

二人の巡査が苦労してハチを小屋から遠ざけ、小屋の中の地面を軽く掘り返すと、多数のガラクタとともにボウガンが出てきた。

そして、それと一緒に木下刑事のシステム手帳が発掘されたことは言うまでもない。


午後五時ジャスト。屋敷の住人——当主菊雄、民子夫人、次男菊二、未亡人節子、雪絵、矢野夫婦に雄作、そして秘書佐伯和男の九名——に加えて、恭三、慎二、いちお、田村警部、奥田部長刑事、制服警官数名が、ほとんど鮨《すし》詰め状態になって、応接室に集合した。

「一体何だってのよ……良枝さん、わたしに一杯作ってちょうだい」

節子は迎え酒のつもりか、それとも今宵の呑み始めか、矢野良枝にそう言い付けた。

雪絵と雄作は不安そうに寄り添い、菊二は我関せずといった風情《ふぜい》。民子は不気味に辺りを睥睨《へいげい》し、菊雄は呑気に頷いていた。宴会でも始まると思っているのだろうか。佐伯は無表情ではあったが、ピリピリしているのは隠せない。矢野孝夫は坐るところがなく、カップボードの傍らに立ったままだった。

恭三は、そっと田村に耳打ちした。

「警部、そういえば例の電球の件はどうなりました?」

「ああ、駄目だ。誰に聞いても知らんと言ってる。一応、問題の電球を調べさせたが、誰の指紋も出なかった」

田村も囁き返した。

その時、いちおがぴょんと立ち上がって、演説口調で喋り始めた。

「みなさんに集まっていただいたのは、他でもありません。先日の菊一郎氏と、昨夜の河村美津子さんを殺害した犯人を指摘するためであります」

「お嬢さんがですか？　ほう、それは面白い」

菊二が本心から面白いというふうに、そう言った。そして、楽しくて堪らない、といった様子で身を乗り出す。

「……正直言って、まだ分かんないとこもあるけど、その辺はこの慎ちゃんがフォローしてくれるはずだから――では、検討を始めましょう」

少しリラックスした様子で、いちおは続けた。

「ではまず、昨夜の河村美津子殺害について――。状況はみなさん御存知でしょうが、ここで簡単に整理してみましょう。昨夜、兄さん――ここに坐っている速水警部補、及びその部下である木下刑事は、この屋敷に泊り込んでおりました。木下刑事は部屋の中から北側の廊下を見張り、速水警部補は、西の廊下を往復しておりました。午前一時過ぎ、悲鳴を聞いて、警部補は美津子の部屋に走って行きます。すでにその時木下刑事は廊下へ出ており、直後、雄作さんが自分の部屋から顔を出し、南からは雪絵さんと菊二さんが駆け付けました。そうですね？」

恭三、雄作、雪絵、菊二の四人が同時に頷く。

「そして鍵のかかったドアを開けたところ、時すでに遅し！　河村美津子さんは無惨にも殺害されており、犯人の姿はどこにもなかった。部屋にいたる通路は、速水、木下の両刑事によって見張られ、窓が開いていたことから犯人は窓から侵入、逃走したものと思われましたが、その後の調べではやはりそれも不可能だったということになりました。テレビでは悪霊のしわざとさえ言っているようですが、本当に誰にもできなかった犯行なのでしょうか」

いちおは言葉を切って見回したが、誰も答えるものはないのでしかたなく自分で答えた。

「いいえ。そうではありません。ただ一人——厳密には二人なのですが、一人と言っておきましょう。河村美津子を殺すことができた人物がいます」

その場にいる全員が、一体誰のことだろう、と部屋を見回す。

いちおはそんな彼らを充分に観察してから、ようやく次の言葉を言ったのだった。

「残念ながら、現在この部屋にはいない人です。その人は、速水警部補の部下——そう、木下刑事です。木下刑事こそ、河村美津子を殺した犯人なのです」

5

一瞬、静寂があってから、恭三と田村警部が同時にがなり立て始めた。

「何を馬鹿な！」「そんなことがあるもんか！」

いちおはひるまず先を続ける。

「木下刑事は何らかの理由を設けて、警部補の目を盗み、美津子の部屋に入ります。美津子を殺害した後、彼はドアを閉めて自分の部屋に駆け戻った……ただそれだけのことです」

「木下に一体どんな動機があるっていうんだ！」

恭三が怒りに震えながら叫ぶと、いちおは肩をすくめた。

「……知らないわよ。それは兄さんが調べなくっちゃ」

「ボ、ボウガンはどこに隠してあったというんだ？」

「さあ……例の空き部屋にあったんだとわたしは思うけど。おおかたバスルームの屋根裏にでもあったのを、見逃してたんじゃないの」

奥田部長刑事がおほんと咳をして、

「空き部屋だろうとどこだろうと、徹底的に捜索したぞ！　そんなものはなかった！」

「じゃあ、木下刑事がこっそり持ち込んだのよ」

「こっそり？　あのでかいボウガンを？　屋敷に入る時、そんなものを持ってやしなかったのは、俺が一番良く知ってる！」

と、恭三。

「それではきっと美津子の方が隠していたのでしょう。——わたしの推理はこうです。菊一郎殺しは、木下刑事と河村美津子の共犯だったのです。屋敷の戸締りがしっかりしていたことと、密室などという問題があったため、外部犯の可能性はほとんど無視されてきたようですが、内部に協力者がいるとすれば、外部の人間の犯行も可能です。——どんなトリックを使用したのかはまだ分かりませんが、二人は共謀して雄作さんに罪をなすりつけました。そしておそらく昨晩、美津子は木下刑事をゆすりにかかったのでしょう。木下刑事は、速水警部補に見付からないよう、そっと美津子の部屋に入り、結局美津子を殺してしまいました。美津子が悲鳴を上げたので、木下刑事は部屋を出て全速力で空き部屋に戻ります。速水警部補は、部屋から出てきた木下刑事を見たのではなく、部屋に戻ろうとしているところを見たわけです」

恭三は聞いているうちに、段々彼女の言っていることが真実ではないかと思い始めた。少なくとも悪霊よりは信じられる。一応筋も通っているようだが……。

慎二はやおら大きな溜息をついて立ち上がると、いちおをむりやり坐らせた。

「みなさん、申し訳ありません。……いちおがあんまり早い時点で、トリックが分かったとか騒いでいたものですから、危ぶんではいたんですが、まさかこんな無茶苦茶なことを考えていたとは思いもよりませんでした。妹に代わってお詫びします」

「じゃあなあに、慎ちゃんもわたしの推理が間違ってるっていうわけ？」

ほっぺたをふくらませて不服そうにいちおが言う。

「当り前じゃないか、馬鹿馬鹿しい」

「だって、他にできた人は誰もいないのよ……まだ兄さんがいるけどさ。兄さんが殺すはずないし……」

「あのね、論理に感情を入れないように。木下刑事を疑うんなら、兄さんだって同じように疑わなきゃ」

「慎二、じゃあお前は俺がやったと……」

恭三が茫然としたように聞くと、慎二は手を振った。

「まさか。僕は始めから、この事件の犯人はこの屋敷に住む住人の中にいると確信してるからね」

「じゃあ誰ができたっていうのよ！　兄さんと木下刑事の証言が両方とも正しかったら、誰にも殺せないでしょうが！」

「そうだよ、慎二君。何か方法があるというのなら、教えてくれたまえ」

田村警部が身を乗り出す。

慎二は、自分に集まる視線の主を一人一人見返して、恭三が我慢できなくなる寸前に、やっと口を開いた。

「……僕も、美津子殺しについてはしばらく悩みました。――方法についてではありません。それは明らかでしたから。僕が悩んでいたのは、何故犯人がそのような方法を取ったか、ということでした。しかし、結局のところ僕はこう結論しました。犯人は、美津子殺しについては、菊一郎殺しの時と違って、綿密な計画を立てる暇がなかった。行き当たりばったりの犯行を行なったところ、犯人は偶然によって助けられた――そんなところだったのでしょう」

「奥歯にものの挟まったような言い方はやめてくれないか。苛々《いらいら》する」

恭三が不満の唸りを上げると、慎二はにやりと笑った。

「……苛々する？　――それは困ったな。僕はこれから、もっと兄さんが苛々するようなことをやろうと思っていたんだけど……」

「俺がもっと苛々するような……？　何だそりゃ？」

慎二はちらりといちおに奇妙な微笑を送ってから、こう言い放った。

「僕はこれから、不可能犯罪について講義をしようと思う」

第七章　慎二、『密室講義』を試みる

1

「こうぎぃ？　何を言ってるんだ？」

恭三は、怒りに近い悲鳴を上げる。

「アメリカの推理作家――イギリスにも住んでいた期間が長いため、イギリスの作家と言われることもありますが――ジョン・ディクスン・カーの書いた『三つの棺』(注10)という作品の中で、名探偵フェル博士はこのように述べております……『わたしは、いま講義をする。推理小説で〝密閉されている部屋〟という名で知られている状態の、一般的な機構及びその発展についてね。反対なものはみな、この章を飛ばしてもよろしい』……そしてこの後に、あの江戸川乱歩に『類別トリック集成』(注

11）を書かせるきっかけにもなったと言われる、『密室講義』が続くわけです」
慎二が言葉を切ると、すかさず恭三は口を挟んだ。

「で、お前もその『密室講義』とやらをやろうってのか？　冗談じゃないぞ、慎二」

奥田や田村達も、同感とばかりに強く頷いている。

しかし慎二は強引に続けた。

「もちろん菊一郎殺し及び美津子殺しについて検討する上で、非常に関係があるからこそ、講義をしようと思ってるわけだよ。しばらく我慢して聞いてもらいたいね。ただし、今回の事件の性質からして、『密室』という呼び名は余り正確ではないように思う。菊一郎殺しの場合はともかく、美津子殺しについては、窓が開いていたわけだからね。僕は、まず広義の密室——乱歩は、『準密室』と呼んでいるけれど——についての講義をしようと思う。

まず、準密室とはいかなるものであるか、説明をした方がいいでしょうね。これは厳密に『密室』と呼ばれるものが、完全に密閉され、いかなる意味においても出入り不能——もちろんそのように見えるだけなわけですが——であるのに対して、完全に密閉されてはいないが、目撃者の証言、雪の上の足跡などといったものから考えて、誰も出入りしたはずはないと結論される——そういったものを『準密室』と呼ぶわけです。

みなさんはすでに御存知でしょうが、この屋敷のドアはすべてボタン式の錠で、外から開ける場合には鍵が必要ですが、犯行後、部屋を密室にするのに鍵は必要ありません。このことだけを取ってみても、今回の二つの事件が、密室と呼ぶに値しないものであることはお分かりでしょう」

「じゃあ、こんな事件は簡単に解決できる……そう言うのかね？」

奥田が、嘲笑うようにそう口を挟む。

「……そうは申しません。単なる言葉の定義上のことです。話を続けます……

今回の事件が、普通に言われる『密室』殺人と違う部分がまだあります。普通、推理小説で一般的に『密室殺人』と呼ばれているものは、ある部屋の中に他殺死体が存在するにもかかわらず、犯人の出入りした可能性がなく、また、部屋の中に隠れている可能性もない、という場合を指すようです。しかし、第一の事件の場合、密室であったのは死体のあった場所ではなく、犯人がいたはずの場所でした。第二の事件においても、不可能だとされた理由は、犯人がボウガンを発射した位置が問題になったわけです。部屋には入れなかったはずだ、空中から撃ったはずはない、渡り廊下でもない……といった具合ですね」

いまや全員が、諦めたように慎二の言葉に耳を傾けていた。彼は満足したように続ける。

「では、それらを念頭においた上で、検討を始めてみましょう。

まず、『準密室』の中でも非常に一般的な、『視線の密室』と呼ばれるものについて。これは今回の事件にも、一部ではありますが、関係しています。

つまり第二の事件において、速水警部補と木下刑事が見張っていたから、誰も美津子の部屋には入れなかったはずだ、というのがこれにあたります。

解決としては、

(1) 証人が嘘をついている場合。――これについては先程いちおが述べましたから、説明の要はありませんね。木下刑事犯人説、速水警部補犯人説がこれにあたります。もちろん、犯人ではないが、犯人を庇《かば》って嘘の証言をしている場合もあるでしょう。

次に、小説では非常にお粗末なことですが、現実には起こり得るだろう、

(2) 証人が見ていない間に犯人が通った場合。第二の事件の場合、速水警部補の目を盗むことはほとんど不可能だったと思われますが、木下刑事はどうでしょうか。彼は部屋の中、ベッドの上から廊下を見張っていました。狭いドアを通り過ぎる人影を

見逃すことは、有り得たかもしれませんね。しかし、美津子の部屋へ向かった時と帰る時の両方を見逃したとは思えません。しかも帰る時というのは、当然悲鳴の後ですから、木下刑事も非常に注意していたことでしょう。

さて次の可能性は非常に示唆に富んでいます。すなわち――

（3）犯人が事件の起こるずっと前に部屋に侵入していた場合。美津子殺しで言えば、速水警部補と美津子が階下へ降りた時に、既に犯人は彼女の部屋にいた、という可能性です」

「しかし、それでは逃げる暇がないじゃないか！　窓から飛び降りたとでも？　そんなことをすれば、屋敷中に音が響くぞ」

恭三が、ちょっと考えて反論する。

「待ってよ、兄さん。真相がそうだと言ってるわけじゃないんだからね……

（3）の説はさらに二つに分けることができます。

（3a）犯人がずっと前に部屋に侵入して、殺人を行なった後、何らかの方法で見つからずに脱出したか、隠れた場合。――これは、後半の部分は（2）の可能性とダブることになります。そして第二に――

（3b）犯人がずっと前に部屋に侵入し、事件が起こったと思われている時刻より以前に被害者を殺害し、逃げた場合。つまり、速水警部補や、屋敷の人々が聞いた悲鳴は河村美津子のものではなかったという可能性があります」

「し、しかし……あれは確かに女の悲鳴だったたし、彼女の部屋から聞こえたと思ったが……」

恭三は状況を思い返しながら、反論する。

「小説ではよく、銃声が使われますね。実際には犯人は、サイレンサーを使うなり、枕に押し付けるなりして、銃声を消して被害者を殺す。そして犯行時刻だと思わせたい時刻に銃声がするように、テープなどを仕掛けておく……しかしもちろんこの可能性も、美津子殺しには当てはまりません。何故なら、木下刑事と速水警部補が監視を始めた時点では、まだ彼女は生きていたわけですから、その後すぐ彼女を殺したとしても犯人には脱出する機会はなかったはずです。

さて、最後に——『視線の密室』特有の場合です——

(4)監視の目に触れない位置から、被害者を殺害し、逃走した場合。今回はこの場合に当たるでしょうね。それ以外考えられません」

慎二が自信たっぷりにそう言い切ると、全員当惑して顔を見合わせた。慎二の言葉に深い意味があるのだろうかと考えているようだった。

「何を今さら……誰も見ていない以上、分かりきったことじゃないか！　中庭から撃ったのは分かってるんだ。問題はどうやって宙に浮いたか、ということだろうが」

奥田は馬鹿にしきった様子で鼻を鳴らした。

「——一つ一つ可能性を消去しているんです。まだるっこしいかもしれませんが、我慢してください。

さて、道具の助けを借りずに人間が数メートルもの宙に浮く方法がない以上——そんな道具がこの屋敷にないことは、警察の捜査ではっきりしています——河村美津子の部屋は、窓外の空間を含めた一つの密室であったと考えられるでしょう。

ここで今度は、〝密室殺人〟一般について、準密室も含むような形で大きく分類してみます。乱歩は三つに分類していますが、僕は四つに分けてみました。

誰も出入りできない、あるいはしなかったと思われる部屋の中に、他殺死体のように見える死体だけが転がっていて、他には誰もいないように見える。しかし、そんなことはありえない。

第一の解決は、犯人は確かに中に入って被害者を殺し、出た。さっき言ったように、時間のずれを使う場合もあるし、鍵に細工する場合もあるでしょう。美津子殺しにおいてはこの可能性は既に否定しました。

第二の解決は、他殺のように見えるがそうではないというものです。例えば、かのコナン・ドイルの『ソア橋』のようなトリック（注12）を使って、彼女が自殺したなどという可能性も一応は考えてみる必要があるでしょう」

「自殺だと？　どこの世界にボウガンで自殺する奴がいるというんだね？　馬鹿馬鹿しい！」

奥田が再び嘲るような声を上げたが、その意見には恭三も賛成だった。

「そうだぞ、慎二。大体自殺なら、あんな悲鳴を上げるはずもないし、ボウガンが部屋の中に残ってるはずだろうが」

慎二は恭三の言葉を聞いて、溜息をついた。

「だから、『ソア橋』だって言ってるじゃないか！　シャーロック・ホームズも知らないのかい？　やれやれ。……まあ、細かい説明は省きますが、要は、死後兇器だけを現場から消してしまうというトリックが使われているわけです。しかしこういった方法にしても、部屋にもボウガンにも何の痕跡も残さないような仕掛けは無理でしょうし、自殺なら悲鳴を上げるはずがないという意見にも、僕は賛成です。……そんな呆れた顔をするのはやめてほしいな。一つ一つ可能性を検討してるんだから、仕方ないじゃないか。

……さて、第三の解決は、犯人は確かに部屋に入って殺したが、部屋を出なかった。つまり、まだあの部屋に隠れているか、あるいはそう……部屋の中で、骨まで焼かれて灰になってしまったとか」

慎二は楽しげに言う。

「な、な、何だと？」

恭三は驚いて声を上げた。

「大型の焼却炉のようなものがあったとしてだね、犯人が犯行後、自殺するなんてことも考えられる、ってことさ。もちろん今回の事件では、犯人の生死にかかわらず、美津子の部屋には他の人間がいないことは、確認済みだよね、兄さん？」

「もちろんだ！　バラバラになっていようが、灰になっていようが、美津子以外の死体などない！」

恭三は頭が痛くなってきた。最初は真面目に聞き入っていた人々も、段々慎二に疑惑の眼差しを向けるようになってきている。

「ありがとう。――では次に、第四の解決。犯人は中に入らずに、殺した。これは二つに分かれます。
（4a）遠隔操作あるいは時限装置的なものにより、密室の中にいる被害者を殺した。自由に空を飛び、リモートコントロールできるボウガンなんてものがあれば別ですが、そんなものがない以上、これも不可能です。

（４ｂ）被害者が外にいた。つまり、犯人が何らかの方法を使って死体だけを密室の中にいれたか、あるいは瀕死の被害者がみずから部屋に逃げ込む、というパターンですね。

良く考えれば分かると思いますが、この四つの可能性以外、密室殺人に対する合理的な解決は存在しません」

「な、何だって？……四つしかない？　じゃあどれだ？　一番目でも二番目でもないと言ったな？　三番目でもないし……四番目？　死体だけを中に入れたって？　一体どうやって？」

恭三は混乱した頭で叫んだ。

「そうは言ってないよ。僕が言ってるのは、河村美津子は部屋の外にいたはずだってことさ。しかしもちろん、二人の刑事に見つからずに、彼女の死体を部屋に入れ、ドアに磔《はりつけ》にするなんてことはできない。そしてもちろん、心臓を貫かれた彼女が自分で部屋に入って、自分で磔になったのでもない」

「じゃあ一体何だ？　犯人がやったのでもなく、自分で入ったのでもないなら、一体何だ？　自然現象だとでも言うつもりか？」

恭三の声に怒りが混じっている。

「自然現象、か。まあそう言ってもいいかな。物理法則の問題だね。——美津子殺しは、最初から飛び道具であることがはっきりしていたはずなのに、どうしてみなさんがこの可能性を考えなかったのか、僕は不思議に思いますね。何故、美津子はあのようにドアに磔になっていたのか、それを考えれば誰だってすぐに分かったと思うんですがね……」

「磔になっていたことに、何か理由があるというのか？」

「理由……そうですね。僕は最初に言った通り、これは偶然の仕業だと考えます。といっても、みなさんが考えているような意味ではありませんよ。……たとえば、美津子は犯人の姿を見て逃げようとして磔にされたとか、そんなことは考えていません。だってそれなら、正面からではなく、背中から撃たれたはずではないですか？　——何故彼女はドアのところにいたのか？　逃げようとしたのでなければ、何故？」

全員に解答を求めて、視線を巡らせたが、誰も答えようとはしなかった。

「もちろん、河村美津子は部屋を出ようとしていたのです。——犯人から逃げるのではありませんよ、さっきも言ったようにね。部屋を出ようとしていたら、犯人に正面から撃たれたのです」

「お前の言うことは全然分からん。犯人は一体どこにいたと言うんだ？」

「まだ分かりませんか？　犯人はそう……木下刑事がいた部屋の隣、雄作君の部屋の前辺りに立っていたのです」

2

田村警部といちおは、同時にあっと声を上げた。慎二の言っている意味が分かったらしい。雪絵も声こそ上げないものの、ショックを受けたらしく目を丸くして口元を押さえている。

しかし、恭三にはまだよく飲み込めていなかった。

「そんなところから撃って、どうしたらあんなふうになるんだ？　矢がカーブしたとでもいうつもりか？」

「これだけ言ってもまだ分からない人もいるようですね。もう少し順を追って説明してみましょう――

犯人は、おそらく河村美津子に連絡を受け、慌てて口を封じることにしたのでしょう。美津子に部屋を出るようにと電話すると、ボウガンを持って雄作君の部屋の前まで来ました。さらに進めば、木下刑事に見付かってしまいますからね。刑事が二人もいるところで自分を殺すとは夢にも思わない美津子は、当然油断していたでしょう。犯人はその位置から美津子を狙って撃った。――そこで、とんでもないことが起きました。ドアが、美津子が礫になった状態のまま、壁に当たって跳ねたのです。美津子が小柄で、ボウガンの威力が強力だったからこそ起きたことです。まさか犯人がそこまで予想していたとは思えません。さらに美津子は、部屋を出る時いつもそうしていたのでしょう、ノブのボタンを押したままにしていました。その結果、跳ね戻ってきたドアはロックされることになりました。そして一見、窓の外から撃ち殺されたとしか思えないような状況が出来上がったわけです」(図5参照)

いまや全員が――馬鹿にしきっていた奥田も含めて――ようやくすべてを理解した。

恭三の頭の中で、慎二の言ったような光景がはっきりと浮かんだ。

悲鳴を上げながらドアに礫になる美津子。勢いよく壁に当たり、跳ね戻ってくるドア。

「しかしそんな馬鹿なことが……」

図 5

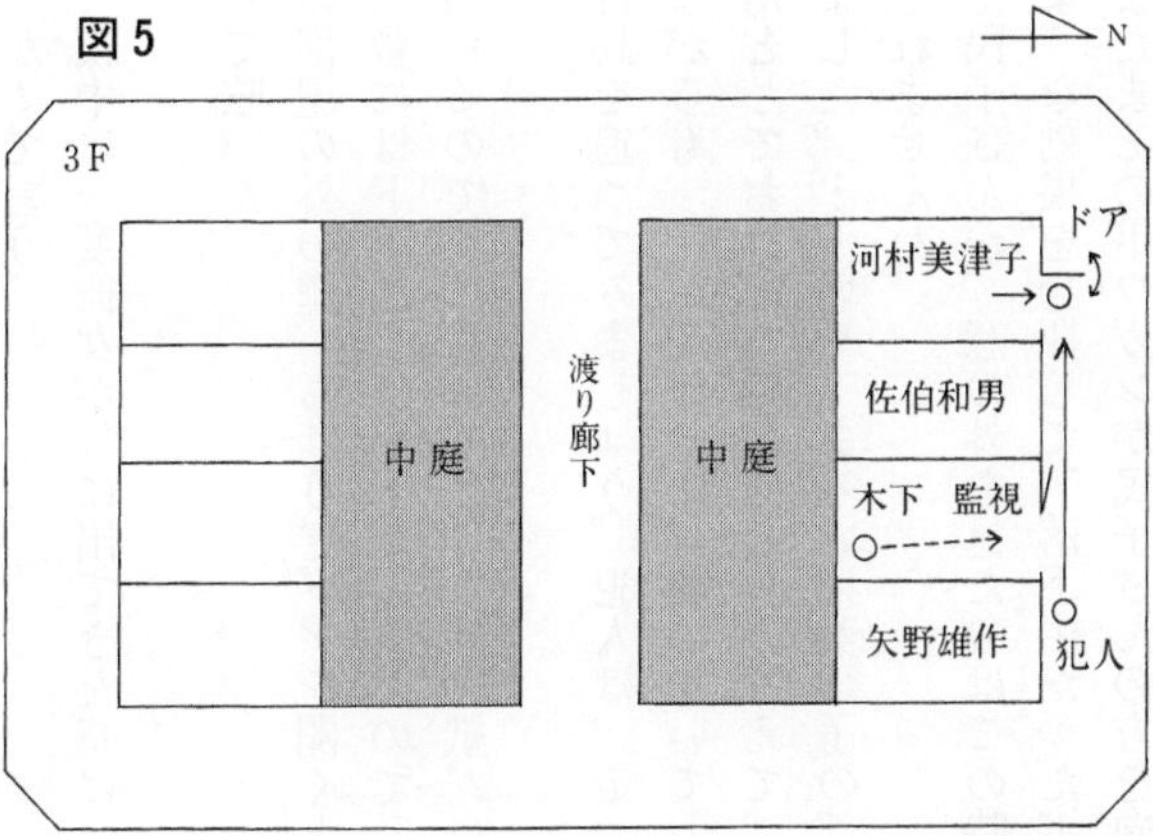
N
3F
中庭
渡り廊下
中庭
河村美津子
ドア
佐伯和男
木下　監視
矢野雄作
犯人

田村警部が、顔をしかめて言う。

「そういえば確かに、夜中に一度彼女が外に出てきた時には、鍵を掛けていたようだった」

と、恭三は思い出して呟いた。

「僕は先程、美津子の部屋の外の壁、ちょうどドアを開くとノブが当たる位置を見てきました。——この屋敷にはドアストッパー、と言うのでしょうか、あれがありませんから、ノブが壁に当たるのです。ちょうどそこの壁紙だけが、最近破れた跡がありましたよ。

——さらに犯人の行動を追ってみましょう。犯人は、走ってくる速水警部補に見付からないように逃げながらも、状況が自分に有利に働いていることに気付きます。ボウガンを中庭に投げ落としておけば、矢の向きから考えて、窓の外から撃ったように見えるだろうと考えました。……いや、あるいは美津子の部屋の中へ投げ込もうとして、失敗したのかもしれませんね。

悲鳴で目を覚ました民子さんが、窓の外を見たのはこの時でしょう。そこへ偶然雷が落ち、ストロボのような効果を発揮して、落下中だったボウガンが静止して見えたわけです。しかもたまたまそのボウガンが民子さんの方を向いていた……まったく、とんでもない偶然の連続ですね。ディクスン・カーの亡霊でも、その辺にいるんでしょうかね」

慎二は冗談のつもりらしくそう言ったが、誰も笑わない。

——そうだったのか！　民子が見たのは、幻覚でも悪霊でもなかったのだ、と恭三は考えた。

もはや慎二の言葉を疑うものはいないようだった。雄作などはスターを見るように、畏敬の念をあらわにしている。

「しかし、慎二君。君の言う通りだとすると、どうしてボウガンは犬小屋なんかに埋められていたのかね？　どうしてあそこにあると分かったんだね？」

田村警部が不思議そうに聞く。

「ああ、あれですか。あれはもちろん、ハチの仕業ですよ。あの犬はどうも、中庭に落ちてきたものを自分のものにしてしまう癖があるようですね。落ちてきたボウガンをくわえてひきずっていき、他の宝物と一緒に埋めてしまったのでしょう……僕は民子さんの証言を聞いた時から、ボウガンは民子さんの部屋の窓の下辺りに落ちているはずだと見当をつけていました。しかしそれなら警察がすぐに発見したはずです。では何故そこにないのか？　犯人が自分で落としておいて、わざわざまた別のどこかへ隠すなどということは考えられませんから、第三者がどこかへ隠したという結論になります。そんなことをしそうな奴というと、あの犬しかいませんでした」

慎二は、当り前のことだとでもいうように説明した。

「しかしその、肝心の犯人は誰なんだ？」

恭三が問いかける。一同息をつめて慎二の言葉を待ち受けた。

しかし慎二は首を振って、

「それは今考えることじゃあないね。まだ僕の講義は続いているんだよ。まだ解くべき密室が残っている」

と、恭三の質問を却下した。

3

「さて、第一の事件の方ですが、こちらは一応ドアに鍵が掛けられ、抜け穴の類《たぐ》いも一切考えられない密室であります。もちろん屋上や、隣の部屋からの侵入が行なわれなかったことは警察の調べではっきりしております」

「中に雄作がいたことを忘れてるんじゃないだろうね、あんちゃん」

奥田が怒ったようにさえぎるが、言葉に勢いがない。

「もちろん忘れてはおりません。雄作君を犯人と考えるのは、他に誰もできなかったから、というのが理由でしたね。僕はここで、本当に誰にもできなかったのか、ということを考えてみたいと思いますから、雄作君は犯人ではないと仮定します。その結果、やはり誰にもできなかったということであれば、雄作君が犯人であるという説を認めるにやぶさかではありません」

奥田はそれで満足した様子だった。

「ふん。他に誰ができるもんかい」

と、鼻を鳴らす。

そのやりとりを聞いて、当の雄作はこころなしか動揺しているようである。

「さて、こちらの事件の方は、初めにお話しした通り、いわゆる〝密室殺人〟ではありませんから、先程の僕の分類は役に立ちません。ここはとりあえずフェル博士の密室講義について見直してみましょう。

フェル博士は、鍵などに細工して密室を構成する方法の別に七つの可能性をあげています。すなわち、(1)殺人のように見えるが実際はそうでない場合。(2)犯人が直接手を下さず、自殺、あるいは事故死に追い込む場合。これら二つの可能性は、先程僕がお話しした第二の可能性に含まれますが、今回は関係ありません。（3）機械仕掛けの殺人道具を用いる場合。これもリモコン式のボウガンなどというものがあればともかく、無視してよい可能性でしょう。フェル博士の挙げた第四の可能性は——（4）殺人に見せ掛けた自殺。これについては美津子殺しの時に、お話しいたしましたね。菊一郎氏の場合は目撃者がいる以上、これもありえません。次に（5）だが、これは極めて特殊な場合。どういうものかというと、犯人が被害者に変装して、すでに死んでいる被害者を生きているようにみせる、というものなんですが、これも菊一郎氏が殺される場面が実際に目撃されている以上、意味がありません。しかしここで一つ考えておかねばならないと思うのは、雪絵さんと河村美津子が目撃した雄作君の部屋の人影は、本当に犯人だったろうか、ということです」

「どういうことだ？　犯人でなかったら、一体何だというんだ？」

恭三の頭はますます混乱してきた。慎二は一体何を言いたいんだ？

「二人が見た人影は犯人とは別の人間であり、犯人は別の場所から菊一郎氏を殺したのではないか、という可能性です。宙を飛ぶボウガンの矢が二人の目に映ったとは思えませんから、充分有り得ることでしょう」

「犯人とは別の——？　誰だ一体？」

「誰も彼の部屋に入れなかった以上、それは雄作君ということになるでしょうね」

全員が雄作を見ると、彼は困惑した様子で、

「意味が分かりませんが……。僕は眠っていたんですよ」

「そう、そうでしたね。雄作君は眠っていた。それは認めることにしましょう。しかし、だからといって、窓辺の人影が雄作君でなかったということにはなりません」

いちおがふと顔を上げて、慎二の顔を穴が開くほど見つめた。

「まさか……まさか慎ちゃん……そんな馬鹿なことを言うつもりじゃないでしょうね……やめて！　雄作さんが夢遊病だとか言うつもり？」

「そう。その通り。……でも誤解しないでくれよ。一つの可能性として述べているに過ぎないんだからね。もし……もし雄作君が夢遊病で——いや、単に寝惚けて、ということでもいいけど——夜中に窓辺に立ち、窓を開けたとする。たまたまその時、犯人は雪絵さん達からは見えない場所で、菊一郎氏に向けてボウガンを発射した。そういう可能性も考えてみなければならないでしょう」

恭三は、馬鹿げた考えだと思いつつ、そういった可能性について考えてみた。

「……しかしそれはあまりにも都合が良過ぎるんじゃないか？　お前も言ってたじゃないか……これは計画殺人だって。どんな奴だって、そんな偶然に頼って計画を立て

る奴がいるとは思えないがな」

「そうなんです。……みなさんは御存知ないでしょうから、御説明しますが、この事件は綿密に計画された計画殺人です。河村美津子という共犯を用意し、雪絵さんに犯行を目撃させ、雄作君に罪を被せようとした悪魔的な犯罪です。しかるに、雄作君が寝惚けて窓辺に立つなどということが、計画の時点で犯人に分かっていたはずはありません。彼が夢遊病であり、毎晩一時になると窓辺に立つ、というのでない限りね。従ってこの可能性もありません」

長広舌に、さすがの慎二も喉が渇いたようだった。

「良枝さん、水をいただけますか。……いや、水で結構です。——ありがとう」

渡された氷水を一気に飲み干すと、再び口を開く。

「さて続いて……えーと何番目かな……そうそう、フェル博士の挙げた第六の可能性は、密室の外から、中にいる人間を殺すというものですから、今回の事件とは関係ありません。なにしろ密室にいたのは被害者ではなく、犯人の方ですからね。

さて、第七の可能性もまた、興味深くはありますが、今回の事件とは関係ありません。それは、(7)被害者は、殺されたと思われる時点ではまだ生きていた、という時間差を利用したトリックです。美津子殺しについて検討した時、僕の挙げたトリックの逆ですね。死亡時刻を実際より早く見せる、あるいは遅く見せる時間差のトリックということで二つをまとめて検討してみましょう。

　これは速水警部補はよく知っていることですが、事件の起きた時間が、一時でなくもっと遅い時間であったとしたら、犯行の行なえた人がいます。雄作君のお父さん――矢野孝夫さんです。しかしながら、犯行時刻をごまかすためには、雪絵さんの部屋のいくつもの時計をすべて遅らせねばならず、また、父親が自分の息子に罪を被せるとは考えにくいので、すでにこの可能性も捨てております」

　慎二は黙り込んで、人々の顔を見渡した。飽き飽きしている様子の奥田、楽しそうな菊二、不安気な雄作、雪絵。そして、一刻も早く真相を解き明かして慎二に追い付こうと考え込んでいるいちお……。

「それで、第八の可能性は？」

　田村警部が先を促す。

　慎二は首を振った。

「――ありません。フェル博士の密室講義はそこまでです」

　奥田の顔がぱっと明るくなる。

「はっ！　では結局雄作しかできなかったということだな？　どうせそんなことにな

るんだろうとは、思っていたが……」

「あなた耳が悪いようですね。僕は、『フェル博士の』密室講義はそこまでだと言ったんですよ。フェル博士自身もこう言っています……『ただ単にざっと、ぞんざいに輪郭を述べただけだ』とね。いいですか、『三つの棺』がいつ書かれたと思われます？　一九三五年ですよ？　五十年以上も前です。その間、多くの推理作家が、そしてカー自身もまた、新たな密室トリックを求め続けてきたんです。もちろんいわゆる『黄金時代』の後では、優れた密室トリックはそう多くは生まれていませんがね。ほとんどが『三つの棺』に網羅されたものの焼直しに過ぎません。ある人々に言わせると、『もはや新しい密室トリックは出ない』ということです。しかし、近年の日本においても、焼直しでない、まったく新しいトリックを発明した作家がいます。例えばみなさんの中にも読んでいらっしゃる方がいると思いますが、赤川次郎は『三毛猫ホームズの推理』において、完全な密室――これはもう本当に完全な密室で、どこにも隙などないものです――の中にいる人間を殺害するトリックを作り出しました。もちろん、時間が経つと発射される銃だの、自動機械の類いは一切使わずにです。他にも――」

「小説の話などどうでもいい！　菊一郎殺しに関係あるのか？」

恭三が我慢できずに叫び声を上げる。

慎二はちょっと首を傾げて、謝った。

「そうですね。ちょっと脱線したようです。――まあ、僕の言いたいのは、可能性はまだある、ということです。

さて、僕が長々とカーについて話をしてきたのは、ただ単に密室講義を利用したかったからだけではありません。事件の最初から、僕はずっと、いわば〝カーの匂い〟とでもいうようなものを感じていました。雪絵さんと河村美津子が殺人を目撃した、というのは『皇帝のかぎ煙草入れ』という作品を思い起こさせ、美津子共犯説を思いつくきっかけになったわけですし、ボウガンなどという兇器からして、カーの中世趣味を感じてしまいます。しかも舞台は、８の字の形をした屋敷です。犯人はもしかすると、僕と同じようなミステリマニアではないか、と思い始めました。しかもカーに詳しいのでは？　そう考えた途端、一瞬にしてトリックは解決していました。そしてそのきっかけになったのが、カーの『三つの棺』であり、そしてこれからお話しする、カーと非常に親しかったある推理作家の作品でした」

「じゃあ、いよいよ真相を……？」

恭三は安堵の溜息を洩らす。

「もうちょっとです。もうちょっと我慢して聞いてください。黄金時代の作家達の中には、非常に仲が良く、徹夜で推理小説について語り合った人々がいました。カーとエラリー・クイーンもそうです。二人の——クイーンは合作ですから本当は三人だったのかもしれませんが——語らいから、『青銅ランプの呪』(注13)という作品も生まれているくらいです。そしてもう一人彼らと仲の良かった作家で、クレイトン・ロースンという、日本では余り馴染みのない人がおります。現在彼の長編で手軽に手に入れることができるのは、『帽子から飛び出した死』(注14)くらいでありましょう。

ロースンとカーはかつて、お互いの持つアイデア——というか、不可能状況ですね——を交換して作品を書きました。ロースンが提出した状況は、一つの部屋がまるごと消えてしまう、というものでした。カーはこれを使って『見知らぬ部屋の犯罪』(注15)という短編を書きました。そしてカーの提出したアイデアは、衆人環視の中、電話ボックスから一人の男が消失してしまう、というものでした。ロースンがそれを用いて書き上げたのは——」

「『天外消失』」

後はいちおが引き取った。

「――その通り。いちおは読んだ？」

「読んだわよ。……でもそれと『三つの棺』が、どうやって今回の事件とつながるわけ？」

「まあまあ、慌てないで。僕がわざわざ『天外消失』の話を持ち出したのは、これがフェル博士の『密室講義』には全然含まれない、ちょっと特殊な例だからです。さきほどの説明でお分かりのように、これはいわゆる密室殺人ではありませんから、含まれないのも当然といえば当然なのですが……。今回の事件との類似に気付きませんか？　『天外消失』においては電話ボックスに確かに入った男が、二人の刑事が見張っているにもかかわらず、消えてなくなります。今回の事件では、入れたはずのない部屋に犯人がいるのを二人の人間が目撃したわけです。ちょうど逆と言っていいでしょう」

「じゃあその『天外消失』とかいう話は、どんなトリックを使ってるんだ？」

　恭三が聞いた。

「……どうも、読んでいない人にトリックを教えるのは気がひけるなあ。まあ、簡単に言ってしまえば、錯覚ですね。目撃者の見間違い、と言うと身も蓋《ふた》もないが……そこには当然犯人のトリックが働いているわけです。いかにして目撃者に錯覚を起こさせるか、というところが重要なんだけども、残念ながらその点においてロースンが成功しているとは言い難い（注16）」

慎二はそう言って悲し気に首を振る。

「じゃあ……じゃあ何か？　これだけ長々とつまらん話をしておいて、お前は結局雪絵さんの見間違いだったと言うつもりか？」

恭三がほとんど呆れ返った様子でそう言った。

「——いけないかい？」

「当り前だ！　そんなことで誰が納得するというんだ？　菊一郎殺しの全ては、河村美津子の死んだ今、雪絵さん一人の証言にかかってるんだ。それが見間違いでしたで済むと思ってるのか？」

慎二はどこか楽しげな様子で、溜息をついた。

「——そうだろうね。兄さん達には、やはり実演してみせなきゃ納得できないだろうね。マリーニーがやってみせたように……」

「実演？　実演とはどういうことだ？」

「僕が犯人のやったことを、再現してやろうと言ってるのさ。……孝夫さん。鍵の束は持っていらっしゃいますね？　……いえいえ、そのまま持っていてください。雄作君、あなたは自分の鍵を持っていますか？　持っていない。では、部屋へ行って取ってきてください。その時に窓やドアの鍵を掛けてくるのを忘れないように……ああ、君」

慎二は巡査の一人に呼びかける。先程ボウガンを掘り出してきた巡査だ。

「はい。何でしょう」

「雄作君についていって、戸締りを確認してきてください」

二人は当惑しながらも、命令通り部屋を出ていった。雰囲気に呑まれているせいか、奥田ですら何も文句を言わなかった。

「さて、他のみなさんは雪絵さんの部屋へどうぞ。全員は無理のようですね。まあ、興味のない方はここでお待ちを。……いちおには菊一郎氏の役をやってもらおう。いいね？」

いちおは悔しげな様子で頷く。とうとうトリックの解明は間に合わなかったようだ。

「警部……ボウガンを貸してはいただけないでしょうか？　……駄目ですか。まあ仕方ないですね。兇器なしではちょっと格好がつきませんが、殺人劇の開幕といきましょう」

慎二はにっこりと笑った。

第八章　恭三、手話の勉強を始める

1

　雪絵の部屋に集まったのは、住人全員と、恭三、奥田、田村に絞られた。しかしそれでも一度に全員が部屋に入ることはかなわず、何人かはドアの外で待機し、慎二の言う〝殺人劇〟の鑑賞は〝入れ替え制〟ということになった。

　慎二の指示により、カーテンは閉められたまま。いちおの合図があり次第、恭三がそれを開けることになっている。

「あなたの弟さんは、なかなか変わった方のようですな」

　奥田が皮肉を込めて恭三に言う。

　さらに続けて、聞こえるように独り言。

「茶番もいいとこだ……」

「いやいや奥田君。そう馬鹿にしたものでもないよ。アマチュアの意見というのは、我々プロの捜査官がつい、ルーティンワークに陥ってしまって見過ごしがちなことを思い出させてくれるものだ。——それに慎二君がさっき話しておったことは、わたしにはどれもこれも正論のように思えたがね」

田村警部が、たしなめるようにそう言った。

「警部！　わたしが言いたいのはですね、密室殺人なんてものは小説の中だけのお伽《とぎ》話だってことです。——大体ですね、現実の世界で殺人なんてことをする奴は、欲に目がくらんだか、切羽詰まった奴ばかりで、密室のトリックなんてものを考えだす余裕のある連中じゃありません。どうせそんなやつらの考えつくようなトリックと言ったら、友達に嘘のアリバイ証言をしてもらうくらいのことです。——小説では犯人らしい奴がいれば、そいつは犯人じゃない。でも現実にはそいつが犯人なんだ！」

「君の言っていることはよく分かるよ。それはほとんどすべての事件について言えることだと思う。そう……九十九パーセントの事件ではね。しかし、この事件もそういった、ありきたりの犯罪かどうか、それは分からない。たとえわずかでも雄作君が犯人でない可能性があるとしたら、我々としてはそれを検討してみなければなるまい。

見込み捜査だの、強引な尋問だのとマスコミに叩かれたくはあるまい？」

田村警部がそう言い終わった時、いちおの声が聞こえた。

「兄さん！　カーテンを開けてもいいわよ！」

待ち構えていた恭三が、さっとカーテンを引き開ける。

真っ先に彼らの目に飛び込んできたのは、渡り廊下で手を振るいちおの姿だった。

そして廊下の壁と壁の間から、先日と同じように雄作の部屋が見えている。

入れるはずのないその部屋の窓が開けられ、窓辺に慎二が立っているのがぼんやりと分かった。事件当夜と同じにしようというのか、部屋の電気は消したままだ。

「どうやって入った？　どうやって入ったんだ？」

恭三は、茫然としてそう呟いたが、もちろん誰も答えるものはなかった。

「インチキだ！　こんなのはインチキに決まってる！」

奥田が叫ぶ。

慎二は窓から乗り出すようにして、その姿をはっきりと見せると、人差し指で銃を作るようにして、それを撃つ真似をした。

いちおが胸を押さえて派手に苦しんでみせ、ばったりと倒れる。

悪趣味な奴、と恭三は眉をひそめた。ちらと雪絵の方を窺《うかが》うと、案の定、気分の悪そうな様子だった。

「雄作君、孝夫さん……鍵はちゃんとありますか？」

恭三の質問に、二人とも手に握り締めた鍵を示す。

恭三は混乱したまま、部屋を飛び出した。

慎二には錠前を開ける才能でもあったのだろうか？　それとも軽業師のようにどこかから……いやいや、窓にも鍵を掛けたはずだ。

西の廊下を走り、雄作の部屋へ向かう。

途中、いちおが倒れているはずの渡り廊下を、ちらりと横目で窺う。

通り過ぎかけて、恭三は急ブレーキをかけた。

ん？

いちおがいなかったわけではない。確かにいた。――二人も。

しかもそれだけでなく、どこかで見たようなスーツ姿の男がちらりと見えた。慎二ではない。

あれは一体誰だ？　密室の謎も早く知りたかったが、どうも気になった。

彼は渡り廊下を見通せる位置にまで、少し後戻りした。

確かに男が立っていた。それもえらく大男だ。渡り廊下の東の端で、その男が恭三の方を見て首を傾げている。いちおは絨緞にぺたりと坐ったまま恭三を見て、にやにやと笑っていた。そのすぐ後ろにはいちおとまったく同じ服装の女が、背を向けて坐っている。

一歩、彼が踏み出すと、その男も一歩近付く。

「何てこった……」

それだけ言うのが精一杯だった。

恭三はいまやすべてを理解して、口をあんぐりと開けたまま立ち竦《すく》んで、自分の姿を見つめていた。

はっと我に返ると、北側の閉じられたカーテンを、むしりとらんばかりの勢いで、引き開ける。

河村美津子の部屋で、慎二が手を振っていた。

2

再び、階下の応接室。

「どうです？　みなさんお分かりですね？　……図を書いてもう一度御説明申し上げ

ましょう。どこかに大きめの紙とペンがありませんか？」

慎二は田村にノートとペンを借り、簡単に8の字屋敷の平面図を書いてみせ、さらにそこへ何本かの直線を書き加えていく。

「――犯人は、河村美津子の部屋にあった大きな姿見を、渡り廊下のちょうど真ん中に、鏡面を西に向けて置いておきました。さらに、雪絵さんの部屋から美津子の部屋が直接見えないように、渡り廊下のカーテンを閉めておく。これで舞台は整いました。……いやいやすいません。まだでした。一つだけ、犯人の計画を乱すようなことがありました。――常夜灯です。三階の渡り廊下の常夜灯が、東側の方だけ切れていたのです。当然犯人は、その常夜灯を交換しなければなりませんでした」

「当然だって？　俺には分からん。何故だ？」

恭三は喋り続ける慎二をさえぎって聞いた。

「――だって、そうしないと〝8〟の持つ対称性は失われてしまうからね。西側の常夜灯も切ってしまうのも一つの手だけれども、そうすると暗過ぎて何も見えないかもしれない。両方とも蛍光灯をつけてしまうことでも対称性は保たれるが、そうするとこんどは鏡に気付かれてしまうかもしれない。結局犯人は常夜灯を交換せざるをえなかった……これでいいかな、兄さん？　じゃあ、続けるよ――

犯人は菊一郎氏を、一時に渡り廊下に呼び寄せます。彼は西側の階段を上がって来て、鏡の西側に来ることになりました。そう、西側です。彼は雪絵さんや美津子が言ったように、渡り廊下の東側には行きませんでした。二人が見たのは、彼の鏡像にすぎません。何故そんな所に鏡があるか当然疑問を抱いたことでしょうが、そこで犯人から呼びかけられたか、あるいは姿を見たかして開いていた窓に近寄ります。……後はお分かりですね」（次頁図6参照）

慎二は両手を広げて、説明を終えた。

「……待ってくれ慎二。河村美津子はじゃあ、やっぱり共犯だったのか？」

「ああ、当然そうだろうね。殴られたのは狂言さ。おそらく彼女は部屋を出てすぐ、ドアの陰に隠れたことでしょう。そして心配になって出てきた雪絵さんを襲ったわけですね。美津子はおそらくその後で、犯人に殴らせたのでしょう」

「しかし何故そんなことを？」

田村警部が聞く。

「それはもちろん、姿見を片付け、死体を移動しなくてはならなかったからですよ！それが済むまで他の人間には、殺人が起きたことを知られてはならなかった。そこがこの事件のポイントでした。死体は何故動かされていたのか？　警察の方々は、どこ

図6

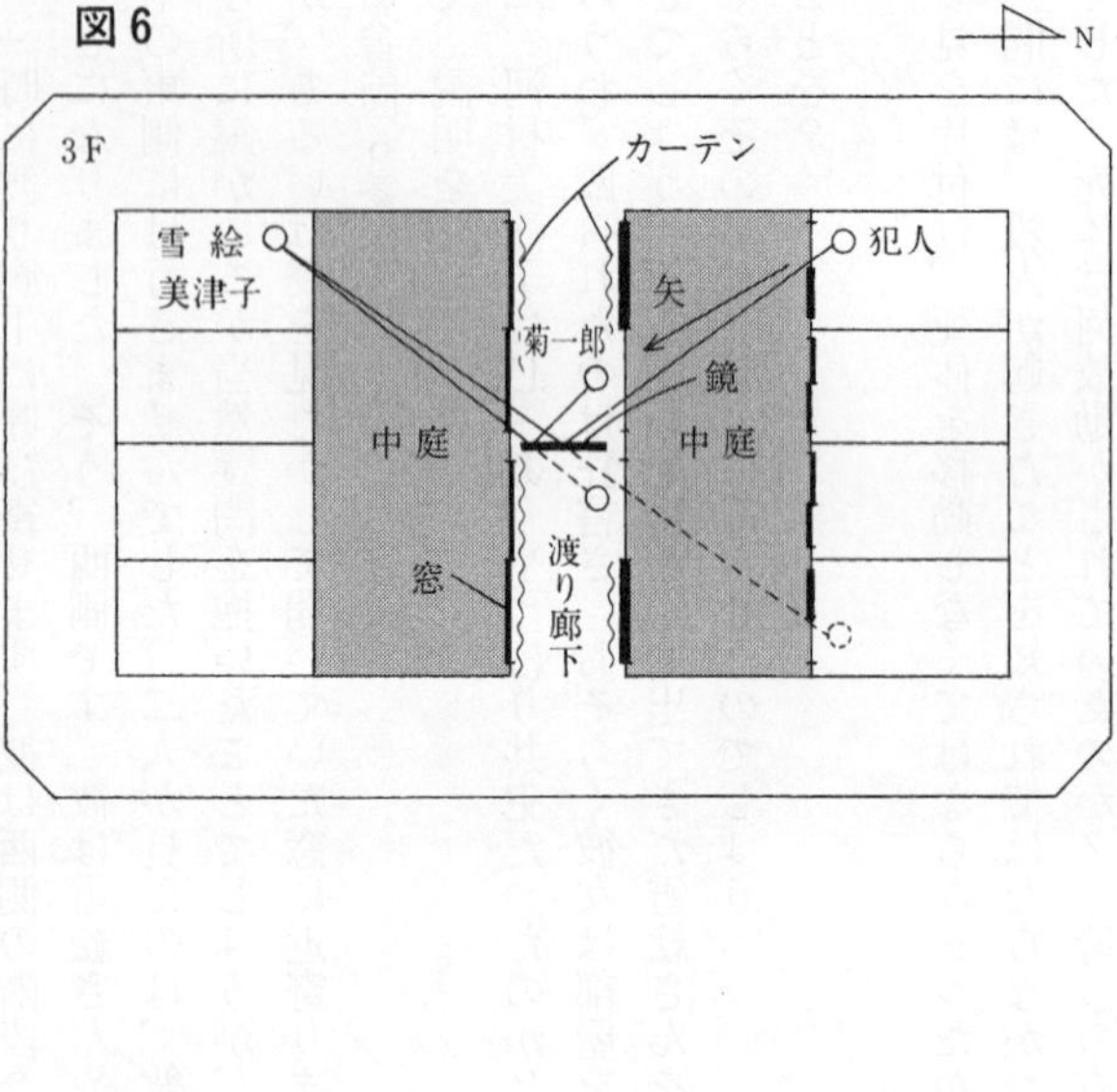

かへ運ぼうとして諦めたのだと考えていらしたようですが、もうお分かりでしょう。二人もの目撃者がいるというのに、死体を隠したからといってどうなるものでもありません。犯人は、真の犯行現場を隠すため、死体を移動したのです。西側から、東側へね」

「ちょっと待て。死体があったのは、西側だぞ？　おかしいじゃないか！」

恭三が不思議そうに口を挟む。

「逆ではありません。犯人は、死体を西側から東側へ移動しました。ところがそこで絨緞に血痕がついているのに気づきました。このままでは真の犯行現場がばれてしまい、その結果、鏡のトリックも見破られてしまうと考えたのでしょう。慌てたことでしょうね。しかし、彼は——あるいは彼女は、素晴らしい解決策を見出しました。そうです。死体をもう一度逆に移動し、もとに戻しておけばいいのです。明らかに動かした形跡のある死体。それがそもそもそこにあったなどと、一体誰が考えるでしょう！

僕は始めから、この事件は余りにも犯人に都合よく運んだ、という気がしてなりませんでした。二人もの人間が目撃したにもかかわらず、その二人ともが意識を失い、事件が発覚したのは二時間も後だった。そして、犯人のいた場所ははっきりしているにもかかわらず、その姿は見ていない。何故犯人は二人を襲っただけで満足したのか？　――それはもちろん時間稼ぎのためでした。しかし二時間も待たされることになるとは、犯人も美津子も予想していなかったでしょうね……。姿見を部屋に戻し、死体を動かすのには五分もあれば充分だったでしょうから。雪絵さんを殴る時に、必要以上に力を入れてしまった、ということでしょうか」

「トリックについては分かったよ、慎二君。――しかし、君の言う通りだとして、犯人は一体誰なんだね？」

田村警部が口を出す。

慎二はちょっと唇を噛んで、考えをまとめているようだったが、やがて再び話し始めた。

「――第一の事件と第二の事件が同一犯であることは明白でしょう。警察が徹底的に捜索したにもかかわらず、屋敷内からは発見できなかった兇器が使われている以上、同一犯でないとしたら共犯がもう一人いる、ということになりますが、それは考えられません。だって二人もの共犯がいたのだとしたら、こんな回りくどい方法を使う必要はありませんからね。

では同一犯だとするなら、第一の事件で犯行を行なえなかったもの、さらに第二の事件で犯行を行なえなかったものを消去すれば、残った人間の中に犯人がいるはずです。非常に限られてくると思いますが……」

「そうか……では第一の事件では雪絵さん、はっきりしたアリバイのある矢野孝夫さん、第二の事件では、雪絵さんと菊二さんが除外されることになるな」

恭三は指を折って数えた。

「当然だね。……もちろん兄さんと木下刑事も。それから御主人の菊雄さんと民子さんについては、第二の事件の時の佐伯さんの証言からやはり除外してよろしいでしょう」

「そうか……そうだったたな。悲鳴が聞こえた時、菊雄さんと佐伯君、民子さんは二階にいたわけだ。——しかしそうするとやはり節子さんしか残らないことになるが……」

突然恭三は、あっと声を上げた。

「……そうだ……節子さんにはできない。彼女は左利きだから——」

「左利きだからできないとは、どういうことだね？」

田村警部は不思議そうに聞いた。

「実は、今まで忘れていたんですが、雪絵さんも河村美津子も、菊一郎氏を殺した犯人は左利きだったと証言していたんです。雄作君と美津子さんを除けば、左利きは節子さんしかいないということで、マークしていたんですが……」

「なるほど。実際には、雪絵さん達が見たのは、鏡に映った像だったわけだ。つまり、犯人は右利きだった。——しかし、困るなあ。そういう大事なことを忘れてもらっちゃ」

田村はそう一言付け加えたが、怒っている様子はなかった。事件が解決に向かっているようなので、気分がいいのだろう。

「左利きだからといって、すぐに犯人でないと決めつけるのは危険だけれども、自分に嫌疑がかかる危険を冒してまで、反対の手で撃つなんてことはしないだろうね。……これで節子さんも除外された」

「筋は通ってるわね……でもそうすると犯人は誰だって言いたいわけ？　もう誰も残ってないじゃない」

慎二は、いちおの質問には答えようとせず、当主菊雄の視線を捕らえた。

「覚えていらっしゃいますか、菊雄さん。僕は先程、あなたにお聞きしましたね？河村さんが殺された時のことを。あなたは奥様の悲鳴は聞いたが、河村さんの悲鳴は聞かなかったとおっしゃいましたね」

「おお、そうじゃとも」

菊雄は威張って答える。

「……みなさんは御存知と思いますが、菊雄氏の耳は地獄耳といってもよいほど鋭い。しかるに、民子さんの悲鳴は聞いているのに、その前の河村美津子の悲鳴を聞いていないのは、どういうことでしょうか。——僕はこう考えました。河村美津子が殺された時、菊雄氏は意識をなくしていたに違いないと。おそらく居眠りをしていたのでしょう。そしてもしそうだとすると、菊雄氏と佐伯さんがずっと一緒にいたという証言は意味をなさなくなるわけです」

慎二はそう言って、佐伯の顔を見据えた。

3

「一体何をおっしゃっているのか、良く分かりませんが」

佐伯は静かにそう答えた。

「……そうですか。ではまあ僕の見込み違いかもしれませんが、推理を続けてみましょう。——お気になさらないでしょうね、あなたを犯人だと仮定しても？　……あなたは二人の刑事が河村美津子の部屋に押しかけて、彼女を責め立てたことを知って動揺した。しかも二人の刑事は泊り込んで、彼女を監視しているらしい。もし彼女が根負けして、すべてを話してしまったら……そう思うとあなたはいても立ってもいられなくなり、隠しておいたボウガンをどこかから引っ張り出してきた――多分庭の隅っこにでも埋めていたんだと思いますが……。そして菊雄氏に、書類整理の手伝いを申し出たわけです。もちろんアリバイ作りのためです。

あなたは菊雄氏が年のせいか時折、居眠りをすることに気付いていました。書類整理をしつつ、あなたは菊雄氏が居眠りをするのを待っていたわけです。あなたの狙い通り、午前一時、菊雄氏は眠りに落ちました。

美津子に部屋を出るように言って、あなたはボウガンを持ち、素早く三階へ上がりました。――美津子が出てきた瞬間に、ボウガンを撃つ。美津子はあなたがボウガンを向けた時、悲鳴を上げたのでしょう。これはあなたにとって誤算でした。彼女が黙って死んでくれれば、あなたはそっとその場を立ち去り、速水警部補が死体を発見するまで二階で菊雄氏と一緒に待っていればよかった。そして警部補が騒ぎだした時点で、ようやく三階へ上がる。

――しかしあなたにとってよいこともありました。もちろん、ドアが閉じてしまったことです。あなたは二階へ降りて、渡り廊下の窓を開け、そこから美津子の部屋の窓を目がけてボウガンを放り投げました。しかしボウガンが大き過ぎたせいか距離がありすぎたせいか、狙いははずれて部屋の中に入れることはできず、下に落ちてしまいます。これを民子さんが見て驚いたわけです。あなたは素早く寝室に駆け付け、飛び出してきた民子さんをなだめます。このことで、あなたのアリバイは一層強固なものになりました」

部屋全体に、安堵の空気が拡がった。犯人が佐伯でよかった、と皆が思っているようだった。

4

「よーし、もう充分だ。佐伯さん、重要参考人として、署まで来ていただきましょうか」

と奥田が言った。

「繰り返し言いますが、わたしは犯人じゃありません」

佐伯は言ったが、奥田は有無を言わさず肩に手をかけた。

「僕は先程あなたの部屋に入った時から、犯人があなただろうということは確信していましたよ」

夢でも見ているような目付きで、慎二は喋り続けている。

「『和文タイピスト入門』！　あれはおかしかった。あなたは御自分で言いましたね、何年も前に買った本だと。そりゃそうでしょうね。いまやコンピュータやワープロの全盛ですから、あんな本を今から買って勉強する人間などいるはずない」

「それが一体どうしたというんだ、慎二」

恭三は混乱しつつ尋ねた。あれと殺人の間に一体何の関係があるというのだろう？

「あの本棚は前後二段にぎっしり本が詰まってた。当然古い本、もう読み返すこともない本は後ろに、そして新しい本、よく手に取る本は前に来るものさ。ところが――『和文タイピスト入門』ときた！　あの本の近くにあったのも、古い本だった。つまりそれは彼がわざと普段後ろにある本を前にして、前にある本を後ろに隠したということだ――人に見られたくないような本をね」

「見られたくないような本って――『さぶ』とか？」

と本気か冗談か分からないことを言うのは、もちろんいちおである。

慎二はしばし点目になっていたが、やがて気を取り直して続けた。

「僕は断言してもいい。あの裏には『三つの棺』を含むカーの諸作が並んでいるに違いないってね！」

ところが——

「違います！　違うんです！　わたしは推理小説なんてほとんど読んだこともありませんし、ましてやそのカーとかいう人の本なんて一冊も持ってはおりません」

「ではあの本は何故、前列に置いてあったのです？」

「あれは単に、越してきました時にああいうふうに入れて、それから触れていないものですから——」

慎二は疑わしそうに佐伯を見詰めていたが、やがてそれは驚きの表情に変わった。

「ほんとに？　ほんとに、違うんですか？　——それは困る！　根底から崩れてしまうじゃないか……」

恭三にはちっとも重大な問題のようには思えなかったが、慎二の受けたショックは相当大きかったようだ。

「本を読んでるとか、読んでないとかそんなことはどうでもいいじゃないか。それより——」

「黙って、兄さん！　……ちょっと考えさせてくれないかな。——そうだ！　誰か佐伯さんの本棚を見てきてくださいませんか。ミステリがあるかどうかを」

巡査が一人、別に慎二の命令に従う必要もないはずなのだが、慌てて飛び出していった。二分ほどして戻ってくると、

「ありませんでした」

と報告した。

慎二は目を閉じて、黙り込んでしまった。

全員どうしたらよいのか分からず、ただそんな慎二を息を飲んで見つめていた。五分ほども黙り込んでいただろうか、彼は大げさに微笑み、再び口を開いた。

「——ニコラス・ウェルト教授は、名作『九マイルは遠すぎる』（注17）の中でこう言っています……『推論というものは、理窟にあっていても真実でないことがある』、とね。実のところ、本気で佐伯さんを疑っていたわけではないんです」

嘘つけ、と恭三は内心呟いた。あれはどうみても本気だった。

「佐伯さんが犯人だと、色々なことの説明がつくものですから……でも、少し無理があるのもわかってました。僕も人のことはいえませんが、佐伯さんはお世辞にも逞しいとはいえない体ですし、ボウガンの重い弦を引くのは体力がいるそうですからね。時間の問題もありました。美津子殺しの時、速水警部補は悲鳴を聞いてからほんの

数秒でドアの前についたと言っています。多目にみても十秒だと。そしてその時、稲光が光って、民子さんがボウガンを目撃したわけです。

十秒で、三階から二階へ駆け降り、渡り廊下の窓を開けて――閉まっていたことは矢野孝夫さんが確認済みです――ボウガンを放り投げることができたか？　無理でしょうね。そう、苦しいな、とは僕も思っていました。しかし彼しか残っていない以上、他に考えられなかったのです。――でも、僕は間違っていました」

慎二は自嘲気味の笑みを浮かべた。

「間違ってたあ？　じゃあなにかい、こいつは犯人じゃないってのか？」

奥田がぶるぶると怒りに手を震わせながら、佐伯を指差した。

「じゃあ一体誰だ！」

「一人ずつ消去していったら、佐伯さん一人が残りました――しかし彼も違った。でも本当はさらにもう一人の容疑者がいたのです。……しかし僕はあの鏡のトリックに気付いた瞬間から犯人の罠に落ち、その容疑者が見えなくなっていました。そう、もちろん雄作君のことです」

そう言って慎二は雄作を見つめた。

5

文字通り、全員が息を飲んだ。

「そんな馬鹿な！」

「ど、どういうことだ一体！」

恭三と奥田が同時に叫んで、声が交錯した。だから、実際にはこんな感じに聞こえた――『ど、そんなどばかうないうことだ一体！』

「こうやって話している僕自身さえ、信じられない思いです。――でも、今度こそ、今度こそこれが真相だという確信が僕にはあります。――まったく、手の込んだ計画を立てたものですね。一度わざと自分に罪を被せてからそれを晴らしてみせる――これ自体はさほど目新しい考えじゃありません。みなさん御存知の通り、一度裁判で無罪になった者は二度と同じ事件で被告になることはありません。それを利用して罪を免がれようとする、という例もミステリにはありました。雄作君はそれを狙ったんでしょうか……しかし、自分をわざわざ不可能状況に追い込んでまで……驚きました」

慎二は感心したように、首を何度も振っている。

当の雄作はと見ると、口元に笑みを浮かべてはいるが目はどこかうつろで、普段の彼とはまったく様子が違う。隣に腰掛けた雪絵は、そんな雄作を見つめながら、完全に血の気を失ってゆっくりと首を振っている。

全員が注視しているのに気付くと、はっとしたように回りを見回した後、雄作は慎二に向かって拍手を始めた。雪絵はぎくっとした様子で身を引いた。

「素晴らしい！　素晴らしい！　あなたはすごい！　僕はもう、分かってもらえないんじゃないかと思ってはらはらしてしまいましたよ。――でもよかった」

何やら意味不明のことを言っているが、どうやら慎二の推理を認めているのは確かのようだった。

「ゆ、雄作……お前、一体……」

矢野良枝が、不安そうに声をかける。

「そうだよ。慎二さんの言う通りだ――僕が作ったんだ」

雄作は嬉しそうに言う。

「作った？　何を？」

恭三は聞き咎めた。

「すべてですよ！　この犯罪のすべて！　もちろん運の要素もあったし、最後を締め括《くく》ってくれたのは慎二さんだけど……でもやっぱり作者はこの僕」

そして雄作はくすくすと笑い始めた。

恭三の背筋を凍り付くような戦慄が走り抜けた。

ずっと信じていた雄作……不幸にも冤罪《えんざい》を被せられようとしていた明るい青年は、結局のところ狂った殺人鬼だったのか？

他の人々も同じ思いらしく、驚愕と嫌悪のないまぜになった表情を浮かべていた。

ただ一人慎二だけは、何故か今まで以上の親しさを示しているかのようだった。

「雄作君、いくつか確かめたい。——一番分からないのは、美津子殺しだ。何故あんな綱渡りみたいなことを？　君は多分、美津子を撃った後、すぐ自分の部屋に入って窓からボウガンを放り投げたんだろうね？　でもそんなのは始めの計画ではなかったはずだ。いくら何でもずさんすぎる。どうなんだい？」

慎二は矢継ぎ早に質問を放った。

「ああ、そんなことですか。彼女が僕を脅したりしなければ、あんなことはしなくてもよかったはずなんです。だから計画がある程度行き当たりばったりだったことは認めましょう。——でも本来あれは、佐伯さんに疑いを向けさせるためにやったことなんです」

「佐伯さんに？　それならもう少しうまい方法が――」

「いえ、違います。僕は知らなかったんです。ずっと部屋にいたから、佐伯さんが書斎で仕事をしているなんて、知らなかったんです。だから僕は佐伯さんは部屋にいるだろうと思って……」

確かに佐伯が自室にいれば、疑いは彼に向けられただろう。恭三と木下の監視していた区間の中にいることになるからだ。

「慎二君！　慎二君！　ちょっと待ってくれないか。ついていけない。犯人は――菊一郎氏と河村美津子を殺したのは、本当に雄作君なのかね？」

田村はパニックを起こしているらしかった。

「そうですよ。彼も認めたじゃありませんか」

こともなげに慎二は答える。

「では……では……あの鏡のトリックは？　あれは一体何だったのかね？」

田村の疑問はもっともだった。雄作が犯人なら、鏡を使う必要も、美津子という共犯も必要ないはずだ。

「あれは雄作君が、みんなに見破って欲しかったトリックですよ。あれを見破ってもらわないことには、悲しいかな彼は有罪になってしまうでしょうからね……ああ！

本当なら、平面図を見た時点で気付くべきだったのに、土壇場になるまで気付かなかった。動かされていた死体、切れた常夜灯、手掛かりはたくさんあったのに誰もトリックを解けなかった！　雄作君はさぞ焦ったことでしょうね……もちろんいざとなれば自分で推理を披露することもできるわけですが、そんなことをしたのでは逆に疑われる結果にもなりかねませんからね」

「そうです。ほんとにそうです！　思いついた時は、誰にでもすぐ分かる簡単なトリックだと思ったんですが……誰も気付いてくれなかったものですから、どうすればいいものか本当に悩みました」

晴れ晴れとした様子で、雄作は言った。

恭三はばつが悪くなって顔を伏せた。誰にでも分かるはずのトリックにすら気付かなかったのでは、警察官として情け無い。

「では、本当にあのトリックは使ったというのかね？」

田村が、まだショックから抜け出ていない様子で聞いた。

「ええ。使いましたよ。細かい証拠は他にも残しておいたはずなんですけどね、誰も気付いてくれなかった。警察の捜査がこんなにいい加減だとは……想像以上でしたね」

「しかし……しかし君は左利きだろう！　鏡のトリックを使ったのなら、君は右手で撃たなければならん！」

雄作は軽蔑するような視線を田村に送って、

「もちろん右手で撃ちましたよ！　——右利きの人間は何でも右を使いますがね、左利きの人間は、ものによって左を使ったり右を使ったりで、大なり小なり両手利きってのが多いんですよ。知りませんでしたか？」

と答えた。

「あのトリックは見破ってもらわなくちゃいけなかった。だから右手で撃っておけば、余計に嫌疑からはずれようってものです」

こいつはやはり狂ってる——ようやく平静を取り戻した恭三は、そう結論した。

「動機は……動機は何なんだ？」

叫ぶように聞いた。

雄作はぽかんとした様子で恭三を見ていたが、やがて真面目な顔付きになって話し始める。

「動機……動機ですか。——最初は、雪絵さんのことでした。……雪絵さんの方はどうかしりませんが、僕はいつの頃からか彼女に恋していることに気付いていました。

この間、二ヵ月ほど前でしたか、僕は菊一郎さんに、就職したら彼女と結婚してもいいかと冗談半分で聞いたんです。そしたらあの人は、それはもうすごい勢いで怒り出しました——その時僕はほんの少し、あの人を殺すことを考え始めたんです」

夢見るように、雄作は話し続ける。当の雪絵が、ソファから立ち上がってよろよろと部屋を出ていこうとしているのにも気付いた様子はない。

「でもあの鏡を使って、自分を絶体絶命に追い込んでから疑いを晴らすというアイデアを思いついた時、僕はそれに何か数学的な美しさとでもいったようなものを感じたんです。感動したんです。それからはもう、最初の動機なんてどうでもよくなっていました——」

やっぱり狂っているのだ、と恭三は納得した。犯罪の計画に感動する奴がまともなはずはない。

「僕に文才があれば——」

雄作はなおも続けた。

「ミステリを書いて、それで済んでいたのかもしれませんね。その方がよかったんでしょうか？　どう思います、慎二さん」

「……少なくとも、菊一郎氏と河村美津子はそっちを好んだでしょうね」

「そうだ、美津子だ！　彼女は……彼女は一体何故、こんな気違いじみた計画に協力したんだ？　恋人、だったのか？」

恭三はずっと気になっていたことを尋ねた。

「違いますよ！　僕が好きだったのは雪絵さんだと言ったでしょう？　……河村さんは、菊一郎さんのことを憎んでいましたからね。詳しいことは知りませんが、一時期付き合っていたらしくて……まあ、よくある愛情のもつれでしょう。それを知ったからこそ、僕はこの計画を立てることができたんです。彼女がいなければ姿見を使えないし、都合よく雪絵さんに目撃させることもできない。その彼女がたまたま僕と同じ人間を殺したいと思っているなんて……必然だったんです。運命だったんです。僕はやらなくちゃいけなかったんです。すべてが……すべてが整っていたのだから」

「彼女を殺したのも、必然だったというのかね？」

恭三はやりきれない思いで尋ねた。

「ああ……彼女は可哀相なことをしました。あんなひどい死に方をさせるつもりはなかったんです。計画としてもずさんだし。彼女には、僕は犯人じゃないという遺書を書いてもらってから、自殺に見せかけて殺すつもりでいました。彼女は睡眠薬をたくさん持ってましたからね、それなら自然だと考えたわけです。……まあでも、結果的には大成功でした。予期しない名探偵まで現われてくれて——」

雄作は、眩しそうに慎二を見つめた。

「よかった……ほんとによかった」

田村が我に返って奥田に手錠を掛けさせるまで、何度も口の中で呟いていた。

6

数日後の夕刻。『サニーサイドアップ』にて。

恭三は、彼と同じく巨漢の柔道家であり、もっとも尊敬している祖父の形見の燕尾《えんび》服を着込んでいる。彼にとって、最高のドレスアップであった。右手には、薔薇の花束、左手には小さな本。

「何その格好？　鹿鳴館《ろくめいかん》でも行くの？」

いちおが驚いて聞く。兄のこんな姿を見るのは初めてだった。

「ちょっとフォーマル過ぎたかな？　実は——」

「待って。その先は当ててみせるから。えー、事件がめでたく解決したので、兄さんは雪絵さんを食事に誘った。そこに持ってる本は……手話の本ね」

「何故分かった？」

と、恭三はどきっとして本を隠すと、そう聞いた。

いちおは頭を指差して、

「わたしも今回の失敗で、ますますその推理に磨きがかかった、というところね。そう思わない、慎ちゃん？」

と、コーヒーを入れる慎二に呼びかけた。

「ん？　ああ、そうだね」

と気のない返事。

三人がコーヒーを飲み終わる頃、雪絵が店に入ってきた。

恭三は慌てて立ち上がり、会釈した後で初めて、雪絵の後ろにもう一人いるのに気付いた。

佐伯である。

「あ、さ……佐伯君じゃないか！」

ばつが悪そうに、燕尾服をなんとか隠そうとする。

「雪絵さんが、みなさんにお食事に誘っていただいたと聞きまして、御報告を兼ねまして参ったようなわけです」

「御報告、と言いますと？」

佐伯が雪絵の方に視線を送ると、彼女は少し顔を赤らめて俯《うつむ》いた。

「実はわたし、雪絵さんにプロポーズしたのでございます」

恭三はあんぐりと口を開けた。

佐伯が――？　このウラナリが？　――しかしもちろん彼女がこんな奴と結婚などするはずは……。

「彼女は喜んでＯＫしてくれました。同じ気持ちだったんだそうです」

暗転した。何も見えなくなった。何も聞こえなくなった。

慎二は、恭三の状態を見て取ると、素早くフォローした。

「それはそれは、おめでとうございます」

「こういう時こそ、慶《よろこ》び事があった方がと思いまして……。雄作君の自白を聞いたことも理由の一つですが。――そういうわけですから、今日は是非、わたしどもにみなさんを招待させてください。こうなったのもみなさんのおかげだと思っているものですから」

恭三の口はまだ、ぷるぷると小刻みに震えるばかりで何も言葉が出てこない。

「……じゃあ、そういうことなんだったら、今日のところはさ、二人だけにしてあげて、僕達との食事はまた他の時ってことにしたらどうかな、兄さん？」

恭三は、ぎこちなく頷く。

「と、兄も言っておりますし、どうぞ二人でお出かけください……いえ、ほんとに御礼だなんて。またいつか御馳走していただくことにします」

慎二は強引に、二人を送り出した後、ふうっと溜息をついた。

しばらく誰も口を開かなかった。

店の外はいつのまにか、すっかり夜の帷《とばり》が降りている。

二十分ほどたった頃、先程の姿勢のまま立ち尽くしていた恭三が、ぽつりと呟いた。

「帰る」

慎二といちおは、ほっ、と詰めていた息を吐いた。

「まあ、兄さん。いい女なんかまだまだ余ってるって。……それに兄さんだって、本気でいかれちゃったわけでもないでしょ？　あの程度でさ」

「そうそう。いちおなんかいい例じゃないか。結構可愛いのに売れ残っちゃって」

「ちょっとそれ誉《ほ》めてんの？　わたしはまだ二十一よ？　結婚には早いわよ」

「そりゃそうだけど、彼氏いないだろ？」

「何言ってんのよ！　それはわたしがまだ理想の男性に巡り会ってないってだけの話で――」

「……ありがと。大丈夫だよ、俺は。馴れてるし。じゃ、帰る」

恭三は、彼を元気付けようとしているらしい二人に礼を言うと、背を向けて歩き出した。二人の気持ちが嬉しかったのと失恋したことの両方で、涙がこぼれてしまいそうだったからである。

そんな彼の背にいちおが呼びかけた。

「兄さん、忘れ物！　薔薇と本」

恭三は、振り向かずに首を振ると、

「……捨ててくれ」

と淋しげに言った。

「ほんとにいらないの？――じゃあ、わたしもらうね。こんなの自分で買ったら高いもんねー」

「あ、それ手話の本？　そのうち勉強したいと思ってたんだ。もらっとこ」

恭三が振り向くと、二人は楽しげにそれぞれの収穫を取り上げるところだった。

彼の唇がわなわなと震える。

「お、お前らなあ……」

カウベルがちりんと音を立てたのにも気付かない。ドアを背中で押しながら、若い女性が後ろ向きに入ってくる。両手は車椅子を引いている。

「やあみなさん！　お揃いですね。なんとか退院してきました」

場違いな、余りにも場違いな木下の声。両手も両足もギブスに包まれている。

恭三はそれらすべてに気付かず、店を飛び出そうとした。

「警部補、事件解決おめでとうござ……」

恭三には直接の責任はない。

彼はただ、木下のガールフレンドにぶつかっただけである。

彼女——小川早苗《おがわさなえ》というらしい——は、きゃっと叫んでよろめき、引いていた車椅子に強くぶち当たり、思わず手を放してしまった。

木下を乗せた車椅子は、ゆっくりと店を出ていった。

「ちょっ、ちょっと……さなえちゃあん！　止めて止めて、早く止めて！」

木下の両手は、まだギブスに包まれているため、ブレーキをかけることができない。

恭三はいまだ事態を把握しておらず、さなえちゃんは戸口に倒れたまま起き上がれないでいる。

店を出ると、道は右側に少し低く傾斜している。木下の車椅子はゆっくりと右へ回り込みながらとろとろと坂を下っていった。学校帰りらしい三人の女子学生がそれを見て、無情にもくすくすと笑っている。

「きのしたくうん！」

さなえちゃんは慌てて起き上がると、車椅子の後を追って走りだした。

「木下？　木下が何でここに？　入院してるはずじゃ——」

茫然とする恭三の肩を慎二は叩いて言った。

「兄さん！　早く！　あの先は——」

恭三はすぐに慎二の言わんとしていることに気づいて、店を飛び出した。

車椅子はいまや速度を速めて、パンプスを履《は》いたさなえちゃんとほぼ同じ速さで坂道を下っている。

「警部補！　早く——」

木下は目をむいた。

コンクリートの階段である。

『サニーサイドアップ』の常連、Ｐ学園の女生徒によれば、通称〝心臓破り〟。百二十段あるということだった。

さなえちゃんは慌てて足を速めた途端、パンプスが脱げて転んでしまった。恭三と慎二は路上に倒れた彼女を迂回《うかい》したせいで、タッチの差で車椅子を捕まえそこねた。

木下と車椅子がふっと視界から消え、金属とコンクリートのぶつかる音がいつまでも続いた。最後にひときわ大きな音が響いた後、何も聞こえなくなった。

救急車を呼ぶべきか、それとも葬儀屋に連絡したほうが——？

「さなえちゃんも警部補も嫌いだー！」

弱々しいが、呪いのこもった声が聞こえてきた。

あいつにも一つは取柄があったようだな、と恭三は思った。

木下は不死身だ。案外刑事には向いているのかもしれない——

注

(注1)マージェリー・アリンガムの短編。管轄区域の境界近くで、死体を発見した巡査が、死体を動かして他の巡査に押し付けようとしたため、不可能犯罪のように見える。ギャグだか本気だかよく分からない作品である。『世界短編傑作集3』(創元推理文庫)所収。

(注2)『ビッグ・ボウの殺人』イズレイル・ザングウィル、一八九一年作。犯行時間の錯誤を利用した密室の元祖と言われている。トリックは繰り返しいろんな人が使っているため今読んでも新鮮味はないが、ユーモア・ミステリとしても一級品。

(注3)カー、一九四二年作。クリスティが絶賛したというだけあって、ちっともカーらしくない作品である。作品の完成度は高いが、カーマニア、カーキチと呼ばれる人々には不評。

(注4)カーの創造した名探偵の中で、もっとも有名な人物。モデルはG・K・チェスタトンであると言われている。

(注5)正式名はヘンリー・メリヴェール卿。フェル博士と同じくカーの名探偵であ

るが、こちらはカーター・ディクスン名義の作品に登場する。モデルはチャーチルらしいが、フェル博士とほとんど同じ印象。若干H・Mの方が下品な気がする。

（注6）ダーモット・キンロス博士。精神分析医。『皇帝のかぎ煙草入れ』にのみ登場する名探偵。一作のみ登場する探偵には他にも、ジョン・ゴーント博士、ゴーダン・クロス（彼が名探偵かどうかは議論の分かれるところだが）等、結構いる。

（注7）F・W・クロフツの創造した名探偵。〝足で解決する〟探偵の代名詞。

（注8）フェル博士がよく使う言葉。H・Mではない。が、そんなことはあえて調べない限り誰も気づかないに違いない。

（注9）アルキメデスがこう叫んで、史上初のストリーキングをやったのは余りにも有名（若い方のために付け加えておくと、ストリーキングというのは、要は全裸で街中を走り回ることであり、三十年程前、世界的に流行した。もちろん日本では猥褻物陳列罪にあたるため、余りはやらなかった）。

（注10）カー、一九三五年作。カーのベスト1に数える人も多いが、感覚的に納得しにくい物理トリックのせいか、酷評する人も多い問題作。しかし、密室講義や物理トリックを無視してもダブルミーニングの数々、構成の妙は黄金時代のすべての作品の中でも、飛び抜けて素晴らしい。

（注11）『続・幻影城』（講談社乱歩全集）所収。

（注12）『シャーロック・ホームズの事件簿』中の一編。至近距離から頭を打ち抜かれた女性が、橋のたもとで死んでいて、どこにも拳銃は見当たらず、一人の女性が疑われるが本人は犯行を否認する。トリックはというと、先に重石のついたロープをあらかじめ拳銃に結び付けておき、重石は橋の欄干の外へ垂らしておく。首尾よく自殺を遂げると、重石によって拳銃は川の中に落ちてしまう、というもの。

（注13）カーター・ディクスン名義、一九四五年作。シャーロック・ホームズの語られざる事件、『フィリモア氏の失踪』がプロットの基本である。カーに限らず、素晴らしい発端の作品は概して腰砕けに終わることが多いが、この作品も例外ではない。

（注14）一九三八年作。ロースンは、グレイト・マリーニーの舞台名を持つ奇術師であり、同名の探偵役を創造した。泡坂妻夫みたいな人。『帽子から飛び出した死』では、カーの密室講義に対抗して何か言っている。

（注15）『世界短編傑作集5』（創元推理文庫）所収。

（注16）一九四七年作。二人の刑事に尾行されている人間が、いくつも並んだ電話ボックス（中は見えない）の中から忽然と消失する。真相に気づいたマリーニーは別の

条件の下で実演してみせる。『世界ミステリ全集』第十八巻（早川書房）所収。

以下ネタをばらす。

第一の消失は、〝故障中〟の札を移動することにより入ったボックスを誤認させる、というもの。これに比べると、マリーニーがやってみせる消失の方が気が利いている。レストランの中の特定の場所に目撃者を坐らせ、『右から二番目に入る』と言い置いて、ボックスに入る。ところが、目撃者の位置からは右端のボックスが死角になっていて、二番目のように見えるボックスは、実は三番目なのである。店を出てボックスに辿り着くと、そこはマリーニーの入ったボックスの隣、というお話。
（注17）ハリイ・ケメルマン作。同題の短編集『九マイルは遠すぎる』（ハヤカワ・ミステリ文庫）所収。

あとがき

カーキチ、という言葉がミステリマニアの口から出た場合、それはディクスン・カーの熱狂的な信奉者を意味します。

絶版本を神田で探し回り、辞書を片手に未訳本を読む——僕は、京都大学の推理小説研究会などというところにすでに丸六年も身を置き、他大学のマニア達ともよく顔を合わせているせいで、そういう普通人の想像を絶したような人々を、これまで何人も見てきました。

僕自身は生来根気がないせいで、幸か不幸かまだその域には達しておりませんが、もっとも好きなミステリ作家であることには間違いありません。そして、こうして作家としてデビューした今は、追い付き、乗り越えるべき目標の一つになったわけです。

生涯不可能犯罪を追求し続け、密室の巨匠と言われたカーですが、それ以上に評価されてしかるべきは、そのストーリーテリングとサービス精神ではないかと思っています。駄作も数多いカーですが、それとても決して途中でだれるということはない。チャンバラを入れてみたり、パイ投げ風のどたばたをやってみたり――そして必ず、といってよいほどハッピーエンドに終わる。じめじめ暗くなったりなんかしない。

　これからもそういう楽しいミステリを読み続けていきたい。そして自分が読みたいものを書き続けていきたい。そう考えています。

　ところで、本文をすでに読まれた方はお気付きでしょうが、ところどころに作者注が入っています。そのうちいくつかは、別段あってもなくてもよいものなのですが、中には有名なトリックのネタばらしをしているものもあります。トリックを知っていたほうが、マニアである慎二といちおの会話が理解しやすくなるのですが、ネタをばらされたくない人のためにこのような形を取ることにしました。御理解ください。

　本書を書き上げ、出版するにあたって、たくさんの方々の御声援と御厚意を賜わりました。

　多忙な中、多くの貴重なアドバイスを下さり、ペンネームも考えて下さった島田荘司さん。おだてるのがうまい講談社の宇山日出臣さん。ずっと応援し続けてくれた京大ミステリ研のＯＢ、そして現役会員の人達。とりわけ綾辻行人《あやつじゆきと》夫妻には、執筆だけでなく、生活すべてにわたって御世話になりました。法月綸太郎《のりづきりんたろう》君——の場合、どちらかというとこっちが御世話したほうじゃないかという気もするが、まあいいか。

その他、励ましてくれた友人達。

そして最後にキティ・ミュージックの磯田さん、平野さん、清水さん、それから——無精卵かもしれない卵を、ずっと抱き続けて暖めてくださった菊池さん。本当にありがとうございました。

このうちたった一人の人と知り合わなかっただけでも、この本は完成しなかったかもしれません。

みなさん、本当にありがとうございました。

一九八九年一月　　我孫子武丸

●文中、引用させていただいたディクスン・カーの「密室講義」については、三田村裕訳『三つの棺』(ハヤカワ・ミステリ文庫)を使わせていただきました。

本格ミステリー宣言

島田荘司

　ぼくのささやかな助力で、講談社ノベルスから世に出る運びとなった若い才能は、この我孫子武丸《あびこたけまる》君で四人目となる。綾辻行人《あやつじゆきと》という才能が先陣を切って推理文壇に姿を現わしてから、早いものでもう足かけ三年目ということになった。

　綾辻、歌野、法月《のりづき》といった若い才能は、間違いなく推理作家として突出した資質を持っていたと思うが、その萌芽《ほうが》の青さも目だって、老練の推理小説読みの方々には、不満も感じさせたようだ。この三年の間に、推薦者であるぼくの方にも、推理小説史上のささやかなこの事件の一端を担う者として、さまざまな批判の声も届いてきた。よくやってくれたという声に励まされることもたまにはあったが、あのような仕事は、特に彼らを褒《ほ》めすぎることは、島田荘司の信用を失うことになる、という声の方が遥かに大きく、耳もとによく響いた。

　そこで本稿では、我孫子君の推薦の前に、彼らを推薦し、世に出すことの意味について、また何故ぼくがそのような行為に情熱を燃やすかについて、若干の考えを述べてみたい。

お褒めの言葉に関しては、あまり返す言葉は持たない。ただその広い度量に対し、深く頭を下げるのみである。特に大先輩、鮎川哲也氏のお言葉は胸に滲《し》みた。

しかしぼくの尽力などは、たとえていえば日食時の、太陽を呼び戻す未開人の踊りのごときもので、別段大汗をかいて踊らなくとも、綾辻君、歌野君、法月君ら才能は、いずれどこからか、世に現われたはずである。したがってぼくが今、自分の考えを披露したいと考えるのは、より大きな声に対してである。

今もまだ印象深いのは、週刊S誌に発表された、TVプロデューサー、久世《くぜ》光彦《てるひこ》氏による、島田荘司を作家として信用していたから法月綸太郎《りんたろう》の『密閉教室』を買ったが、裏切られた。これは歌野晶午《しょうご》の時にもいえる。後輩を推薦しようという誠意は、作家としての誠実さとは別物であるべきだ。あのような過分の持ちあげ方は、島田の信用を落とすものである、というご意見であった。

これには、ぼくも久世氏のユニークな仕事ぶりに対し、日頃敬意を抱いていただけに、ずしりとこたえた。またこの意見は、久世氏の年代の、多くの第一級小説読み諸氏のご意見を、最大公約数的に代弁したものと感じられたので、よけいにこたえた。この種の意見は、その後もたびたび読み、また聞いた。活字になっているものばかりでなく、直接手紙によるお叱りもいただいた。

にもかかわらず、まことに不遜《ふそん》ではあるのだが、ぼくはあまり反省していないのである。思想犯の告白めくが、あのような局面に今後また立ちいたれば、ぼくは何度でもやるだろう。法月綸太郎や、歌野晶午の作品が、期待した推理小説とは違った方々にはまことに申し訳ないことだが、ぼくにとってはあれは、犯罪とするなら信念の犯罪であった。

先陣を切った綾辻君に関しては、彼のその後の活躍ぶりと、名前の定着ぶりが無言で作用したか、批判の声はかなりトーンダウンした。が、歌野、法月両君への不満の声はいまだ燠火《おきび》のようにくすぶっている。こうした不満の最大の理由は、ただ一点に集約されるように、ぼくは理解している。

それは、彼らの小説書きとしての部分への不満ではないか、ということだ。つまり文章で、時には詩やワインのように酔わせてくれ、人生の一断面を鮮やかに切りとって見せてくれるような、作家としての含蓄、成熟が彼らにまだない。それには青年が描け、子供が描け、女性が描け、人間の行動の裏側に、表面に見えるものの何倍もの体積を持ってひそむ、自己愛情やしたたかな保身意識、またかけひきの感情、こういうものを行間に無言で滲《にじ》ませるほどの老成が、まだ見えない。こうしたものが表現者の側にないと、なかなか文章が小説になっていかない。

これらは一定量事実であろう。こういう事情は、小説を書くという行為のうちには確かに存在する。彼ら若い才能の文章に、成熟した読者なら、こういう点の不満を、真っ先に、それも直感的に感じとられたのではないかと推察する。

さらにいえば、島田荘司の推薦で世に出てくるのだから、先述のような部分に関して、島田荘司程度の技量は彼らも持っているに違いないという、無言のうちの思い込みを、読者諸氏はされたのではないかと想像する。

そういう読者にとっては、彼らの文章は、あるいはまだ小説ではなく、こういうマジックを思いつきましたといって、少数マニアに向けて紙面で手品を演じてみせる、いわばレポート提出であるのかもしれない。

しかし手品にもいろいろのものがあるごとく、小説にもさまざまなものがあってよい。本格推理小説は、確かにトリックという屋台骨を組みあげる力と、それを肉づけする文章書き、小説書きとしての技量、この二つで成立する。こうして本格ミステリーという人工構築物は、世に姿を現わすが、どんな推理作家も、すべからくデビューの時点から、この二つの能力を完璧に持っていなくてはデビューの資格がない、と断ずるのは酷である。前者の力ならば、彼らは十二分に持っている。

また、彼らが青春小説書きとして、そんなに技量が稚拙か——、といえば、彼らがその作品世界で感じさせる青さは、そのまま青春という一時期の持つ青さでもあろう。

彼ら以外に、今の日本にどれほどの有望な新人がいるかと考えると、むろんほかにも若い才能は存在するであろうが、綾辻、歌野、法月らが、日本の推理小説の一部分をいずれ支えるべき才能であることは、おそらく議論を待たないことと思う。

とはいえ、成熟した小説読みの方々に、彼ら若い才能の作品が、あるいはもの足りなさを与えるかもしれないという予測は、薄々ぼくのうちにもあった。

ではその旨推薦文に明記し、これは一部マニア、好事家に宛てたレポートである、と断るのが先輩作家としての良心である、というのが久世氏のご意見となるのだが、推薦文のペンを握る前にこういうアドヴァイスをいただいたとしても、ぼくの筆は変わらなかった。

さらにひとつ補足すれば、先に述べた二つの力をバランスよく彼らが獲得するまでデビューをさせるべきではないという意見に遭遇しても、やはりぼくは同じ推薦文を書いたであろう。

これがまるでアマチュアの習作であるかのごとき推薦文の書き方をしたら、彼らは出発点からハンディを背負う。いずれは一人前になるに決まっている才能たちに、どんな大作家にだってある出発時の未熟さをあれこれ推薦文であげつらっても、大した意味はない。またそれは、こちらの横柄というものである。

加えて、彼らには大々的にスポットライトが当たってもらう必要があった。その方が、確実に日本のミステリー文化にプラスすると考えたからだ。

ぼくが彼らを文壇上に引っ張りあげる際、言われるように、多少なりとも犯罪行為を為したとするならば、それは、大きく分けて二つの理由からである。これを今から説明する。

そのひとつ、日本のミステリー文化において、さまざまな理由から今、「本格」の命脈が危うくなっている。むろんミステリーは、必ずしも「本格」である必要はない。いろいろなスタイルがあってよいのだが、推理小説である以上、大なり小なり「本格」を志向する姿勢が、根底に必ずなくてはならない。

この「本格」という基本が、ある時は色濃く作品に現われ、またある時は淡く滲んで、ミステリーをさまざまなかたちに変化させる。しかしこの前提がすっかり消滅すれば、それは優れた小説でなくなるということはないが、確実に推理小説ではなくなる。

いわば「本格」の発想というしっかりした石垣があってこそ、推理小説という城は、さまざまなスタイルで出現し、覇《は》を競うことができる。

ところが現在の日本の推理小説界で、この根本が、どうやら忘れられはじめている。社会派の台頭以降、つまり社会派推理小説をある作家が書こうとするなら、本格を志向する発想すらなくてもよいと、多くの推理作家は考えるようになってしまった。つまり、殺人さえ起こればよいと思われているふしがある。

しかしこれははっきり間違いで、その証拠に、社会派の頂点に立つ松本清張氏の作品には、社会派作家としては最もトリックの量が多く、現在最も本の売れる作家であるところの西村京太郎氏、赤川次郎氏の諸作においても、発想の根底には、何らかのトリックが必ず存在する。このトリックが作品に論理性をもたらし、この論理性が、その作品を「本格物」に近づけていく。

とはいうものの、もはや一線に出ている推理作家は、ぼくも含め、どうしてもトリックが薄味に、小粒になりがちである。これは返本制度のある日本出版界にあっては、作家はどうしても量産を強いられるがため、という理由が大きい。

大がかりで大胆不敵なトリックを、一年にそう何本も思いつけるはずもないし、また思いつくまで作品は書かない、などということをやっていては、編集者を、ひいては出版社をいたく困らせることになる。

一線にある作家をはじめ、多くの推理作家が本格の発想を忘れているとあっては、これは日本の推理小説そのものの危機で、江戸川乱歩、横溝正史、高木彬光、松本清張、鮎川哲也、森村誠一、と続いてきた日本のミステリー史が、皮肉なことに出版点数がはねあがって大活況を呈した一九八〇年代、それゆえ逆説的に先細りになり、あろうことか消滅するという危機に、実は今瀕《ひん》しているのである。

読者諸氏は、今試しに考えてみて欲しい。乱歩氏の「二銭銅貨」、横溝氏の「本陣殺人事件」、清張氏の「点と線」、彬光氏の「刺青殺人事件」、鮎川氏の「黒いトランク」、すべて作品を支えるトリックや、その周辺のアイデアに前例(その作品が書かれた時点で)がなく、よって作品の創造性が高いがゆえに、これら諸作は、ミステリー史上に作品名を留めているのである。トリックの着想や、本格物としての論理性をまったく内包しない推理小説は、文学史上には遺《のこ》り得るが、推理小説史上では、時間の風化に堪えきれないと考えられる。

トリック発想とはこれほどに重大なもので、日本の推理小説文化全体を巨大な生物にたとえるなら、それは血液である。これが大幅に不足すると、日本の推理文化は貧血症状となり、たちまち体力低下に陥る。

現在、多くのプロの推理作家たちに、明らかにトリックのアイデアが枯渇する傾向があり、ジャンルは今、顔色が悪くなっている。そうなら、これをたっぷり持った若い才能がどこかにいれば、彼らは鉦《かね》や太鼓で文壇に迎えられなくてはならない。それは新しい新鮮な血液であり、日本の推理小説世界は、間違いなく彼らによって活性化し、延命の活力を与えられるからだ。

それほどに大事な血の導入の儀式を、どうして人知れぬ片隅で、ちょこちょこと終らせてしまってよいだろう。日本型の行儀論、常識論は敢然と無視して、あらん限りのスポットライトを当てていっこうにかまわない。これが理由のひとつである。

もうひとつの理由は、わが国の返本制度である。日本の書物販売システムは、委託販売制度というものによって成り立っている。出版社から書店に送られてきた本は、三ヵ月以内に送り返せば、出版社は書店から本の代金を請求しないという奥ゆかしい制度で、ちょうど富山の薬売りと似ている。呑まなかった薬に似て、売れなかった本は、お返しいただいてけっこうですという商売のやり方になる。

この発想は欧米にはない。日本に出版社の数が少なく、造り出される本の数もささやかだった時代には、このシステムはなかなか有効に機能したが、モノ造り世界一の実力を得て世界有数の経済大国となり、金があちこちでダブつくような豊かな時代に入れば、この制度はある種の狂騒曲をフィールドに誘導した。

返本制度が健在のままおびただしい書籍が生産されはじめると、戦争的混乱が、日本の各書店で起こりはじめる。奔流《ほんりゅう》のように大量の書物が書店に流れ込み、数ヵ月後には濁流となって出版社の倉庫に還流していく。出版社は、書店の平台《ひらだい》を、そして棚を、一定スペース常時確保しておくため、おびただしい数の書物を、読者という以前にまず書店に向け、撃ち出さなくてはならなくなった。

書店側からいえば、各出版社から流れ込んでくるおびただしい数の書物の洪水のただ中に立っている。平台の上に地味だが良質の本があり、もう少し置いておけばこの本は売れるのに、と思っていても、次の本がどんと到着する。そうなれば、この本の販売チャンスは終了となる。

出版社の立場からいえば、書店に続々と実弾を送り込んでいないと、自社の棚を他社に侵食される。いつか内容など言っていられなくなり、数を造り、書店に送り込んで物理的に自社の棚や平台のスペースを守っていなければ、生存競争においていかれるという事態が訪れた。

ついには段ボール箱に入って書店に到着し、開封されることもなく出版社へ送り返される書物も存在しはじめる。こういう本は、書店に並べられることもなく再生紙工場へと送られ、溶かされてちり紙やボール紙となる。

出版点数は、こうしている今も、猛烈な勢いで増え続けている。各出版社が競ってノベルスと文庫を持ちはじめている。軽い形態の方が、このような高速度の水流には乗せやすいからだ。この現象はまだ一段落してはいないので、生存競争は今後さらに激化する。

出版業界が狂騒の内にあれば、さまざまに悪しき現象も現われる。読者の側は、これほどの数の小説本があれば、読んで較べることなどはできず、ベストセラー情報とか、文学賞受賞作とか、世間の風評が高い作品に、迷う余裕もなく手を伸ばす。売れる本は果てしなく売れ、売れない本はますますチャンスを失っていく。

推理小説は一応売りやすいとされるから、少しでも返品の量を少なくするため、多くの小説が推理小説ふうの体裁に近づきはじめ、推理小説界自体は、ひと握りの流行推理作家のもとに、さらに殺到する。結果、彼らは月に一冊か、どうかすると二冊も書かされる。どんなに着想力豊かな小説家でも、作品の質は極端に低下して、才能は使い捨ての百円ライターとなる。

では良識ある推理作家が寡作《かさく》を守って力作を書けばよいか。そうはならない。そうした場合、華やかな流行作家のおびただしい著作の洪水に水没し、彼の力作は目だたない。

連日がお祭りのようなヒステリー的出版状況の中にあっては、百年後に遺る名作、翻訳して海外に問いたい傑作は、まず生まれない。日本が思いもかけず一等国に出世し、お金持ちとなった今、貧乏国時代の慣習が、あちこちで実状に合わなくなってきた。出版界はその典型で、まことに皮肉なことに、この点からも本物の推理小説は絶滅の危機に瀕している。

こういう時代、もう横溝正史や江戸川乱歩的な巨匠は生まれにくい。一流作家の作品の内容が、乱造ゆえに薄くなっても、読者の側が買い控えということをやってくれない以上（すでに説明した通り、較べることができないから買い控えもできにくい）、奇妙だが、本が売れるという意味での巨匠と、内容が創造的で優れているという意味での巨匠、ふた通りの巨匠が誕生するほかない。

しかしこんなふうに分けてしまうなら、そのどちらの巨匠も、存在は間違いなく脆《ぜい》弱《じゃく》で、あるいはもう巨匠とは呼べないかもしれない。過去の偉人とは較ぶべくもなく、狂騒にわれを失ったまま、文化そのものが奈落を持つ大滝に刻々と近づいていく。無思慮無防備にここへ落ち込めば、ヒステリーが去った後はただの廃墟で、価値ある何ものも遺らないであろう。

編集者諸氏も、こういう事情は痛いほどに解っている。しかし悪と知りつつも、諸作家に乱作を強いるほかはないのが実状である。

さてこのように見てくると、まるで諸悪の根源のように言われる委託販売制度だが、たったひとつだけよい側面も持っている。それが何かといえば、新人が出版のチャンスを掴みやすいということの一点である。書物の出版点数が多いために、思いがけずこうした面も現われた。

日本の推理文化を衰退させ、消滅させるべく機能しているとしか思われなかった日本独自の返本制度だが、それならこの一点をもち、逆に衰退と消滅に待ったをかけなくてはならない。

これが、たとえ少々彼らが青くとも、若い新人を迷うことなく続々世に出すべき、とぼくが信じる理由である。同じ数撃つ弾丸《たま》であるなら、若く、生きのよい弾丸も混じっている方がよい。若い本格志向の才能は、もっともっと多く世に出るべきで、現状ではまだまだ足りない。返本制度を持つ日本の出版界は、デビューはたやすく、その後の生存競争は厳しくあれという、そういう状況を指し示すのである。

モノを造る技能の点だけでは、日本は現在、押しも押されもせぬ世界のトップに立った。ついにアメリカは、日本に世界一の座を奪われることを怖れはじめた。しかしアメリカには、まだまだ当分世界一でいてもらわなくてはならない。日本にはまだ、アメリカが造り出す文化の、百分の一程度の文化しかないからだ。

けれども、日本人はおそらく永久にそう望むことはないが、いずれ日本は、黒船的圧力により、世界一の文化を持つことを外から要求される時代がくる。それが三年後か百年後かは解らないが、文明の統帥権《ヘゲモニー》は、地球上を必ず西方向へと移動する。こういう時代は、将来確実にやってくる。出版界は、こんな無思慮をいつまでも続けていてはいけない。

そもそも日本が、とりあえずアメリカに勝てそうな活字出版物といえば、それは本格推理しかない。アメリカでは、映画化できそうな小説以外は作家が書きたがらないので、ホラーやタフ・ノベル全盛、本格物は現在空き家となっている。本格物の家に、アメリカの才能が大挙して戻ってくることは、ハリウッドが衰退しない限りない。

さて、前置きがいささか長くなったが、そんなわけでここにまた一人、強力な新人がデビューする。我孫子武丸君である。彼の新味は、ユーモアふうの筆致を得意とするところだ。

彼は、ある意味では前の三人以上の文章家である。以前の三人の作品に対し、小説を読もうとして手に取ってはみたが、何やら数学の公式や、奇術の解説書に直面したような固さに面食らった人がいたとしたら、この『8の殺人』に関しては、そういうことはない。ここには平易で、生き生きとした文章があり、あたりが柔らかいから、読者はたやすく8の字屋敷の玄関を入っていけ、奥廊下をずんずん進むようにして、ストーリーに没入していけるであろう。

この物語は一応ユーモア小説の体裁をとっているが、むろん優れた本格物である。人を喰ったようなトリックが、作品の根底に、不気味な鎮《しず》けさを保って沈んでいるから、冒頭から不可解な謎が炸裂《さくれつ》することになる。

謎は中盤でもうひとつ現われ、しかもこれらの謎を解くための鍵は、冒頭から繰り返し読者の鼻先をよぎっている。伏線の張り方もきわめて誠実で、加えてどんでん返しが連続しと、要するに優れた本格物としての条件をそなえている。

この作のもうひとつの見どころは登場人物で、速水警部補と木下刑事のどたばたコンビぶりは、デビュー作とは思えないくらい板についている。これに速水警部補の妹、一郎《いちお》なる女の子がからみ、なかなかの大活躍をするが、この女の子によく血が通って、うまく描けている。このあたりが、先にデビューした三人の先輩たちにない、彼の強味であろう。

ユーモアミステリーの形態をとりながら、これほど内容のしっかりした、しかも奇想天外な着想の本格推理小説をものにした例は、かつてないのではないか。マニアばかりでなく、一般小説読みの方々にも、是非ご一読を願う次第である。

この我孫子武丸君のデビューをもって、当初から予定していた新人のお披露目は、ひとまず終了である。しかし現在、ぼくの周囲だけでも処女作を執筆中の新人が四人ばかりいる。彼らは処女作の完成に手間どっているが、友人の竹本健治氏のもとにもいるらしいし、鮎川哲也氏のところにもいるのではないか。どなたかが、すぐにまた第二幕目を上げてくださるであろう。

社会派の出現以降、思えばテンション民族の常で、「行くぞ一億社会派だ」のかけ声が推理文壇に充ち充ちていた。曲折を経た日本ミステリーの社会派への漂着は、進歩向上の成果と誰もが受けとめたから、かけ声は正義の叫びであり、本格物の出版は、時代を逆行させる「悪」と位置づけられさえした。本格志向の才能は、登場のチャンスに関して、長く不遇をかこっていた。

社会派も素晴らしいが、本格もまた素晴らしい。また当然ながら、冒険小説だけがミステリー（?）ではない。さまざまなジャンルのミステリーがあってこそ、フィールドは健康な体調といえる。

綾辻行人、歌野晶午、法月綸太郎、今回登場の我孫子武丸はまだ未知数だが、彼らに加え、折原一《いち》氏、斎藤肇《はじめ》氏、岩崎正吾《せいご》氏、山崎純氏、有栖《ありす》川《がわ》有栖《ありす》氏らの登場、また講談社文芸第三出版部、宇山日出臣氏、またキティ・ミュージック出版部や鮎川哲也氏などのご尽力、ご努力によって、夏の陽に大樹の影が大地を移動するゆるやかさで、日本のミステリーは今また変化しつつある。本格ミステリーに光が当たる時代が、再びやってくるのだろう。

しかし社会派だけがミステリーでないのと同様、がちがちの本格物だけがミステリーではない。本格派に属する作家は、今後この点もまた、肝に銘じておかなくてはならない。

ただ「本格」は、いつの時代も、推理小説という大衆文化のエネルギー源である。

ミステリーがある限り、誰かが、この炉の火を絶やさないようにしなくてはならない。この火が消えれば、ミステリーは即日、間違いなくじり貧の歩みを始める。日本のミステリーがここまで生きながらえたのも、先に名を挙げたような先達が、中央で、あるいは在野で、黙々と「本格」を書き続けてくれたおかげである。

だから、というわけでもないが、ぼくは推理作家でいる限り、本格派であろうと思う。推理以外の小説を書く時はともかく、推理小説を書く限りは、常に、広い意味での「本格」の枠内に入るものでなくては意味がない。むろん狭義の意味での「本格」も、何作かにひとつの割で書き続けよう。ぼくが力つきて「本格」を離れる時は、それは推理作家を辞める時である。

綾辻君も歌野君も法月君も、そして今回の我孫子君も、本人たちに直接確かめたわけではないが、きっと同じ気持ちでいてくれるだろうと思う。

平成元年、一月八日

昭和が終り、平成が始まった日に

解説
孤高のギャグメーカー・我孫子武丸

田中啓文

（注意・この解説は本作『8の殺人』のギャグに触れています。未読のかたは先に読まないでください）

我孫子さんの『ディプロトドンティア・マクロプス』を読んだ、小説家の田中哲弥氏が、私に言った。

「前から思とったんやけど、我孫子さんて『あっち側』の人やのうて、『こっち側』やんなあ」

「そらそや。どこをどうとったら『あっち側』と思えるねん。どう考えても『こっち側』やろ」

「せやけど世間的には『あっち側』と思われてるで。『殺戮にいたる病』とか『かまいたちの夜』とか、シュッとしてるもん」

「それが誤解やねん。俺は、初対面のときから思たで。ああ、『こっち側』や、て」

「そやんなあ。我々と一緒やんなあ」

なにが『あっち側』でなにが『こっち側』なのか……そうです、つまりギャグの人かどうか、ということなのである。我孫子武丸は、本格ミステリ作家だとか思われているようだが、今日は良い機会なので、そういう勘違いを私が解消しておこう。我孫子武丸はギャグ作家である。あ、そこのあなた、今、

「たしかにそういう面もある」

と思いましたね。そうではありません、「そういう面もある」程度ではなく、ギャグが我孫子武丸の「本質」なのである。

ギャグ小説は、ユーモア小説とはちがう。ユーモア小説というのは、本格ミステリなら本格ミステリとしての本筋がちゃんとあって、それを外さぬよう気をつけながら、お話の彩りとして軽い笑いを振りまいていく、といったものだが、ギャグ小説はそうではない。ギャグ小説の本筋は「読者を笑わせること」であって、ほかのすべての部分がその目的に奉仕する。本格ミステリとしての様式は添え物もしくは口当たりをよくするための読者サービスにすぎない。本作を読んでもわかるとおり、全編が本

筋とは関係ない不要なギャグに満ちあふれており、しかもそのうちのいくつかは、全体の骨格を揺るがし、破壊しかけている。ユーモア小説なら寸止めにすべきところを、逆に通り越してしまっているのだ。我孫子武丸が、ギャグのためならあらゆるものを犠牲にして顧みることのないギャグ作家であることの証明であろう。そもそも普通の作家は、『ディプロトドンティア・マクロプス』みたいな、○○が○○になるような小説を書かない。あれはほんとにアホ……いや、呆《あき》れかえるほどすばらしい発想であって、普通の作家なら仮に思いついたとしても小説にはせずに仲間内の冗談にしてしまうだろうところをパクッと食いつく我孫子武丸の姿勢は、完全にギャグ向けであることがわかる。

さてさて、この作品『8の殺人』は我孫子武丸の記念すべきデビュー作である。読んでいただいたあなたにはすでにおわかりのとおり、これぞギャグ小説である。デビュー作にはその作家の全てが詰まっている、とよくいうが、まさにそのとおり。本格ミステリ風に見せかけてはいるが、メインの謎解きそのものも含めて、読者を笑わせることだけを念頭においた、すがすがしいまでの「笑いに特化した」作品である。本文庫にも収録されている島田荘司氏の解説には、

「この物語は一応ユーモア小説の体裁をとっているが、むろん優れた本格物である」

という文章があるが、これはもちろんミスプリントである。今回の新装版でも直っていないのは講談社文庫の不手際ではないのか。もちろん正しくは、

「この物語は一応本格物の体裁をとっているが、むろん優れたユーモア小説である」

である。嘘だと思うなら、本作から、木下刑事のルーズリーフネタや蜂須賀老人の聞き間違いネタといった、本筋と関係ないベタな小ギャグの部分を削除していってみたまえ。——ほとんどなにも残らないということがわかるだろう。ちなみに木下刑事の怪我《けが》の度合いがどんどん重くなる、という秀逸な繰り返しネタは、小林信彦氏の『唐獅子株式会社』における「犬」を連想させる、私の大好きなギャグである。

こんなことを書くと、では『殺戮にいたる病』、『弥勒の掌』などはどうなんだ、というような反論があるかもしれないが、ああいった、一見ちゃんとしているような作品も、じつは本質はギャグなのである。叙述トリックというのはたいがい笑わずには読めないものだが、『殺戮……』など、最後の一行で大爆笑をとろうという作者の涙ぐましい努力の成果として高く評価したい。私はあの作品を読んでいて、なるほど、これまでのグロで猟奇的な描写は全部、ここで笑わせるためのネタ振りだったのか、と感心した。え？　『探偵映画』とか『人形シリーズ』はどうかって？　うーん、さすがにあのあたりはギャグというには憚《はばか》られる。ユーモア小説というべきだろうな。

だからといって、我孫子武丸の本質が本格とか軽いユーモアにあると考えるのは早計である。我孫子さんに会ったことのないひとにはわかるまいが、あのひとは……とにかく存在そのものがギャグなのである。まず、ものすごく理屈言いだが、他人の意見や説はまったく認めない。これはよく知られていることだが、なにしろ、

「みんな俺であれ」

が座右の銘のひとなのである。つまり、世界中の人間は私と同じ意見であるべきだと思っておられるのである。だから、議論が議論にならない。何時間説得しても、堂々巡りをするだけなので、説得する側が疲弊《ひへい》してあきらめてしまうのだ。すると、我孫子さんは、

(正々堂々と議論をして相手を論破した)

という満ち足りた表情を浮かべるのだ。こんなひとが政権をとったら、日本は独裁国家になってしまう。我孫子さんが政治家でなく作家だったことは我々みんなの幸せである。というか、作家以外、なりようがなかったと思うけどね。これもよく知られていることだが、我孫子さんは京大の哲学科の出身である。なぜ、哲学科なのか。本人の説明によると、

「ラッシュにあったり、転勤が多かったりするから、会社員だけはぜったい嫌だと思

った。哲学者になったら、ラッシュも転勤もない、と思いついた」のだそうだ。しかし、大学の哲学科というところが「哲学について学ぶ」場所であり、哲学者を養成するところではないと気づき、中退する。こんな我孫子さんだが、なぜか自分はどんな職業についても立派にこなせる、と信じ切っていて、たとえばコンビニの店員なども、

「けっこうちゃんとできると思うよ」

と妙な自信を示すので、

「でも、会社に入ったら上司にへつらわなあかんし、おかしい、と思うことでもやらなあかんのですよ」

とサラリーマン経験のある我々が言うと、言下に、

「あ、それは無理。だって、ぼくは正しいことしかしないから」

そんなサラリーマン、おるか！

我孫子さんが「存在そのものがギャグ」である証明は、ほかにも枚挙にいとまがない。あるとき、居酒屋で酔っぱらった我孫子さんに、すでに精算が終わっているにもかかわらず、

「割り勘、〇〇円ですよ」

と言うと、

「あ、はいはい」

とお金を払ってくれた。これはおもろいな、と思い、しばらくしてからもう一度、

「割り勘、○○円ですよ」

と言うと、

「あ、はいはい」

とまた払ってくれた(もちろん、あとで返しました)。あと、あるとき酔っぱらった我孫子さんがしきりに、

「牛乳を沸かしたときに張る膜を好きなひとには女性が多い」

という自説について一時間ぐらいかけてみんなに説明していて、次の日、一緒にタクシーに乗ったときに、

「牛乳を沸かしたときに張る膜を好きなひとって、女性が多いんですよね」

と言うと、ぎくっとした顔で、

「ど、どうしてそのこと知ってるの!」

きのう、あんたがずーっと言うとったんや。我孫子さんの先輩であるところの綾辻行人氏も、私が、

「我孫子さんは、かわいい後輩という感じですか」

ときくと、

「うーん……出来の悪い弟、という感じだね」

と言っていた。

本作は、そんな「生まれながらの作家」であり「天性のギャグメーカー」である我孫子武丸の、デビュー作にして渾身のギャグ小説である。この「速水三兄弟」三部作や『ディプロトドンティア・マクロプス』などのあと、しばらく真面目風を装った作品が多かった我孫子氏だが、最近、「ジャーロ」誌で連載が終了した「〈警視庁総務部広報課特捜班.jp〉」は久々に徹頭徹尾ギャグにまみれたような快作だった。

そう、やっと我孫子武丸は我々のもとに「帰って」きてくれたのである。みんなで彼の復帰を祝おうではないか。

本書は、一九九二年三月に講談社文庫より刊行された
『8の殺人』を改訂し文字を大きくしたものです。

|著者| 我孫子武丸　1962年、兵庫県生まれ。京都大学文学部哲学科中退。同大学推理小説研究会に所属。新本格推理の担い手の一人として、'89年に『8の殺人』でデビュー。『殺戮にいたる病』等の重厚な作品から、『人形はこたつで推理する』などの軽妙な作品まで、多彩な作風で知られる。大ヒットゲーム「かまいたちの夜」シリーズの脚本を手がける。近著に『怪盗不思議紳士』『凜の弦音《つるね》』『監禁探偵』などがある。

新装版《しんそうばん》　8《はち》の殺人《さつじん》

我孫子武丸《あびこたけまる》

2008年4月15日第1刷発行
2024年5月29日第6刷発行

発行者——森田浩章
発行所——株式会社　講談社
東京都文京区音羽2-12-21　〒112-8001
電話　出版（03）5395-3510
　　　販売（03）5395-5817
　　　業務（03）5395-3615

Printed in Japan

講談社文庫

定価はカバーに
表示してあります

KODANSHA

デザイン—菊地信義
本文データ制作—講談社デジタル製作
印刷———株式会社KPSプロダクツ
製本———株式会社KPSプロダクツ

ISBN978-4-06-276014-0

講談社文庫刊行の辞

二十一世紀の到来を目睫に望みながら、われわれはいま、人類史上かつて例を見ない巨大な転換期をむかえようとしている。

世界も、日本も、激動の予兆に対する期待とおののきを内に蔵して、未知の時代に歩み入ろうとしている。このときにあたり、創業の人野間清治の「ナショナル・エデュケイター」への志を現代に甦らせようと意図して、われわれはここに古今の文芸作品はいうまでもなく、ひろく人文・社会・自然の諸科学から東西の名著を網羅する、新しい綜合文庫の発刊を決意した。

激動の転換期はまた断絶の時代である。われわれは戦後二十五年間の出版文化のありかたへの深い反省をこめて、この断絶の時代にあえて人間的な持続を求めようとする。いたずらに浮薄な商業主義のあだ花を追い求めることなく、長期にわたって良書に生命をあたえようとつとめるところにしか、今後の出版文化の真の繁栄はあり得ないと信じるからである。

同時にわれわれはこの綜合文庫の刊行を通じて、人文・社会・自然の諸科学が、結局人間の学にほかならないことを立証しようと願っている。かつて知識とは、「汝自身を知る」ことにつきていた。現代社会の瑣末な情報の氾濫のなかから、力強い知識の源泉を掘り起し、技術文明のただなかに、生きた人間の姿を復活させること。それこそわれわれの切なる希求である。

われわれは権威に盲従せず、俗流に媚びることなく、渾然一体となって日本の「草の根」をかたちづくる若く新しい世代の人々に、心をこめてこの新しい綜合文庫をおくり届けたい。それは知識の泉であるとともに感受性のふるさとであり、もっとも有機的に組織され、社会に開かれた万人のための大学をめざしている。大方の支援と協力を衷心より切望してやまない。

一九七一年七月

野間省一

講談社文庫　目録

芥川龍之介　藪の中
有吉佐和子　新装版 和宮様御留
阿刀田　高　ナポレオン狂
阿刀田　高　新装版 ブラック・ジョーク大全
安房直子　春の窓〈安房直子ファンタジー〉
相沢忠洋　「岩宿」の発見〈幻の旧石器を求めて〉
赤川次郎　偶像崇拝殺人事件
赤川次郎　人間消失殺人事件
赤川次郎　三姉妹探偵団
赤川次郎　三姉妹探偵団2〈キャンパス篇〉
赤川次郎　三姉妹探偵団3〈珠美・初恋篇〉
赤川次郎　三姉妹探偵団4〈怪奇篇〉
赤川次郎　三姉妹探偵団5〈復讐篇〉
赤川次郎　三姉妹探偵団6〈危機一髪篇〉
赤川次郎　三姉妹探偵団7〈駈け落ち篇〉
赤川次郎　三姉妹探偵団8〈人質篇〉
赤川次郎　三姉妹探偵団9〈青ひげ篇〉
赤川次郎　三姉妹探偵団10〈父恋し篇〉
赤川次郎　死が小径をやってくる〈三姉妹探偵団11〉
赤川次郎　死神のお気に入り〈三姉妹探偵団12〉
赤川次郎　次女と野獣〈三姉妹探偵団13〉
赤川次郎　心地よい悪夢〈三姉妹探偵団14〉
赤川次郎　ふるえて眠れ、三姉妹〈三姉妹探偵団15〉
赤川次郎　三姉妹、呪いの道行〈三姉妹探偵団16〉
赤川次郎　三姉妹、初めてのおつかい〈三姉妹探偵団17〉
赤川次郎　恋の花咲く三姉妹〈三姉妹探偵団18〉
赤川次郎　月もおぼろに三姉妹〈三姉妹探偵団19〉
赤川次郎　三姉妹、ふしぎな旅日記〈三姉妹探偵団20〉
赤川次郎　三姉妹、清く貧しく美しく〈三姉妹探偵団21〉
赤川次郎　三姉妹と忘れじの面影〈三姉妹探偵団22〉
赤川次郎　三姉妹、舞踏会への招待〈三姉妹探偵団23〉
赤川次郎　三人姉妹殺人事件〈三姉妹探偵団24〉
赤川次郎　三姉妹、さびしい入江の歌〈三姉妹探偵団25〉
赤川次郎　三姉妹、恋と罪の峡谷〈三姉妹探偵団26〉
赤川次郎　静かな町の夕暮に
赤川次郎　キネマの天使〈レンズの奥の殺人者〉
新井素子　グリーン・レクイエム〈新装版〉
安能務 訳　封神演義 全三冊
安西水丸　東京美女散歩
綾辻行人　殺人方程式〈切断された死体の問題〉
綾辻行人　鳴風荘事件 殺人方程式II
綾辻行人　十角館の殺人〈新装改訂版〉
綾辻行人　水車館の殺人〈新装改訂版〉
綾辻行人　迷路館の殺人〈新装改訂版〉
綾辻行人　人形館の殺人〈新装改訂版〉
綾辻行人　時計館の殺人〈新装改訂版〉
綾辻行人　黒猫館の殺人〈新装改訂版〉
綾辻行人　暗黒館の殺人 全四冊
綾辻行人　びっくり館の殺人
綾辻行人　奇面館の殺人(上)(下)
綾辻行人　どんどん橋、落ちた〈新装改訂版〉
綾辻行人　緋色の囁き〈新装改訂版〉
綾辻行人　暗闇の囁き〈新装改訂版〉
綾辻行人　黄昏の囁き〈新装改訂版〉
綾辻行人　人間じゃない〈完全版〉
綾辻行人ほか　7人の名探偵
我孫子武丸　探偵映画

講談社文庫　目録

あさのあつこ　NO.6〔ナンバーシックス〕#5
あさのあつこ　NO.6〔ナンバーシックス〕#6
あさのあつこ　NO.6〔ナンバーシックス〕#7
あさのあつこ　NO.6〔ナンバーシックス〕#8
あさのあつこ　NO.6〔ナンバーシックス〕#9
あさのあつこ　NO.6beyond〔ナンバーシックス・ビヨンド〕
あさのあつこ　待ってる〈橘屋草子〉
あさのあつこ　さいとう市立さいとう高校野球部(上)(下)
あさのあつこ　甲子園でエースしちゃいました〈さいとう市立さいとう高校野球部〉
あさのあつこ　おれが先輩?〈さいとう市立さいとう高校野球部〉
阿部夏丸　泣けない魚たち
朝倉かすみ　肝、焼ける
朝倉かすみ　好かれようとしない
朝倉かすみ　ともしびマーケット
朝倉かすみ　感応連鎖
朝倉かすみ　たそがれどきに見つけたもの
朝比奈あすか　憂鬱なハスビーン
朝比奈あすか　あの子が欲しい
天野作市　気高き昼寝
天野作市　みんなの旅行
青柳碧人　浜村渚の計算ノート
青柳碧人　浜村渚の計算ノート　2さつめ〈ふしぎの国の期末テスト〉
青柳碧人　浜村渚の計算ノート　3さつめ〈水色コンパスと恋する幾何学〉
青柳碧人　浜村渚の計算ノート　3と1/2さつめ〈ふえるま島の最終定理〉
青柳碧人　浜村渚の計算ノート　4さつめ〈方程式は歌声に乗って〉
青柳碧人　浜村渚の計算ノート　5さつめ〈鳴くよウグイス、平面上〉
青柳碧人　浜村渚の計算ノート　6さつめ〈パピルスよ、永遠に〉
青柳碧人　浜村渚の計算ノート　7さつめ〈悪魔とポタージュスープ〉
青柳碧人　浜村渚の計算ノート　8さつめ〈虚数じかけの夏みかん〉
青柳碧人　浜村渚の計算ノート　8と2分の1さつめ〈つるかめ家の一族〉
青柳碧人　浜村渚の計算ノート　9さつめ〈恋人たちの必勝法《マーチンゲール》〉
青柳碧人　浜村渚の計算ノート　10さつめ〈ラ・ラ・ラ・ラマヌジャン〉
青柳碧人　霊視刑事夕雨子《ゆうこ》1〈誰かがそこにいる〉
青柳碧人　霊視刑事夕雨子2〈雨空の鎮魂歌《レクイエム》〉
朝井まかて　花《はな》競《くら》べ〈向嶋なずな屋繁盛記〉
朝井まかて　ちゃんちゃら
朝井まかて　すかたん
朝井まかて　ぬけまいる
朝井まかて　恋歌
朝井まかて　阿《お》蘭《らん》陀《だ》西《さい》鶴《かく》
朝井まかて　藪《やぶ》医《い》ふらここ堂
朝井まかて　福袋
朝井まかて　草々不一
歩《あゆみ》りえこ　ブラを捨て旅に出よう〈貧乏乙女の"世界一周"旅行記〉
安藤祐介　営業零《ぜろ》課《か》接待班
安藤祐介　被取締役新入社員《とりしまられやくしんにゅうしゃいん》
安藤祐介　おい!山田〈大翔製菓広報宣伝部〉
安藤祐介　宝くじが当たったら
安藤祐介　一〇〇〇ヘクトパスカル
安藤祐介　テノヒラ幕府株式会社
安藤祐介　本のエンドロール
青木理　絞首刑
麻見和史　石の繭〈警視庁殺人分析班〉
麻見和史　蟻《あり》の階段〈警視庁殺人分析班〉
麻見和史　水晶の鼓動〈警視庁殺人分析班〉
麻見和史　虚空の糸〈警視庁殺人分析班〉
麻見和史　聖者の凶数〈警視庁殺人分析班〉

麻見和史　女神の骨格〈警視庁殺人分析班〉
麻見和史　蝶の力学〈警視庁殺人分析班〉
麻見和史　雨色の仔羊〈警視庁殺人分析班〉
麻見和史　奈落の偶像〈警視庁殺人分析班〉
麻見和史　鷹《たか》の砦《とりで》〈警視庁殺人分析班〉
麻見和史　凪《なぎ》の残響〈警視庁殺人分析班〉
麻見和史　天空の鏡〈警視庁殺人分析班〉
麻見和史　賢者の棘《とげ》〈警視庁殺人分析班〉
麻見和史　深紅の断片〈警防課救命チーム〉
麻見和史　邪神の天秤〈警視庁公安分析班〉
麻見和史　偽神の審判〈警視庁公安分析班〉
有川　浩　三匹のおっさん
有川　浩　三匹のおっさん　ふたたび
有川　浩　ヒア・カムズ・ザ・サン
有川　浩　旅猫リポート
有川ひろ　アンマーとぼくら
有川ひろ ほか　ニャンニャンにゃんそろじー
荒崎一海　門前仲町〈九頭竜覚山　浮世綴㈠〉
荒崎一海　蓬莱橋雨景〈九頭竜覚山　浮世綴㈡〉
荒崎一海　寺町哀感〈九頭竜覚山　浮世綴㈢〉
荒崎一海　小《お》名《な》木《き》川《がわ》〈九頭竜覚山　浮世綴㈣〉
荒崎一海　一色町雪花〈九頭竜覚山　浮世綴㈤〉
朱野帰《かえ》子《こ》　駅物語
朱野帰子　対岸の家事
東　浩紀　一般意志2・0〈ルソー、フロイト、グーグル〉
朝倉宏景　白球アフロ
朝倉宏景　野球部ひとり
朝倉宏景　つよく結べ、ポニーテール
朝倉宏景　あめつちのうた
朝倉宏景　エール〈夕暮れサウスポー〉
朝倉宏景　風が吹いたり、花が散ったり
朝井リョウ　スペードの3
朝井リョウ　世にも奇妙な君物語
有沢ゆう希　末次由紀 原作　ちはやふる 上の句〈小説〉
有沢ゆう希　末次由紀 原作　ちはやふる 下の句〈小説〉
有沢ゆう希　末次由紀 原作　ちはやふる 結び〈小説〉
有沢ゆう希　小説 パーフェクトワールド〈君といる奇跡〉
有沢ゆう希　原作：金田一蓮十郎　脚本：徳永友一　小説 ライアー×ライアー
秋川滝美　幸《こう》腹《ふく》な百貨店
秋川滝美　幸腹な百貨店〈デパ地下おにぎり騒動〉
秋川滝美　幸腹な百貨店〈催事場で蕎麦屋呑み〉
秋川滝美　マチのお気楽料理教室
秋川滝美　ヒソップ亭〈湯けむり食事処〉
秋川滝美　ヒソップ亭2〈湯けむり食事処〉
赤神　諒　神遊の城
赤神　諒　大友二階崩れ
赤神　諒　大友落月記
赤神　諒　酔象の流儀　朝倉盛衰記
赤神　諒　空《うつせ》貝《がい》〈村上水軍の神《しん》姫《き》〉
赤神　諒　立花三将伝
彩瀬まる　やがて海へと届く
浅生　鴨　伴走者
天野純希　有楽斎の戦
天野純希　雑《さい》賀《か》のいくさ姫《ひめ》
青木祐子　コーチ！〈はげまし屋・立花ことりのクライアントファイル〉
秋《あき》保《う》水《すい》菓《か》　コンビニなしでは生きられない
相沢沙呼　m《メ》e d《デ》i《イ》u《ウ》m《ム》　霊媒探偵城塚《じょうづか》翡翠《ひすい》

講談社文庫 目録

相沢沙呼 i《イ》n《ン》v《ヴ》e《ア》r《ー》t《ト》 城塚翡翠倒叙集
新井見枝香 本屋の新井
碧野 圭 凛として弓を引く
碧野 圭 凛として弓を引く〈青雲篇〉
碧野 圭 凛として弓を引く〈初陣篇〉
赤松利市 東京棄民
五木寛之 ソフィアの秋
五木寛之 狼のブルース
五木寛之 海峡物語
五木寛之 風花のひと
五木寛之 鳥の歌 (上)(下)
五木寛之 燃える秋
五木寛之 真夜中の望遠鏡〈流されゆく日々'78〉
五木寛之 ナホトカ青春航路〈流されゆく日々'79〉
五木寛之 旅の幻燈
五木寛之 他力
五木寛之 こころの天気図
五木寛之 新装版 恋歌
五木寛之 百寺巡礼 第一巻 奈良

五木寛之 百寺巡礼 第二巻 北陸
五木寛之 百寺巡礼 第三巻 京都I
五木寛之 百寺巡礼 第四巻 滋賀・東海
五木寛之 百寺巡礼 第五巻 関東・信州
五木寛之 百寺巡礼 第六巻 関西
五木寛之 百寺巡礼 第七巻 東北
五木寛之 百寺巡礼 第八巻 山陰・山陽
五木寛之 百寺巡礼 第九巻 京都II
五木寛之 百寺巡礼 第十巻 四国・九州
五木寛之 海外版 百寺巡礼 インド1
五木寛之 海外版 百寺巡礼 インド2
五木寛之 海外版 百寺巡礼 朝鮮半島
五木寛之 海外版 百寺巡礼 中国
五木寛之 海外版 百寺巡礼 ブータン
五木寛之 海外版 百寺巡礼 日本・アメリカ
五木寛之 青春の門 第七部 挑戦篇
五木寛之 青春の門 第八部 風雲篇
五木寛之 青春の門 第九部 漂流篇
五木寛之 親鸞 青春篇 (上)(下)

五木寛之 親鸞 激動篇 (上)(下)
五木寛之 親鸞 完結篇 (上)(下)
五木寛之 五木寛之の金沢さんぽ
五木寛之 海を見ていたジョニー 新装版
井上ひさし モッキンポット師の後始末
井上ひさし ナイン
井上ひさし 四千万歩の男 全五冊
井上ひさし 四千万歩の男 忠敬の生き方
井上ひさし 司馬遼太郎 新装版 国家・宗教・日本人
池波正太郎 私の歳月
池波正太郎 よい匂いのする一夜
池波正太郎 梅安料理ごよみ
池波正太郎 わが家の夕めし
池波正太郎 新装版 緑のオリンピア
池波正太郎 新装版 殺しの四人〈仕掛人・藤枝梅安(一)〉
池波正太郎 新装版 梅安蟻地獄〈仕掛人・藤枝梅安(二)〉
池波正太郎 新装版 梅安最合傘〈仕掛人・藤枝梅安(三)〉
池波正太郎 新装版 梅安針供養〈仕掛人・藤枝梅安(四)〉
池波正太郎 新装版 梅安乱れ雲〈仕掛人・藤枝梅安(五)〉

池波正太郎　新装版 梅安影法師〈仕掛人 藤枝梅安(六)〉
池波正太郎　新装版 梅安冬時雨〈仕掛人 藤枝梅安(七)〉
池波正太郎　新装版 忍びの女(上)(下)
池波正太郎　新装版 殺しの掟
池波正太郎　新装版 抜討ち半九郎
池波正太郎　新装版 娼婦の眼
池波正太郎　近藤勇白書〈レジェンド歴史時代小説〉(上)(下)
井上　靖　楊貴妃伝
石牟礼道子　新装版 苦《く》海《がい》浄《じょう》土《ど》〈わが水俣病〉
いわさきちひろ　ちひろのことば
いわさきちひろ／松本　猛　いわさきちひろの絵と心
いわさきちひろ／絵本美術館編　ちひろ・子どもの情景〈文庫ギャラリー〉
いわさきちひろ／絵本美術館編　ちひろ・紫のメッセージ〈文庫ギャラリー〉
いわさきちひろ／絵本美術館編　ちひろの花ことば〈文庫ギャラリー〉
いわさきちひろ／絵本美術館編　ちひろのアンデルセン〈文庫ギャラリー〉
いわさきちひろ／絵本美術館編　ちひろ・平和への願い〈文庫ギャラリー〉
石野径一郎　新装版 ひめゆりの塔
今西錦司　生物の世界
井沢元彦　義経幻殺録

井沢元彦　光と影の武蔵〈切支丹秘録〉
井沢元彦　新装版 猿丸幻視行
伊集院　静　乳房
伊集院　静　遠い昨日
伊集院　静　夢は枯野を〈競輪躁鬱旅行〉
伊集院　静　野球で学んだこと ヒデキ君に教わったこと
伊集院　静　峠の声
伊集院　静　白秋
伊集院　静　潮流
伊集院　静　冬の蜻蛉《とんぼ》
伊集院　静　オルゴール
伊集院　静　昨日スケッチ
伊集院　静　あづま橋
伊集院　静　ぼくのボールが君に届けば
伊集院　静　駅までの道をおしえて
伊集院　静　受け月〈野球小説アンソロジー〉
伊集院　静　坂の上のμ
伊集院　静　ねむりねこ
伊集院　静　新装版 三年坂

伊集院　静　お父やんとオジさん(上)(下)
伊集院　静　ノボさん〈小説 正岡子規と夏目漱石〉(上)(下)
伊集院　静　機関車先生〈新装版〉
伊集院　静　ミチクサ先生(上)(下)
伊集院　静　それでも前へ進む
いとうせいこう　我々の恋愛
いとうせいこう　「国境なき医師団」を見に行く
いとうせいこう　「国境なき医師団」をもっと見に行く〈ガザ、西岸地区、アンマン、南スーダン、日本〉
井上夢人　ダレカガナカニイル…
井上夢人　プラスティック
井上夢人　オルファクトグラム(上)(下)
井上夢人　もつれっぱなし
井上夢人　あわせ鏡に飛び込んで
井上夢人　魔法使いの弟子たち(上)(下)
井上夢人　ラバー・ソウル
池井戸　潤　果つる底なき
池井戸　潤　架空通貨
池井戸　潤　銀行狐
池井戸　潤　仇敵

講談社文庫　目録

石川智健　60《ロクジュウ》〈誤判対策室〉
石川智健　20《ニジュウ》〈誤判対策室〉
石川智健　第三者隠蔽機関
石川智健　いたずらにモテる刑事の捜査報告書
井上真《ま》偽《ぎ》　その可能性はすでに考えた
井上真偽　聖女の毒杯〈その可能性はすでに考えた〉
井上真偽　恋と禁忌の述語論理《プレディケット》
泉　ゆたか　お師匠さま、整いました！
泉　ゆたか　お江戸けもの医　毛玉堂
泉　ゆたか　玉《たま》の輿《こし》猫〈お江戸けもの医　毛玉堂〉
伊兼源太郎　地検のＳ
伊兼源太郎　Ｓが泣いた日〈地検のＳ〉
伊兼源太郎　Ｓの幕引き〈地検のＳ〉
伊兼源太郎　巨　悪
伊兼源太郎　金庫番の娘
逸木　裕　電気じかけのクジラは歌う
今村翔吾　イクサガミ　天
今村翔吾　イクサガミ　地
入月英一　信長と征《ゆ》く　1・2〈転生商人の天下取り〉

磯田道史　歴史とは靴である
石原慎太郎　湘南夫人
井戸川射子　ここはとても速い川
五十嵐律人　法廷遊戯
五十嵐律人　不可逆少年
一色さゆり　光をえがく人
石沢麻依　貝に続く場所にて
一穂ミチ　スモールワールズ
伊藤穰一　〈増補版〉教養としてのテクノロジー〈AI、仮想通貨、ブロックチェーン〉
市川憂人　揺籠《ゆりかご》のアディポクル
内田康夫　シーラカンス殺人事件
内田康夫　パソコン探偵の名推理
内田康夫　「横山大観」殺人事件
内田康夫　江田島殺人事件
内田康夫　琵琶湖周航殺人歌
内田康夫　夏泊殺人岬
内田康夫　「信濃の国」殺人事件
内田康夫　風葬の城
内田康夫　透明な遺書

内田康夫　鞆《とも》の浦《うら》殺人事件
内田康夫　終幕《フィナーレ》のない殺人
内田康夫　御堂筋殺人事件
内田康夫　記憶の中の殺人
内田康夫　北国街道殺人事件
内田康夫　「紅藍《くれない》の女《ひと》」殺人事件
内田康夫　「紫《むらさき》の女《ひと》」殺人事件
内田康夫　藍色回廊殺人事件
内田康夫　明日香の皇子
内田康夫　華の下にて
内田康夫　黄金の石橋
内田康夫　靖国への帰還
内田康夫　不等辺三角形
内田康夫　ぼくが探偵だった夏
内田康夫　逃げろ光彦〈内田康夫と５人の女たち〉
内田康夫　悪魔の種子
内田康夫　戸隠伝説殺人事件
内田康夫　新装版　死者の木霊
内田康夫　新装版　漂泊の楽人

講談社文庫　目録

内田康夫　新装版 平城山《ならやま》を越えた女
内田康夫　秋田殺人事件
内田康夫　孤道
和久井清水　孤道　完結編〈金色の眠り〉
内田康夫　イーハトーブの幽霊
歌野晶午　死体を買う男
歌野晶午　安達ヶ原の鬼密室
歌野晶午　新装版 長い家の殺人
歌野晶午　新装版 白い家の殺人
歌野晶午　新装版 動く家の殺人
歌野晶午　密室殺人ゲーム王手飛車取り
歌野晶午　新装版 ROMMY 越境者の夢
歌野晶午　増補版 放浪探偵と七つの殺人
歌野晶午　新装版 正月十一日、鏡殺し
歌野晶午　密室殺人ゲーム2.0
歌野晶午　密室殺人ゲーム・マニアックス
歌野晶午　魔王城殺人事件
内館牧子　終わった人
内館牧子　別れてよかった〈新装版〉

内館牧子　すぐ死ぬんだから
内館牧子　今度生まれたら
内田洋子　皿の中に、イタリア
宇江佐真理　泣きの銀次
宇江佐真理　晩鐘〈続・泣きの銀次〉
宇江佐真理　虚ろ舟〈泣きの銀次参之章〉
宇江佐真理　室の梅〈おろく医者覚え帖〉
宇江佐真理　涙堂〈琴女《ことじょ》癸酉《きゆう》日記《にっき》〉
宇江佐真理　あやめ横丁の人々
宇江佐真理　卵のふわふわ〈八丁堀喰い物草紙・江戸前でもなし〉
宇江佐真理　日本橋本石町やさぐれ長屋
浦賀和宏　眠りの牢獄
上野哲也　五五五文字の巡礼〈魏志倭人伝トーク　地理篇〉
魚住昭　渡邉恒雄　メディアと権力
魚住昭　野中広務　差別と権力
魚住直子　非・バランス
魚住直子　未・フレンズ
魚住直子　ピンクの神様
上田秀人　密封〈奥右筆秘帳〉

上田秀人　国禁〈奥右筆秘帳〉
上田秀人　侵蝕〈奥右筆秘帳〉
上田秀人　継承〈奥右筆秘帳〉
上田秀人　簒《さん》奪《だつ》〈奥右筆秘帳〉
上田秀人　秘闘〈奥右筆秘帳〉
上田秀人　隠密〈奥右筆秘帳〉
上田秀人　刃傷〈奥右筆秘帳〉
上田秀人　召《めし》抱《かかえ》〈奥右筆秘帳〉
上田秀人　墨《ぼっ》痕《こん》〈奥右筆秘帳〉
上田秀人　天下〈奥右筆秘帳〉
上田秀人　決戦〈奥右筆秘帳〉
上田秀人　前夜〈奥右筆外伝〉
上田秀人　軍師の挑戦〈上田秀人初期作品集〉
上田秀人　天主信長〈表〉〈我こそ天下なり〉
上田秀人　天主信長〈裏〉〈天を望むなかれ〉
上田秀人　波乱〈百万石の留守居役㈠〉
上田秀人　思惑〈百万石の留守居役㈡〉
上田秀人　新参〈百万石の留守居役㈢〉
上田秀人　遺臣〈百万石の留守居役㈣〉

上田秀人　密約〈百万石の留守居役(五)〉
上田秀人　使者〈百万石の留守居役(六)〉
上田秀人　貸借〈百万石の留守居役(七)〉
上田秀人　参勤〈百万石の留守居役(八)〉
上田秀人　因果〈百万石の留守居役(九)〉
上田秀人　忖度《そんたく》〈百万石の留守居役(十)〉
上田秀人　騒動〈百万石の留守居役(十一)〉
上田秀人　分断〈百万石の留守居役(十二)〉
上田秀人　舌戦〈百万石の留守居役(十三)〉
上田秀人　愚劣〈百万石の留守居役(十四)〉
上田秀人　布石〈百万石の留守居役(十五)〉
上田秀人　乱麻〈百万石の留守居役(十六)〉
上田秀人　要訣《ようけつ》〈百万石の留守居役(十七)〉
上田秀人　梟《ふくろう》の系譜〈宇喜多四代〉
上田秀人　竜は動かず　奥羽越列藩同盟顛末　(上)万里波濤編　(下)帰郷奔走編
上田秀人　戦端〈武商繚乱記(一)〉
上田秀人　悪貨〈武商繚乱記(二)〉
上田秀人　流言〈武商繚乱記(三)〉
上田秀人ほか　どうした、家康

内田　樹　下流志向〈学ばない子どもたち　働かない若者たち〉
内田　樹／釈　徹宗　現代霊性論
上橋菜穂子　獣の奏者〈I闘蛇編〉
上橋菜穂子　獣の奏者〈II王獣編〉
上橋菜穂子　獣の奏者〈III探求編〉
上橋菜穂子　獣の奏者〈IV完結編〉
上橋菜穂子　獣の奏者〈外伝　刹那〉
上橋菜穂子　物語ること、生きること
上橋菜穂子　明日は、いずこの空の下
上野　誠　万葉学者、墓をしまい母を送る
海猫沢めろん　愛についての感じ
海猫沢めろん　キッズファイヤー・ドットコム
冲方　丁　戦の国
上田岳弘　ニムロッド
上野　歩　キリの理容室
内田英治　異動辞令は音楽隊！
遠藤周作　ぐうたら人間学
遠藤周作　聖書のなかの女性たち
遠藤周作　さらば、夏の光よ

遠藤周作　最後の殉教者
遠藤周作　反逆(上)(下)
遠藤周作　ひとりを愛し続ける本
遠藤周作　周作塾〈読んでもタメにならないエッセイ〉
遠藤周作　新装版　海と毒薬
遠藤周作　新装版　わたしが・棄てた・女
遠藤周作　深い河《ディープ・リバー》〈新装版〉
江波戸哲夫　新装版　銀行支店長
江波戸哲夫　集団左遷
江波戸哲夫　新装版　ジャパン・プライド
江波戸哲夫　起業の星
江波戸哲夫　ビジネスウォーズ〈カリスマと戦犯〉
江波戸哲夫　リストラ事変〈ビジネスウォーズ2〉
江上　剛　頭取無惨
江上　剛　企業戦士
江上　剛　リベンジ・ホテル
江上　剛　起死回生
江上　剛　瓦礫の中のレストラン
江上　剛　非情銀行

2024年3月15日現在